Destinos

Série Fadas

Asas

Encantos

Ilusões

Destinos

APRILYNNE PIKE

Destinos

Tradução
Sibele Menegazzi

BB
BERTRAND BRASIL

Rio de Janeiro | 2013

Copyright © 2011 *by* Aprilynne Pike

Título original: *Destined*

Capa: Silvana Mattievich

Editoração: FA Studio

Texto revisado segundo o novo
Acordo Ortográfico da Língua Portuguesa

2013
Impresso no Brasil
Printed in Brazil

Cip-Brasil. Catalogação na publicação
Sindicato Nacional dos Editores de Livros. RJ

P658d Pike, Aprilynne
      Destinos / Aprilynne Pike; tradução Sibele Menegazzi. —
Rio de Janeiro: Bertrand Brasil, 2013.
      280 p.: 23 cm. (Fadas: 4)

      Tradução de: Destined
      Sequência de: Ilusões
      ISBN 978-85-286-1609-5

      1. Romance americano. I. Menegazzi, Sibele. II. Título.
III. Série.

                       CDD: 813
13-01002   CDU: 821.111(73)-3

Todos os direitos reservados pela:
EDITORA BERTRAND BRASIL LTDA.
Rua Argentina, 171 — 2º andar — São Cristóvão
20921-380 — Rio de Janeiro — RJ
Tel.: (0xx21) 2585-2070 — Fax: (0xx21) 2585-2087

Não é permitida a reprodução total ou parcial desta obra, por
quaisquer meios, sem a prévia autorização por escrito da Editora.

Atendimento e venda direta ao leitor:
mdireto@record.com.br ou (0xx21) 2585-2002

*Para Neil Gleichman, que me ensinou
a importância de terminar bem.
Espero ter conseguido.
Obrigada, Treinador.*

Tamani apoiou a fronte na vidraça gelada, lutando contra uma onda de exaustão. Dormir não era uma opção, não enquanto a única coisa que o separava de uma fada de inverno furiosa fosse uma tênue linha de sal.

Naquela noite, ele era *Fear-gleidhidh* em dobro.

Ele usava a antiga nomenclatura com orgulho. Definia-o como guardião de Laurel, como seu protetor. Mas também tinha um significado mais profundo, que ia além do tradicional *Am Fear-faire*. *Fear-gleidhidh* significava "encarregado", e Tamani tinha a obrigação não só de manter Laurel em segurança, mas também de garantir que ela cumprisse a missão que Avalon lhe dera quando criança.

Agora, ele estava também fazendo o papel de guarda carcerário.

Olhou para sua prisioneira. Yuki estava numa cadeira no centro de um círculo de sal grosso, desenhado no piso de linóleo. Ela dormia, com o rosto tombado sobre os joelhos e as mãos algemadas frouxamente às costas. Parecia desconfortável. Derrotada.

Inofensiva.

— Eu teria desistido de tudo por você. — Ela disse essas palavras em voz baixa, mas muito clara.

Destinos 8

Tamani sentiu Shar se enrijecer ao som de sua voz, rompendo o pesado silêncio.

Não estava dormindo, afinal. E ela jamais poderia ser inofensiva, lembrou a si mesmo. A pequena flor branca que brotava de suas costas, revelando-a como uma fada de inverno, era prova suficiente disso. Já fazia mais de uma hora que Tamani a algemara à cadeira — uma hora desde que Chelsea expusera a prova irrefutável de que ela era, de fato, uma fada de inverno — e Tamani ainda não se acostumara à visão. Enchia-o de um medo cortante que raramente havia sentido antes.

— Eu estava preparada. Foi por isso que o detive antes que você me trouxesse para dentro. — Yuki ergueu os olhos e descruzou as pernas, alongando-se da melhor forma possível, sob aquelas circunstâncias. — Mas você sabia disso, não sabia?

Tamani permaneceu calado. Ele *sabia* mesmo. E, por um instante, tinha se sentido tentado a deixá-la confessar. Mas não teria terminado bem. Yuki acabaria descobrindo que o afeto demonstrado por Tamani era fingimento e, então, ele estaria à mercê de uma fada de inverno desprezada. Era melhor terminar logo com a farsa.

Esperava que não estivesse tentando enganar a si mesmo com relação a isso. Ela representava uma ameaça; ele não deveria ter qualquer sentimento de culpa por ter mentido para ela, menos ainda agora, que sabia que ela também mentira. O poder que as fadas e elfos de inverno tinham sobre as plantas também permitia que sentissem a presença de vida vegetal a distância; portanto, desde o instante em que conhecera Tamani, Yuki soubera que ele era um elfo. Também soubera sobre Laurel. A fada de inverno havia enganado todos eles.

Então, por que ele ainda questionava se fizera a coisa certa?

— Poderíamos ter sido muito felizes juntos, Tam — continuou Yuki, a voz tão sedosa quanto seu vestido prata amarrotado, mas com um toque de malícia que fez Tamani estremecer. — Laurel não vai deixá-lo por você. Ela pode ser uma fada por fora, mas por dentro ela é totalmente humana. Com ou sem David, ela pertence a este mundo, o lugar dela é *aqui*, e você sabe disso.

Evitando o olhar de seu capitão, Tamani se virou para a janela e espiou a escuridão lá fora, fingindo olhar para... alguma coisa. Qualquer coisa. A vida de uma sentinela era repleta de violência, e tanto Tamani quanto Shar já tinham visto a si próprios tomando medidas extremas para proteger sua terra natal. No entanto, sempre fora contra uma ameaça óbvia, contra um ataque violento, um inimigo *declarado*. Os trolls eram seus inimigos; sempre foram. As fadas e elfos de inverno eram os governantes de Avalon e, embora Yuki os houvesse enganado, não havia lhes causado *dano* em nenhum momento. Acorrentá-la, de certa forma, era pior do que matar cem trolls.

— Você e eu, Tam, somos iguais — prosseguiu Yuki. — Estamos sendo usados por pessoas que não se importam com o que queremos ou o que nos faz felizes. Não deveríamos ficar com elas; deveríamos ficar juntos.

Com relutância, Tamani olhou para ela novamente. Ficou surpreso ao ver que ela não olhava para ele ao falar — olhava além, para a janela, como se contemplasse um futuro brilhante que ainda lhe parecia possível. Tamani sabia que não era.

— Não há uma só porta neste mundo que esteja fechada para nós, Tam. Se você se declarasse a meu favor, nós poderíamos até voltar a Avalon, de forma pacífica. Poderíamos ficar juntos e viver no palácio.

— Como você sabe a respeito do palácio? — perguntou Tamani automaticamente, percebendo, no mesmo instante, que estava mordendo a isca. Um suspiro que mal se pôde ouvir veio de Shar, e Tamani se perguntou se estaria dirigido à estupidez de Yuki ou à sua.

— Ou poderíamos ficar aqui — continuou ela, calmamente, como se Tamani não tivesse dito nada. — Aonde quer que quiséssemos ir, o que quer que quiséssemos fazer, tudo seria possível. Com os seus poderes sobre os animais e os meus sobre as plantas, o mundo poderia ser nosso. Sabe, a união entre um elfo de primavera e uma fada de inverno daria muito certo. Nossos talentos se complementam perfeitamente.

Tamani se perguntou se ela realmente sabia quão certa estava àquele respeito — ou se sabia quão pouco aquilo o tentava.

Destinos 10

— Eu teria amado você para sempre — sussurrou ela, baixando a cabeça. Seus cabelos escuros e lustrosos caíram para a frente, velando seu rosto, e ela fungou baixinho. Estava chorando ou abafando uma risada?

Tamani se sobressaltou quando alguém bateu à porta. Antes que pudesse dar um passo, Shar se dirigiu silenciosamente para o olho mágico.

Com a faca em punho, Tamani se retesou, preparando-se. Seria Klea? Afinal, essa era a razão por trás de tudo aquilo: o círculo, Yuki algemada; uma armadilha elaborada para capturar a traiçoeira fada de outono que *possivelmente* estava tentando matá-los.

Ou não.

Se, ao menos, pudessem ter certeza...

Enquanto não **tivessem**, Tamani deveria supor que elas consistiam uma ameaça; uma **ameaça** fatal.

Entretanto, com uma leve careta, Shar abriu a porta e Laurel entrou, seguida de perto por Chelsea.

— Laurel — foi somente o que Tamani pôde dizer, os dedos soltando a faca. Mesmo amando Laurel desde que podia se lembrar e de, ultimamente, ter se tornado... algo *mais*, ele ainda sentia uma alegria súbita toda vez que a via.

Ela havia trocado o vestido de gala azul-marinho, aquele que tinha usado quando ele a segurara nos braços, mais de um ano atrás, no festival de Samhain, quando a beijara de forma tão apaixonada. Parecia ter sido havia tanto tempo.

Laurel não estava olhando para ele; ela só tinha olhos para Yuki.

— Você não deveria estar aqui — sussurrou Tamani.

Laurel arqueou uma sobrancelha em resposta. — Eu queria ver com meus próprios olhos.

Tamani trincou os dentes. Na verdade, ele *queria* que ela estivesse ali, mas seus desejos egoístas conflitavam com a preocupação por sua segurança. Será que *algum dia* conseguiria satisfazer a ambos?

— Pensei que você fosse procurar David — disse Tamani a Chelsea, que ainda trajava seu vestido vermelho-escuro. Ela tinha deixado os sapatos altos em algum lugar, de forma que a bainha do vestido se amontoava em volta de seus pés como uma poça de sangue.

— Não consegui encontrá-lo — disse Chelsea, o lábio tremendo de forma quase imperceptível. Ela olhou para Laurel, que ainda observava a prisioneira silenciosa.

—Yuki? — disse Laurel, hesitante. —Você está bem?

Yuki ergueu os olhos, dirigindo a Laurel um olhar duro e furioso. — Pareço bem para você? Fui sequestrada! Estou algemada a uma cadeira de metal! Como *você* estaria?

O tom maldoso da fada de inverno pareceu atingir Laurel como uma onda bravia e ela deu um passo para trás.

— Vim ver como você está. — Laurel olhou rapidamente para Tamani, mas ele não entendeu muito bem o que ela estava querendo. Apoio? Permissão? Ele respondeu franzindo o rosto e dando de ombros, impotente.

Laurel se virou novamente para Yuki, e a fada de inverno exibia uma expressão indecifrável, o queixo empinado.

— O que Klea quer comigo? — perguntou Laurel.

Tamani não esperava que ela respondesse, mas Yuki correspondeu ao olhar de Laurel e disse, simplesmente:

— Nada.

— Então, por que você veio?

Yuki sorriu; um sorriso torto, maldoso.

— Eu não disse que ela *nunca* quis nada. Mas agora ela não precisa mais de você.

Os olhos de Laurel se desviaram para Tamani, depois para Shar, antes de voltar a Yuki.

— Laurel, me escute — disse Yuki, a voz baixa, tranquilizadora. — Essa farsa toda é completamente desnecessária. Eu falarei com você, se me tirar daqui.

— Já basta — disse Tamani.

Destinos 12

— Entre aqui e venha me fazer calar a boca — disse Yuki, olhando feio para Tamani, antes de se virar para Laurel. — Nunca fiz nada para machucar você, e você *sabe* que eu poderia ter feito. Poderia ter matado você mil vezes, mas não matei. Isso não conta?

Tamani abriu a boca para falar, mas Laurel pôs a mão em seu peito, silenciando-o.

—Você está certa. Mas você é uma fada de inverno. Você escondeu isso, mesmo sabendo a nosso respeito. Por quê?

— Por que você acha? No instante em que seus amigos soldados descobriram o que eu era, eles me privaram do meu poder e me acorrentaram a uma cadeira!

Tamani detestava o fato de que ela tinha razão.

— Tudo bem, talvez só precisemos começar de novo -- disse Laurel. — Se pudermos resolver isso antes que Klea apareça, melhor ainda. Se você puder nos dizer apenas...

— Tamani tem as chaves — disse Yuki, olhando na direção dele, os olhos brilhando de malícia. — Deixe-me sair daqui e eu direi *tudo* que você quiser saber.

— Nada feito — disse Tamani, fazendo o possível para parecer entediado.

Laurel se dirigiu novamente a Yuki, interrompendo a ambos.

— Provavelmente seja mais seguro para todo mundo se...

— Não! — gritou Yuki. — Nem consigo acreditar que você seja parte disto! Depois do que eles fizeram com você? Com os seus pais?

Tamani franziu a testa; o que os pais de Laurel tinham a ver com o assunto?

Mas Laurel já estava balançando a cabeça.

—Yuki, não gostei de eles terem feito eu me esquecer de tudo. Mas não posso mudar o passado...

— Esquecer? Não estou falando de elixires de memória. E o *veneno*?

—Ah, tenha dó... — explodiu Tamani.

Laurel o silenciou.

—Yuki, você sabe quem envenenou meu pai?

Tamani tinha quase certeza da resposta, e sabia que Laurel também; só podia ter sido Klea. Mas se Laurel pudesse convencer Yuki a confirmar suas suspeitas...

— Seu pai? —Yuki parecia confusa. — Por que eles iriam querer envenenar seu pai? Estou falando sobre sua *mãe*.

Laurel olhou novamente para Tamani e ele balançou a cabeça, com um leve dar de ombros. O que Yuki estava tramando?

—Você nem mesmo sabe, não é? Que grande coincidência que o casal que *por acaso* era proprietário do terreno ao redor do portal *por acaso* não tivesse filhos... e estivesse só esperando que um bebezinho louro surgisse em sua vida. Que... conveniente. Você não acha?

— Já basta — disse Tamani rispidamente. Ele deveria ter adivinhado... mais truques. Yuki estava apenas procurando formas de fazer com que eles começassem a duvidar de si mesmos... e uns dos outros.

— Foram eles que fizeram isso — disse Yuki. — Quinze anos antes de você sequer aparecer na porta deles, as fadas e elfos asseguraram que sua mãe estivesse tão ansiosa por um bebê que a aceitasse sem questionar nada. Eles a danificaram, Laurel. Garantiram que ela jamais pudesse gerar filhos. Eles arruinaram a vida dela e você está tomando o partido deles.

— Não dê ouvidos a ela, Laurel. Não é verdade — disse Tamani. — Ela só está tentando confundir você.

— Estou? Por que não perguntamos a *ele*, então?

Dois

LAUREL SEGUIU O OLHAR DE YUKI ATÉ SHAR, QUE ESTAVA IMÓVEL COMO uma estátua, impassível.

Não podia ser verdade. *Não podia.* Não Shar, que tinha sido seu guardião invisível desde que saíra de Avalon pela primeira vez.

Então, por que ele não nega?

— Conte a ela — disse Yuki, forçando sua cadeira. — Conte a ela o que *você* fez com a *mãe* dela.

Shar continuou de boca fechada.

— Shar — implorou Laurel baixinho. Queria ouvi-lo dizer que não era verdade. *Precisava* que ele o dissesse. — Por favor.

— Era necessário — respondeu Shar, finalmente. — Nós não os escolhemos. Eles simplesmente viviam ali. O plano tinha que dar certo, Laurel. Não tínhamos escolha.

— Sempre se tem escolha — sussurrou Laurel, a boca de repente seca, o queixo tremendo de raiva. Shar havia envenenado sua mãe. Shar, que vinha cuidando dela ainda há mais tempo do que Tamani, tinha *envenenado sua mãe.*

—Tenho um lar e uma família a proteger. E farei o que for necessário para manter Avalon em segurança.

Laurel se eriçou.

—Você não precisava...

— Precisava, sim — disse Shar. — Preciso fazer uma série de coisas que não quero fazer, Laurel. Você acha que eu queria sabotar seus pais humanos? Queria fazer *você* esquecer? Faço o que me mandam fazer. Foi por isso que vigiei você todos os dias, antes de Tamani chegar. Por isso sei tudo que há para saber sobre você. A tigela que era uma herança de família e que você quebrou e mentiu a respeito. O cachorro que você enterrou do lado de fora da sua janela, porque não suportava a ideia de ficar longe dele. O tempo que você passou com Tamani lá na cabana, em outubro.

— Shar — disse Tamani, com uma advertência clara na voz.

— Eu dei todo o espaço que podia dar — disse Shar baixinho, com, ao menos, um toque de remorso na voz. Mas o ínfimo pedido de desculpas fora dirigido claramente a Tamani, não a Laurel; a vontade súbita de cruzar a sala e estapear Shar no rosto só foi contida por sua raiva paralisante.

O sorriso de Yuki desapareceu.

— Foi com essa laia que você se aliou, Laurel? Posso não ter sido sempre honesta com você, mas até mesmo eu pensei que você fosse melhor do que esses monstros. — Ela baixou o olhar para o sal que rodeava sua cadeira. — Um pequeno movimento do seu pé e poderei acabar com isso. Levarei você comigo e lhe mostrarei como Avalon está errada. E você pode me ajudar a corrigi-la.

Laurel fixou os olhos no sal. Uma parte dela queria fazer aquilo, somente para se vingar de Shar.

— Como você sabe a respeito de Avalon?

— E isso importa? — perguntou Yuki, a expressão ilegível.

—Talvez.

— Liberte-me. Darei todas as respostas que eles vêm escondendo de você.

— Não faça isso, Laurel — disse Tamani baixinho. — Eu também não acho certo, mas soltá-la não ajudará em nada.

Destinos 16

—Você acha que eu não sei disso? — retrucou Laurel, mas não conseguia tirar os olhos do círculo branco a seus pés.

Tamani recuou, em silêncio.

Laurel queria romper o círculo com o pé... queria *muito*. Era um impulso irracional, ao qual sabia que jamais cederia, mas lágrimas quentes encheram seus olhos enquanto aquela ânsia queimava em sua garganta.

— Laurel. — Uma mão leve tocou em seu braço, trazendo-a de volta à realidade. Ela se virou para Chelsea, que tinha o rosto pálido —Venha comigo. Vamos conversar, dar uma volta de carro, qualquer coisa que você precise fazer para se acalmar.

Laurel encarou a amiga, concentrando-se na única pessoa naquela sala que jamais a machucara, jamais a enganara. Assentiu com a cabeça, sem olhar para mais ninguém.

—Vamos embora — disse. — Não quero mais ficar aqui.

Uma vez lá fora, Chelsea fechou a porta e, então, parou.

— Droga — praguejou baixinho. — Deixei minhas chaves em algum lugar. Droga de vestido sem bolso — resmungou ela, suspendendo o vestido para não tropeçar na barra. —Volto já.

Ela se virou e a porta se abriu antes que ela pudesse tocar na maçaneta.

— Chaves — explicou Chelsea, passando por Tamani.

Ele fechou a porta e ambos ficaram a sós na varanda. Laurel fixou o olhar na escada, subitamente sem vontade de olhar para ele.

Por sua vez, ele também evitava olhar em seus olhos.

— Eu não sabia — sussurrou Tamani, depois de uma longa pausa. —Juro.

— Eu sei — sussurrou Laurel. Ela se encostou na parede e deslizou até o chão, abraçando os joelhos. Sua voz soou inexpressiva até a seus próprios ouvidos. — Minha mãe era filha única. O pai a abandonou quando ela era bebê. Era só ela e a mãe. E, daí, a vovó também morreu.

Minha mãe sempre quis uma família grande. Cinco filhos, ela me disse, um dia. Ela queria cinco filhos. Mas nunca aconteceu.

Não sabia por que estava lhe contando aquilo, mas falar fazia com que se sentisse melhor, por alguma razão, então, ela seguiu em frente.

— Eles foram a um monte de médicos e nenhum conseguiu descobrir o que havia de errado. Nenhum. Isso, basicamente, reforçou sua desconfiança dos médicos. Também acabou com suas economias por um bom tempo. E isso nem sequer importa, porque minha mãe teria ficado comigo mesmo que tivesse outros filhos — disse Laurel com firmeza. — Eu sei que sim. Shar nem precisava ter feito nada.

Ela ficou em silêncio por um momento.

— Sabe o que *realmente* me deixa furiosa?

Tamani teve a delicadeza de balançar a cabeça, em silêncio.

— Agora eu tenho um segredo. Sempre conto tudo a eles. Tudo. Não tem sido fácil, mas ser transparente e honesta está sendo a coisa mais maravilhosa da minha vida, no último ano. Agora, eu tenho essa... essa *coisa* que não poderei contar nunca, porque eles jamais olhariam para mim, ou para as fadas e os elfos em geral, da mesma forma. — Ela lampejava de raiva. — E eu o odeio por isso — sussurrou ela.

— Sinto muito — disse Tamani. — Sei quanto eles significam para você e... sinto muito que eles tenham sido machucados.

— Obrigada — disse Laurel.

Tamani baixou os olhos para as próprias mãos, com uma emoção no rosto que Laurel não conseguia decifrar.

— Me sinto mal por não saber — disse ele, finalmente. — Tem tanta coisa que não sei. E não acho que Yuki vá nos contar algo importante. Metade do que ela diz está em contradição com a outra metade. Achei que, talvez, uma vez que a tivéssemos capturado, finalmente conseguiríamos as respostas que temos procurado, mas... se não acontecer alguma coisa logo... Não tenho certeza do que Shar irá fazer.

— Shar... — O que fora mesmo que ele dissera? *Farei o que for necessário para manter Avalon em segurança.* — Ele não vai machucá-la, vai? Para obter mais informações?

Destinos 18

— Ele não pode. Mesmo que tivesse essa intenção, não pode entrar no círculo.

— Há coisas que ele pode fazer sem entrar no círculo — disse Laurel. — Ele poderia...

— Não vou permitir — retrucou Tamani com firmeza. — Prometo. Vou cuidar dela. Com ou sem mentiras, ela era minha amiga. Talvez ainda seja, não sei. Além disso, nem mesmo Shar correria o risco das penalidades que iria sofrer por... por torturar uma fada de inverno.

Laurel não tinha certeza se acreditava naquilo.

— Ele não é um monstro — continuou Tamani. — Ele faz aquilo que tem de ser feito, mas isso não quer dizer que ele goste. Entendo que você não consiga confiar *nele* no momento, mas, por favor, tente confiar em *mim*.

Laurel assentiu, sombria. E tinha escolha?

— Obrigado — disse ele.

— Pode realmente detê-la, Tam? O círculo?

Ele ficou em silêncio por um momento. — Acho que sim.

— É apenas sal — disse Laurel baixinho. — Você esteve comigo no Palácio de Inverno; você sentiu o poder que há naqueles aposentos superiores. Conter aquele nível de magia com algo que normalmente se encontra na minha mesa de jantar não parece possível.

— Ela entrou no círculo por vontade própria. Shar diz que é daí que vem o poder. — Seus cílios se ergueram e os olhos verde-claros encontraram os dela. — Nunca subestime o poder de uma situação na qual você mesmo se coloca.

Ela sabia que ele estava se referindo a mais do que simplesmente o círculo de sal.

Após um momento de hesitação, Tamani se sentou ao lado dela no chão, pousando o braço tranquilizador sobre seus ombros.

— Sinto muito por tudo — sussurrou ele, as palavras repletas de pesar. Ela virou o rosto e se encostou nele, querendo se perder, esquecer tudo mais, só por um instante. Tamani exalou, com um tremor, e aproximou o rosto do dela. Laurel encostou de leve a mão no rosto dele, aproximando-o mais. Seus lábios mal haviam se tocado quando a porta se abriu e Chelsea saiu feito um furacão, balançando as chaves na mão.

— Shar estava com elas o tempo todo — reclamou ela, em voz alta. — Ele ficou parado lá me vendo procurar por elas e, então... — Seus olhos se focalizaram no braço de Tamani em volta dos ombros de Laurel.—Ah, dããã...— disse Chelsea, agora percebendo claramente as intenções de Shar. Então, baixinho, acrescentou: — Desculpe.

Laurel abaixou o vidro do carro, deixando o vento acariciar seu rosto enquanto Chelsea dirigia pelas ruas escuras e desertas. Durante quase meia hora, Chelsea não disse mais nada com relação a sua breve permanência no apartamento nem sobre sua aparição inoportuna e Laurel ficou grata pelo esforço que a amiga devia estar fazendo para ficar em silêncio. O silêncio não era uma coisa natural para Chelsea. Ela estava provavelmente morrendo de vontade de recapitular sua visita a Yuki, mas tudo que Laurel queria era empurrar a coisa toda para o fundo de sua mente e fingir que nunca acontecera.

— Ei, aquele é o...?

Chelsea já estava parando o carro quando Laurel se deu conta de que o cara alto andando pela beira da estrada, a sombra projetada pela luz do poste, era David. O olhar dele foi de desconfiança, quando os faróis do carro o atingiram, mas o reconhecimento — e o alívio — se estabeleceram quando Chelsea estacionou o carro de sua mãe ao lado dele.

— Onde você estava? — indagou Chelsea quando David se inclinou para olhar pela janela do passageiro. — Dirigi pela cidade inteira.

David fitou o chão. — Fiquei escondido — admitiu ele. — Não queria que me encontrassem.

Chelsea olhou por cima do ombro para a direção aonde ele estava indo. Na direção do apartamento. — Aonde você está indo?

Destinos **20**

— Estou voltando — resmungou David. — Para acertar a situação.

— Ela está bem — disse Chelsea, o olhar sério.

— Mas fui eu quem a colocou lá.

— Ela decifrou como o círculo funciona — insistiu Chelsea. — Não é mais como antes. Ela já não está mais se machucando. Só está lá sentada. Bem, sentada e falando — acrescentou.

Mas David estava sacudindo a cabeça.

— Tenho tentado fugir da responsabilidade, mas já chega. Vou voltar lá e garantir que ela seja tratada como um ser humano. Ou, sei lá, da forma que uma planta tem o direito de ser tratada.

— Tamani disse que vai cuidar para que ela esteja em segurança — disse Laurel.

— Mas a definição dele... e a de Shar... de *estar em segurança* pode não ser a mesma que a minha. Que a nossa. — Ele olhou para elas. — Fomos *nós* que a colocamos lá. Todos nós. E ainda acho que foi a decisão certa, mas se não foi... não quero ficar parado e deixar que a situação piore.

— E o que devemos fazer? — perguntou Laurel, sem querer admitir que tampouco queria voltar lá.

— Talvez possamos nos revezar. Um de nós, um deles — disse David.

Chelsea revirou os olhos.

— Alguém terá de ficar a noite inteira — disse Laurel. — Meus pais provavelmente deixariam que eu ficasse, mas...

— Ficar acordada à noite não é bem o seu estilo — disse David, expressando a preocupação de Laurel.

— Posso mandar uma mensagem de texto para a minha mãe — ofereceu Chelsea. — De qualquer forma, eu disse a ela que provavelmente passaria a noite na sua casa... faz todo sentido, depois de um baile longo. E ela nunca me vigia.

Laurel e Chelsea se viraram para olhar para David.

—Vou pensar em alguma coisa — murmurou ele. — E quanto a Ryan?

— O que tem ele? — perguntou Chelsea, encontrando algo interessante para examinar no volante.

— Ele vai se perguntar por que você vive sumindo nas horas mais estranhas. Você não pode usar sempre Laurel como desculpa.

— Não acho que ele vá notar — disse Chelsea.

—Você não pode simplesmente pressupor isso — retrucou David. — Não o subestime. Você *sempre* o subestima.

— Mentira!

— Bem, ele vai notar *alguma coisa* se você, de repente, começar a viver "ocupada". E vai querer passar algum tempo com você durante as férias. Principalmente depois de você tê-lo abandonado quase todos os dias da semana passada para estudar para os exames finais — disse David.

— Por algum motivo, não acho que isso vá acontecer — disse Chelsea, chateada, reclinando-se em seu banco e olhando finalmente nos olhos dele.

David só balançou a cabeça.

— Não entendo você. Estava tão preocupada com ele quando Yuki, ou Klea, ou sei lá quem lhe deu aquele elixir da memória e, agora, é como se nem ligasse. — Ele chutou a terra a seus pés. — Por que você não termina com ele de uma vez?

— Já terminei — disse Chelsea baixinho.

Os olhos de David dardejaram entre Chelsea e Laurel.

—Você *o quê?*

— De que outra forma eu deveria justificar o fato de sair correndo no meio do baile... com você? — acrescentou ela num murmúrio.

— Eu estava brincando!

— Eu não. Eu ia mesmo fazer isso, de qualquer jeito.

David olhou para Laurel.

—Você sabia disso?

Destinos 22

Laurel olhou rapidamente para Chelsea antes de assentir.

— Por quê? — perguntou David. —- O que deu errado?

Chelsea abriu a boca, mas não saiu som algum.

— Foi só o tempo — disse Laurel, para ajudar a amiga. Aquilo não era algo de que precisassem falar a respeito. Certamente, não naquele momento.

David deu de ombros, o rosto uma máscara de indiferença.

— Que seja. Temos que voltar lá. Vai ser uma noite longa.

Três

— ENTÃO A GENTE SÓ FICA AQUI, SENTADA? — PERGUNTOU CHELSEA A Tamani, a voz vacilando um pouco por tentar disfarçar um bocejo.

O apartamento estava escuro e silencioso. Shar tinha aproveitado a oportunidade para encostar a cabeça na parede e tirar um cochilo extremamente necessário. O que permitira que Tamani ficasse conversando baixinho com Chelsea, que insistira em fazer o primeiro turno de vigília.

— Basicamente — respondeu Tamani. — Você pode dormir um pouco, se quiser; o carpete é macio. Desculpe se a mobília é tão...

— Inexistente? — sugeriu Chelsea, endireitando-se na cadeira simples de madeira que normalmente ficava inutilizada junto à mesa da cozinha. — Tudo bem, não estou tão cansada assim. Só um pouco entediada. — Ela fez uma pausa antes de se inclinar mais perto de Tamani. — Ela fala alguma coisa?

— Sim, eu *falo* — sibilou Yuki antes que Tamani pudesse responder — Até parece que vocês já não me ouviram falar um milhão de vezes Vocês se lembram daquela época em que estudávamos juntos? Eu sei que *a semana passada* pode parecer ter sido há um século agora, mas achei que a memória de vocês, humanos, pudesse ao menos chegar tão longe.

Destinos 24

Chelsea ficou ainda um tempo de queixo caído, antes de fechar a boca e murmurar:

— Ora, sinto muuuuuito!

— Não precisa sentir pena de mim — disse Yuki, remexendo-se na cadeira. — Estou presa aqui só por alguns dias, no máximo. Você está presa aqui pelo resto da vida.

— Como assim? — perguntou Chelsea, virando-se completamente na direção de Yuki.

— Não dê ouvidos a ela — advertiu Tamani. — Ela só quer provocar você.

— Chelsea Harrison — prosseguiu Yuki, ignorando Tamani. — Eternamente segurando vela. Sempre tão perto do que desesperadamente deseja, mas nunca conseguindo chegar lá.

— Sério — disse Tamani, deslocando-se para se colocar entre Chelsea e Yuki. — Ela não tem nada a dizer que você queira ouvir. — Não pôde evitar a necessidade de protegê-la. A garota humana conquistara arduamente sua afeição nos últimos meses e ele não queria que fosse magoada pelo que quer que saísse da boca de Yuki em seguida.

—Você acha realmente que pode competir?

Mas a curiosidade de Chelsea era quase tão famosa quanto sua honestidade e ela se inclinou para a frente de forma a ver Yuki novamente.

— Competir com *quem*?

— Com Laurel, claro. O fato é que ela não precisa escolher David, o que certamente fará — acrescentou Yuki, sem dúvida para Tamani. — Mas, mesmo que ela não escolha, você ainda sai perdendo. Digamos que tudo saia como você sonha. Laurel abandona David e, um dia, ele vira e percebe, pela primeira vez na vida, que você tem estado ali o tempo todo, apenas esperando ser notada.

O rosto de Chelsea ficou vermelho, mas seus olhos não se desviaram em nenhum momento dos de Yuki.

— De repente, você é tudo aquilo que ele nunca soube que queria. Ele adora você e... ao contrário do seu namorado esquisitão... está disposto a ir fazer faculdade em qualquer lugar que você quiser.

— Quem contou isso a você...

— Vocês vão para Harvard, começam a morar juntos, talvez até se casem. Mas — disse ela, inclinando-se para a frente o máximo que podia — Laurel sempre estará ali, em algum canto da mente dele. Todas as aventuras que eles tiveram, os planos que fizeram. Ela é mais bonita do que você, mais mágica do que você, simplesmente *melhor* do que você. Encare, você não tem a menor chance de ser *nada* além de um consolo. E terá de viver sua vida sabendo que, se tivesse dependido apenas da vontade de David, ele não teria nem sonhado em ficar com você. Laurel ganha.

A respiração de Chelsea estava entrecortada. Ela se levantou, evitando o olhar de Tamani. — Eu... acho que preciso de um pouco de água.

Tamani a viu desaparecer na cozinha, saindo de seu campo de visão. Ouviu a torneira se abrir e a água correr... e correr. E correr um pouco mais, por muito mais tempo do que o necessário para encher um copo. Depois de um minuto inteiro, ele se levantou e lançou um olhar furioso para Yuki, que parecia satisfeita.

Shar levantou a cabeça ao som dos passos de Tamani. Mas Tamani lhe fez um sinal dizendo que voltaria logo.

Mantendo Yuki no canto do olho, Tamani seguiu Chelsea até a cozinha, onde ela estava, de costas para ele, com os braços apoiados na pia. Não dava para ver nenhum copo.

— Você está bem? — perguntou Tamani baixinho, a voz minimamente acima do ruído da água.

Chelsea levantou a cabeça depressa.

— Sim, eu... — Ela fez um gesto vago. — Não consegui achar um copo.

Tamani abriu um armário bem na frente dela e tirou um, entregando a ela sem dizer nada. Ela o encheu com a água que fluía e moveu a mão para fechar a torneira, mas Tamani a impediu.

— Deixe aberta. É menos provável que ela nos ouça.

Chelsea olhou para a água corrente, provavelmente lutando contra a necessidade de não desperdiçar, então assentiu e tirou a mão. Tamani se aproximou mais um pouco, com um olho ainda na flor de Yuki, parcialmente visível do outro lado da parede.

— Ela está errada — disse ele, simplesmente. — Ela faz tudo o que diz parecer verdade, mas deturpa tanto que, no fim, não tem nada a ver com a verdade.

— Não, é totalmente verdade — disse Chelsea com uma surpreendente confiança. — Laurel é muito melhor do que jamais chegarei a ser. Eu não tinha pensado em como seu efeito sobre David poderia durar tanto assim. Mas durará. Yuki tem razão.

—Você não pode pensar assim. Laurel é muito diferente de você, mas você é incrível à sua maneira — disse Tamani, surpreendendo a si mesmo com quanto acreditava naquilo. Ele hesitou, então sorriu. — Você é mais engraçada do que Laurel.

— Ah, que ótimo — disse Chelsea secamente. — Tenho certeza de que umas piadas no momento certo conquistarão o coração de David para sempre.

— Não foi isso que eu quis dizer — disse Tamani. — Olha, é sério, você não pode se comparar com uma fada. Nós somos plantas. Nossa simetria perfeita é algo que vocês, humanos, valorizam por alguma razão. Portanto, por fora, claro, ela vai parecer diferente de você. Mas isso não a torna melhor e, sinceramente, a não ser talvez no início, não acho que foi isso que David viu nela.

— Então ela também é melhor por dentro? — murmurou Chelsea.

Agora ela está sendo cabeça-dura de propósito.

— Não, escute, só quero que você entenda por que Yuki está tão errada. Em Avalon, todo mundo tem o mesmo tipo de simetria que Laurel e eu temos. Nós temos uma escala de... beleza, acho, mas não há nada de especial na aparência de Laurel. Ela até mesmo tem uma amiga na Academia que é praticamente uma cópia dela. Se David, de alguma forma, viesse a conhecer Katya, ou alguma fada mais bonita do que ela, você acha que ele deixaria de amar Laurel?

—Vou dizer uma coisa, você é realmente péssimo nisso, viu? — resmungou Chelsea.

— Desculpe. — Tamani franziu o rosto. — Não quis insinuar que ele nunca deixaria de...

Chelsea o interrompeu emitindo um gemido baixo, de dar pena.

—Tudo bem, eu sei o que você está tentando dizer. Sério, a última coisa que você precisa fazer é tentar convencer alguém de que Laurel não é nada de especial. Eu não acredito; você não acredita. E, considerando que o fato de você roubá-la é a minha única esperança de ter uma chance com David no futuro, espero que nunca acredite mesmo.

— Não, não é nada disso. — Ele fez uma pausa, pensando. — Laurel ficou longe por um longo tempo, Chelsea. E, apesar de ela sempre ter o meu amor, olhei para outras garotas, no passado. — Ele não pôde deixar de se sentir um pouco tolo, fazendo aquela confissão. — Houve uma fada realmente linda com quem... dancei algumas vezes, em festivais. Há anos que não a vejo, mas preciso confessar que, desde que pude estar de verdade com Laurel... conhecê-la de novo... nem uma vez pensei nessa outra fada. Sério — acrescentou ele, com um sorriso, quando Chelsea ergueu as sobrancelhas. — Mal me lembrava dela o suficiente para mencioná-la. Amo Laurel; portanto, ela *se torna* a fada mais linda do mundo para mim e ninguém mais pode se comparar a ela.

— Sim, acho que já determinamos que Laurel é maravilhosa — falou Chelsea de forma arrastada. — Eu também acho. O problema é mais ou menos esse.

— Não, eu... Esqueça Laurel por um minuto. Só escute o que estou *dizendo*. Não sei se David irá amar você um dia. Mas, se amar, se amar *de verdade*, não vai importar o quanto outra pessoa seja bonita ou excitante. Se ele realmente amar você, não haverá a menor chance de você perder. Porque ele não achará que ninguém sequer poderá se comparar a você.

Chelsea olhou para ele com os olhos arregalados — olhos que imploravam para que suas palavras fossem verdadeiras.

—Você se esqueceria de Laurel, se se apaixonasse por mim?

Tamani suspirou.

— Claro, se fosse possível eu amar alguém além dela. No entanto, não acho que seja.

— Como ela consegue resistir a você? — perguntou Chelsea, mas seu sorriso havia voltado.

Tamani deu de ombros.

— Bem que eu queria saber. Como David consegue resistir a *você*?

Ela riu, de verdade dessa vez, dissipando a tensão que havia tomado conta da pequena cozinha.

— Desejo a você todo sucesso do mundo com ele — disse Tamani, agora sério.

— Como você é altruísta — respondeu Chelsea, revirando os olhos.

— Não, de verdade — disse Tamani, pousando a mão no braço dela e mantendo-a ali até que ela olhasse para ele. — Deixando minhas próprias esperanças de lado, eu sei o que é querer alguém. Sei a dor que isso pode causar. — Ele fez uma pausa antes de sussurrar: — Desejo sucesso a nós dois.

Quando saíram da cozinha juntos, ele sorriu para ela.

— Quanto ao fato de que uma coisa depende da outra, bem, vamos considerar uma feliz coincidência.

Quatro

EMBORA OS OLHOS DE LAUREL JÁ ESTIVESSEM ABERTOS QUANDO O relógio despertou, o ruído agudo cortando a meia-luz da manhã fez com que desse um pulo. Vinte e dois de dezembro. Normalmente, era um dia que passaria ajudando seus pais nas lojas ou colocando enfeites de última hora, ouvindo canções natalinas, talvez fazendo guloseimas de Natal. Desconfiava que este ano não seria nem de perto tão festivo.

O céu ainda estava escuro quando Laurel abriu o guarda-roupa e pegou uma de suas blusas feitas por fadas — parecia adequada para a ocasião, em que cumpriria realmente seu papel como agente de Avalon. Ao enfiar a blusa estilo camponesa pela cabeça, a sensação era mais de uma armadura do que de um simples tecido esvoaçante.

Diante da porta de sua casa, Laurel se deparou com uma sentinela que não reconheceu — havia tantas no momento! — e que parecia muito inclinada a detê-la.

— O sol já está nascendo — disse Laurel sem esperar para ouvir o que ela tinha a dizer. — E eu vou até a casa de Tamani. Você pode checar se estou bem dentro de uns cinco minutos. Agora, saia da frente.

Para sua surpresa, a sentinela obedeceu.

Laurel olhou rapidamente a casa enquanto dava ré pela garagem, o olhar recaindo sobre a janela sem luz do quarto dos pais. Ela ainda não contara a eles o que estava acontecendo, mas não poderia adiar muito mais.

— Está quase no fim — disse ela, esperando que estivesse certa.

Após um percurso curto, Laurel bateu à porta do apartamento e esperou até que alguém a deixasse entrar, preparando-se para a possibilidade de que fosse Shar quem atendesse. Não que importasse; Shar estava ali, em algum lugar, e ela teria de encará-lo em algum momento. Mas seria melhor que fosse mais tarde do que agora, e Laurel ficou aliviada quando o rosto de Tamani apareceu por trás da porta.

— Foi tudo bem? — perguntou Laurel ao entrar rapidamente, mantendo a voz baixa.

— Se com *bem* você quer dizer *sem ocorrências*, então, sim — respondeu Tamani, olhando para ela com um calor no olhar que ela não via desde que haviam capturado Yuki. Ela se perguntou sobre o que Tamani e Chelsea tinham conversado e se havia alguma forma de pedir a eles que o fizessem com mais frequência.

— Acho que está *bem* — respondeu Laurel, soltando a mochila no chão. Mas ela sabia que eles tinham a esperança de que algo *fosse* acontecer. Já haviam se passado quase oito horas desde que capturaram Yuki. Parecia tempo demais, e Klea não era conhecida por atrasar.

Chelsea estava sentada numa cadeira perto de Tamani, parecendo cansada, ainda em seu vestido amarrotado, mas com um sorriso no rosto. Tamani tinha tirado a gravata-borboleta, os sapatos e o paletó, embora, por causa de Yuki, não as luvas, e sua camisa estava desabotoada até a metade do peito. Os dois mais pareciam ter passado a noite inteira numa festa do que trabalhando como sentinelas.

O ruído de água corrente chegou aos ouvidos dela, e Laurel concluiu que Shar devia estar tomando um banho. Seis meses atrás, um comportamento tão mundano e humano por parte do capitão a teria feito sorrir. Agora, cada segundo que passava vigiando a porta do quarto de Tamani aumentava a tensão em seu pescoço e ombros. Como podia encará-lo novamente, sabendo o que ele havia feito com sua mãe?

— Estarei com você quando ele sair — disse Tamani, a respiração dele fazendo cócegas em sua orelha. Não tinha nem percebido que ele se aproximara tanto.

Laurel balançou a cabeça.

— Você também precisa dormir.

— Tenho tirado um cochilo aqui e ali. Confie em mim — disse ele, os dedos leves em seu ombro —, estou bem.

— Está bem — sussurrou Laurel, sentindo-se excessivamente melhor pelo fato de que ele estaria com ela.

Ambos se viraram quando Shar saiu do quarto, os cabelos ainda úmidos. Ele parou quando viu Laurel, mas encarou o olhar dela antes que ela perdesse a coragem e o desviasse para o chão.

— Aconteceu alguma coisa nos últimos cinco minutos? — perguntou Shar, pondo as mãos na cintura ao parar na sala do apartamento.

— Nadinha — disse Tamani, reproduzindo a postura de Shar. Laurel reprimiu um sorriso diante da forma automática, e provavelmente inconsciente, como Tamani imitava seu mentor.

Shar se virou e olhou para Yuki com uma expressão estranhamente neutra. Laurel não sabia como interpretá-la. Às vezes, ele parecia totalmente desprovido de emoção. Sabia que havia muito mais dentro dele; Tamani lhe contara histórias, histórias que fizeram com que ambos chorassem de rir. Mas o elfo que agora observava sua prisioneira, tão concentrado, tão indiferente, a fez questionar como alguém poderia e aproximar dele.

— Quanto tempo mais vamos esperar? — perguntou Tamani.

— Estou começando a questionar se não estávamos certos antes; que Yuki não passa de uma distração e que Klea a está deixando ficar aqui enquanto ela faz... seja lá o que esteja planejando fazer.

Destinos 32

— A não ser que os planos de Klea ameacem o portal, ou Laurel, eles não nos interessam. Temos Laurel sob vigilância constante e, para ameaçar realmente o portal, Klea precisa *dela* — disse Shar apontando de forma quase acusadora para Yuki. — Portanto, até que ela venha resgatar Yuki, podemos supor que o portal esteja seguro. Tão seguro quanto seja possível — corrigiu ele. — Nosso lugar é aqui, fazendo exatamente o que estamos fazendo no momento.

— Você acha que deveríamos contar a Jamison? — perguntou Laurel.

— Não — disseram Tamani e Shar em uníssono.

Yuki olhou para eles com uma expressão estranha, intensa.

— Por quê? — insistiu Laurel. — Parece que ele, dentre todas as fadas e elfos, é quem deveria saber.

— Venha comigo — disse Shar, virando-se na direção do único quarto do apartamento. — Vigie a Dobradora por alguns minutos, Tam, por favor.

A garganta de Laurel se apertou. Sentiu o tecido macio da luva de Tamani quando sua mão tomou a dela.

— Vou ficar na porta do quarto, se isso faz você se sentir melhor — sussurrou ele.

Mas Laurel balançou a cabeça, engolindo a raiva da melhor forma que podia.

— Estou bem — disse, querendo que fosse verdade. — Ele ainda é o mesmo Shar de sempre, certo?

Tamani assentiu e apertou sua mão antes de soltá-la.

— Vou embora — disse Chelsea com cansaço, antes que Laurel pudesse ir atrás de Shar.

— Obrigada — disse Laurel, abraçando a amiga. — A porta de casa está destrancada. — Um benefício de ter tantas sentinelas rodeando sua casa era que Laurel já não precisava mais se preocupar em trancar as portas. — Tente não acordar meus pais. Acredite, você não vai querer ter de explicar tudo isso a eles. — Ela engoliu em seco. A explicação inevitável seria uma tarefa para *ela*, e muito em breve.

Chelsea assentiu, abafou um bocejo e saiu pela porta da frente; Tamani a trancou atrás dela.

Laurel entrou no quarto de Tamani, sem se importar em acender a luz. O sol já estava a meio horizonte agora, lançando uma luz arroxeada pela janela sem cortinas. A luz recaía sobre um quarto espartano, em que havia uma única cadeira de madeira com várias peças de roupa penduradas, ao lado de uma cama de casal com um cobertor desarrumado. Laurel fixou o olhar; era a cama de Tamani. Era estranho pensar ser aquela a primeira vez que ela a via. A primeira vez que entrava no quarto dele.

— Feche a porta, por favor.

Laurel obedeceu, encontrando o olhar de Tamani por um instante antes que a porta se fechasse entre eles.

— Não podemos contar às demais sentinelas o que descobrimos a respeito de Yuki e *não podemos* ir até Jamison — disse Shar. Ele tinha o rosto próximo do dela, os braços cruzados sobre o peito e a voz num volume tal que ela mal conseguia ouvir. — Por várias razões, mas a principal é que não podemos nos arriscar a sequer chegar perto do portal. A única coisa impedindo Yuki de chegar até Avalon é que ela não sabe a localização exata. Assim que souber, estará tudo acabado.

— Mas Klea trabalhou com Barnes. Ela *só pode* ter trabalhado. Ela tem de saber onde fica a propriedade.

— Não importa — disse Shar bruscamente. — A não ser que cortem aquela floresta inteira, a única esperança que ela e Yuki têm de acessar o portal é se souberem a localização *precisa* e como ele está disfarçado.

— Mas poderíamos mandar alguém. Aaron, ou Silve, ou...

— E se eles forem seguidos? Pode ser essa a razão pela qual Klea tem esperado esse tempo todo para resgatar sua protegida. Ela poderia estar esperando até que fôssemos buscar ajuda.

— E se ela nunca aparecer? — retrucou Laurel. — Não podemos manter Yuki acorrentada a uma cadeira para sempre, Shar!

Shar recuou.

— Desculpe — murmurou Laurel. Não tinha tido a intenção de ser tão ríspida.

— Não, tudo bem — disse Shar, parecendo divertido. — Você está certa. Mas pode ser que não importe. Pelo que me consta, a única forma de isso terminar bem é mantermos Yuki o mais longe possível do portal.

— Então simplesmente esperamos?

— Chegamos a uma encruzilhada. No momento, tudo que temos é uma fada de inverno e uma porção de suspeitas. Digamos que a gente vá até Avalon. Supondo que Klea não saiba onde está o portal, podemos guiá-la até ele. Se ela já souber, pode ser que tenha colocado armadilhas no nosso caminho. De um jeito ou de outro, temos muito mais a perder do que a ganhar. E mesmo que cheguemos a Avalon em segurança, e depois? Como você vai se sentir se a Rainha Marion nos mandar executar Yuki?

Laurel engoliu em seco.

— Acredite ou não, essa é provavelmente a *melhor* coisa que podemos esperar que aconteça — disse Shar, sombrio. — Nossa outra opção é aguardar aqui — continuou ele. — O círculo aguentará desde que não seja rompido, mas não se engane: é uma coisa frágil. Um passo em falso e Yuki virá para cima de todos nós. A única forma de garantir nossa segurança é enterrar uma faca em Yuki agora mesmo.

— O quê? Não! — Laurel não pôde evitar o pânico em sua voz.

— Você está começando a entender o problema — disse Shar, a voz só um pouquinho mais suave. — Yuki é claramente perigosa, mas não acho que ela tenha feito nada que mereça a morte. Até agora, de qualquer forma. Mas não importa o que façamos, em algum momento é quase certeza que acabe ficando entre ela ou nós. A única esperança que tenho é que Klea realmente precise de Yuki e venha resgatá-la.

E se conseguirmos aguentar o suficiente... se pudermos encontrar uma maneira de neutralizar Klea *aqui*...

— Então confirmamos nossas suspeitas, o portal continua em segurança e ninguém precisa morrer — completou Laurel num tom quase monótono. Não gostava daquilo, mas não tinha nenhuma ideia melhor. Eram apenas uma fada, dois elfos e dois humanos tentando lutar contra Klea e quaisquer forças que ela tivesse à sua disposição. O que iriam enfrentar? Uma dúzia de trolls? Uma centena? Mais fadas e elfos?

—Você entende agora?

Laurel assentiu, quase desejando não entender. Tinha de admitir, mesmo de má vontade, que o plano de Shar era, com toda probabilidade, o melhor. Por enquanto. Sem uma palavra, ela se virou e saiu do quarto, com Shar logo atrás.

— Então... como isso funciona? — perguntou ela, analisando o apartamento e tentando não olhar diretamente para Yuki.

— Simplesmente esperamos sentados. Ou em pé. Como você quiser — disse Tamani. — Shar e eu vigiamos a porta e as janelas. Eu tento fazer perguntas a ela, mas isso geralmente não leva a lugar algum. — Ele deu de ombros, o gesto parecendo mais direcionado a Shar do que a Laurel. — É bem entediante, para dizer a verdade.

Yuki bufou, mas nenhum deles lhe deu atenção.

Um *ding!* eletrônico soou no quarto de Tamani, seguido por uma exclamação resmungada por Shar.

— Coisa fedorenta, apodrecida...

Laurel sorriu; Shar detestava telefones celulares e, toda vez que um tocava, ele o xingava. De forma bastante criativa, na maioria das vezes. Seus resmungos mal-humorados foram abafados pelo quarto quando ele foi lá buscar sua "porcaria humana", que quase certamente havia perdido de propósito.

Ouviu-se uma batida na porta e Tamani se levantou de um pulo.

— Chelsea provavelmente se esqueceu das chaves de novo.

Shar veio do quarto trazendo seu telefone. — Aparece o nome de Silve. O que quer dizer "mensagem dois"?

Tamani pressionou o olho no olho mágico da porta.

— Quer dizer que você tem duas mensagens... — começou Laurel.

Mas os olhos arregalados de Shar estavam fixos na janela de trás do apartamento.

— Não faça isso! — gritou ele, virando-se para Tamani.

Com um ruído de tiro, a porta explodiu.

Cinco

A EXPLOSÃO JOGOU TAMANI NO CHÃO E ROMPEU A CORRENTE DE segurança com um ruído metálico. Quando Laurel saltou para longe dos estilhaços dolorosos, viu os fundos do apartamento explodirem. Vidros da janela e pedaços de gesso da parede se espalharam pelo chão, conforme o troll mais gigantesco que Laurel já vira entrava destruindo tudo — um troll inferior, como aquele que tinha visto acorrentado no esconderijo de Barnes. A monstruosidade deformada e pálida se debatia pelo apartamento numa tentativa de se livrar de Aaron, que se aferrava às facas que havia enterrado em suas escápulas. O par engalfinhado rolou cozinha adentro, desaparecendo de seu campo de visão.

Quando se virou para Tamani, Laurel ficou horrorizada ao ver um buquê de rosas voando pelo ar desde a porta da frente, espalhando pétalas escarlates como gotas de sangue enquanto flutuava de forma quase vagarosa na direção da prisão de Yuki. O instante durou uma eternidade enquanto Laurel percebia que, dentro de aproximadamente meio segundo, as rosas iriam romper o círculo de sal, Yuki ficaria livre e, se fosse acreditar em Shar, havia uma boa chance de que ela matasse todos eles.

Uma faca de lâmina de diamante voou pelo ar, pregando o buquê embrulhado à parede, a menos de um braço de distância da barreira de sal que os mantinha com vida. Shar já estava puxando outra faca da bainha em sua cintura quando Yuki gritou de frustração e Laurel se virou para a porta destruída e para a figura ali emoldurada.

— Callista! — exclamou Shar quando Klea expôs o rosto à luz.

Uma sombra de reconhecimento passou pelo rosto de Klea ao olhar para Shar, embora suas armas estivessem apontadas diretamente para Tamani e Laurel. — Capitão! Que feliz acaso.

— Eu vi você morrer há cinquenta anos — disse Shar, cheio de descrença na voz. E, então: —Você é *Klea*.

— Shar! — Aaron veio cambaleando da cozinha, coberto por escombros e sangue de troll. Seu braço esquerdo pendia, frouxo, ao lado do corpo. —Vêm mais por aí; nós tentamos detê-los...

O horror congelou sua expressão quando seus olhos recaíram sobre a flor amarrotada de Yuki.

— Deusa da Terra e do Céu. Isto é uma...?

Mas o troll o atacou por trás e os dois caíram sobre outra parede, atravessando-a.

— Eu *disse* a você para cortar essa maldita coisa — disse Klea a Yuki, com aspereza. A arma na mão de Klea tremeu, quase que certamente de raiva, não medo, mas Laurel não se atreveu a mover-se. — Agora veja só no que você se meteu.

Klea levantou a mão para se defender quando Shar atirou outra faca pelo ar. A lâmina derrubou uma de suas armas, com um ruído metálico, mas ela apontou a outra para Shar e atirou. O som penetrante ecoou nos ouvidos de Laurel e Shar cambaleou para trás, segurando o ombro e desabando de encontro à parede.

Aproveitando o momento, Tamani saltou na direção de Klea, mas ela se desviou e o agarrou pelo pulso com a mão livre, girando-o no ar e fazendo-o cair ao chão.

— Tam! — a voz de Shar saiu com esforço, conforme ele lutava para ficar em pé.

Mas Tamani já se levantara, com uma comprida faca prateada na mão; Laurel nem sequer o tinha visto sacá-la. Klea se atirou sobre ele com uma velocidade fluida, seus movimentos tão graciosos que poderiam ser uma dança. Ela passou ilesa pelos golpes de Tamani, então golpeou o rosto dele com a coronha de sua pistola, deixando um corte irregular em sua face. Acertou outro golpe no pulso dele, e a faca de Tamani pareceu saltar para a mão dela por livre e espontânea vontade.

Tamani deu dois passos para trás, evitando a maior parte das cutiladas de Klea, mas, sem nada com que bloquear seus golpes, logo a camisa dele estava toda retalhada, com seiva úmida minando dos cortes rasos acumulados em seus braços e peito.

Enquanto Laurel procurava uma oportunidade de se atirar na direção da arma de Klea que caíra no chão, algo no canto de sua visão flutuou em asas rubras. Com um aperto nauseante no estômago, ela percebeu que uma pétala tinha caído do buquê alfinetado, pairando como uma pluma, a rota sinuosa fazendo um balé de giros e contragiros na brisa que soprava pelo apartamento. Em segundos, ela iria invadir o círculo e, então, sob o poder de Yuki, o pedacinho macio e inocente de flor se transformaria numa arma mortal.

E Laurel estava longe demais... nunca chegaria a tempo.

— Shar! — chamou, mas ele estava entre Klea e Tamani, usando uma cadeira como um escudo improvisado.

— Tire-a daqui! — gritou Shar, um chute de Klea arrancando a cadeira de suas mãos. — *Agora!*

O mundo girou diante dos olhos de Laurel quando o braço de Tamani a agarrou pela cintura, girando-a na direção da parede destruída e, então, eles caíram. Um grito escapou de seus lábios, mas foi interrompido quando atingiram o chão e todo ar foi expulso de seus pulmões. Eles rolaram juntos pelo solo e, quando pararam, por um momento Laurel só pôde olhar para cima, para o buraco que o troll de Aaron fizera na parede, três metros acima deles.

Destinos 40

—Vamos — disse Tamani, puxando Laurel para que se levantasse antes que sua cabeça parasse totalmente de girar. Ela o seguiu quase às cegas, a mão apertada na dele conforme contornavam o prédio de apartamentos.

Eles pararam quando o som agudo de madeira lascando encheu o ar, acompanhado por uma súbita lufada de vento.

— O círculo foi rompido — resmungou Tamani. O barulho continuou quando eles dobraram a esquina do prédio, onde Tamani imediatamente recuou, prensando Laurel contra a parede. — Está cheio de trolls lá na frente — sussurrou ele, a boca tão perto de sua orelha que os lábios tocaram em sua pele. — Não podemos chegar até o meu carro; vamos ter que correr. Você está preparada?

Laurel assentiu, o grunhido dos trolls chegando a seus ouvidos acima da tempestade ensurdecedora de madeira se rompendo. Tamani agarrou sua mão com força e a puxou consigo. Ela tentou olhar para trás, mas Tamani a deteve com um dedo em seu queixo e apontou seu olhar para a frente de novo.

— Não faça isso — disse ele baixinho, correndo pelo campo aberto, só diminuindo um pouco a velocidade quando eles chegaram à segurança relativa das árvores.

— Shar ficará bem? — perguntou Laurel, a voz trêmula conforme eles corriam pelo bosque. Tamani corria de forma desajeitada, ajudando-a com uma das mãos e apertando com a outra a lateral do corpo.

— Ele vai dar um jeito em Klea — disse Tamani. — Nós precisamos colocar *você* em segurança.

— Por que ele a chamou de Callista? — perguntou Laurel, em meio à respiração ofegante. Nada do que acontecera nos últimos minutos fazia qualquer sentido para ela.

— É por esse nome que ele a conhecia — respondeu Tamani. — Callista é praticamente uma lenda entre as sentinelas. Ela era uma

Misturadora treinada na Academia. Exilada antes mesmo de você brotar. Ela tinha, supostamente, morrido num incêndio. Sob a guarda de Shar, lá no Japão.

— Mas ela fingiu tudo?

— Aparentemente, sim. Deve ter feito um bom trabalho. Shar foi bem minucioso.

— Por que ela foi exilada? — ofegou Laurel.

As palavras de Tamani saíram trêmulas, conforme ele procurava o caminho entre as árvores, e Laurel se esforçou para ouvi-las.

— Uma vez, Shar me contou que ela fazia experiências com magia sobrenatural, venenos de fada... armas botânicas, basicamente.

Katya não havia contado a ela, dois verões atrás, a respeito de uma fada que tinha levado as coisas longe demais? Devia ser ela; o estômago de Laurel se apertou diante da ideia de uma Misturadora treinada na Academia e capaz de criar venenos tão perversos a ponto de ser exilada por isso. Klea já era assustadora o bastante *sem* magia.

Eles correram em silêncio por alguns minutos, finalmente encontrando a trilha imprecisa que Laurel sabia que Tamani devia ter tomado uma centena de vezes durante os últimos meses.

— Você tem certeza de que ele ficará bem? — perguntou Laurel.

Tamani hesitou.

— Shar é um... Atraente-mestre. Como o Flautista de Hamelin sobre quem eu lhe contei há algumas semanas. Ele pode controlar humanos a distância e seu controle é muito maior do que o da maioria dos Traentes. Muito melhor do que o meu — acrescentou ele, baixinho. — Ele... ele pode usá-los. Para ajudá-lo a lutar contra ela.

— Então, ele vai... controlá-los? — perguntou Laurel, não entendendo direito.

— Digamos apenas que lutar contra Shar num prédio cheio de humanos é uma ideia muito, muito ruim.

Sacrifícios, percebeu Laurel. *Barreiras humanas para colocar no caminho de Klea, ou soldados atacando contra sua vontade.* Ela engoliu em seco

Destinos 42

e tentou não pensar muito naquilo, concentrando-se em não tropeçar, enquanto Tamani continuava correndo quase depressa demais para que ela o acompanhasse.

Logo, começou a reconhecer as árvores; estavam se aproximando dos fundos de sua casa. Ao correr pelo quintal, Tamani soltou um assovio alto e ondulante. O segundo-em-comando de Aaron, um elfo alto e de pele escura chamado Silve, veio correndo da linha de árvores.

— Tam, eles estão por toda parte!

— Isso não é o pior — respondeu Tamani, ofegando em busca de ar.

Laurel parou, apoiando as mãos nos joelhos e tentando recuperar o fôlego enquanto Tamani explicava a situação, com protestos veementes por parte de Silve diante dos detalhes que Tamani e Shar tinham mantido em segredo.

— Não há tempo para explicações — disse Tamani, interrompendo Silve. — Shar precisa de apoio e precisa *agora*. — As duas sentinelas levaram alguns segundos preciosos para traçar um plano de dividir forças e Silve correu para o meio das árvores, berrando ordens.

Tamani colocou a mão de forma protetora na cintura de Laurel e a guiou até a porta dos fundos, seu olhar voltando a todo momento para as árvores.

A mãe de Laurel estava na cozinha, com um roupão de algodão amarrado frouxamente na cintura e preocupação nos olhos.

— Laurel? Por onde você esteve? E o que...? — Ela indicou em silêncio a camisa molhada e rasgada de Tamani.

— Chelsea está aqui? — perguntou Laurel, evitando a pergunta da mãe. Por enquanto.

— Não sei. Achei que você estivesse na cama. — Seus olhos voaram até Tamani e sua expressão de dor fez com que ficasse pálida. — Trolls de novo? — sussurrou ela.

— Vou ver Chelsea — disse Laurel, empurrando Tamani para uma banqueta da forma mais gentil possível.

Subiu a escada correndo e abriu a porta de seu quarto apenas o suficiente para ver o inconfundível cabelo crespo de Chelsea espalhado pelo travesseiro. Fechou a porta e deu um suspiro, o alívio engolfando-a e fazendo-a desmoronar no carpete.

Ergueu os olhos diante do ruído de passos, mas era somente seu pai, cambaleando de forma sonolenta pelo corredor.

— Laurel, o que foi? Você está bem?

A avalanche de acontecimentos que haviam soterrado sua vida em menos de vinte e quatro horas obrigou-a a controlar as lágrimas.

— Não — sussurrou. — Não estou, não.

Seis

COMO A ÁGUA QUE VAZA DE UMA REPRESA, PRIMEIRO COMO UM FILETE, depois numa torrente, Laurel se viu tropeçando nas palavras ao explicar tudo a seus pais, incluindo os acontecimentos da última semana que vinha evitando lhes contar. As palavras saíram mais devagar conforme ela foi desabafando, explicando como Klea havia atacado e que Shar ainda estava correndo perigo, e, então, por fim, ela terminou, sentindo-se purificada e vazia — exceto pela memória abrasadora da única coisa que jamais poderia permitir que seus pais descobrissem.

— Eu... não sabia como contar a vocês antes — completou ela.

— Uma fada de inverno? — perguntou seu pai.

Laurel assentiu.

— O tipo que pode fazer praticamente qualquer coisa?

Ela esfregou os olhos.

—Vocês nem imaginam.

A mãe de Laurel olhou rapidamente para Tamani, que ficara em silêncio durante a explicação de Laurel.

— Minha filha está correndo perigo?

— Não sei — admitiu Tamani. — Apesar de ser uma fada de inverno, não acho que Yuki seja uma ameaça para Laurel, pessoalmente. Klea, no entanto, é outra história. Ela faz coisas que não são nem sequer remotamente legais em Avalon e ainda não sabemos qual é o objetivo dela.

— Que pena que não pudemos simplesmente golpear Klea na cabeça e arrastá-la para longe quando ela esteve aqui em casa no mês passado — disse o pai de Laurel, brincando só um pouco.

— Precisamos levar você a algum lugar, Laurel? — perguntou sua mãe.

— Como assim?

— Você ficaria mais segura se nós a levássemos a algum lugar? Podemos partir em uma hora. — Ela estava em pé, olhando para Laurel, abaixo, com uma expressão tão protetora que Laurel quis rir e chorar ao mesmo tempo.

— Não posso ir — disse Laurel baixinho. — Isso é responsabilidade minha. Se Klea quisesse me machucar, já teve um monte de chances. Não acho que seja isso que ela queira de mim.

— O que ela *quer* de você?

Laurel deu de ombros.

— O terreno, provavelmente. O portal para Avalon. Como Tamani disse, simplesmente não sabemos.

— E não saberemos muito mais até Shar voltar — acrescentou Tamani.

Laurel notou seus punhos apertados e colocou a mão em seu braço.

— Ele vai voltar — disse ela quase num murmúrio, esperando parecer mais segura do que se sentia.

— Sabe de uma coisa? — disse Tamani baixinho, sem olhar para ela — Talvez sua mãe tenha razão. Fizemos tudo que podíamos fazer aqui. Jamison nos pediu para encontrar a raiz do problema com os trolls. Klea trouxe os trolls para resgatar Yuki. Acho que isso é prova suficiente de que a raiz é ela; portanto, missão cumprida. O resto depende realmente de Aaron e Shar, mas se eles não tiverem... êxito... — Tamani fez uma pausa e Laurel quase pôde vê-lo imaginando o pior. — Talvez você *devesse mesmo* ir embora.

Laurel já estava balançando a cabeça.

— Com todas as sentinelas nos bosques, não existe *nenhum* lugar mais seguro do que aqui. — Ela se virou para a mãe. — Eu sei que você quer me proteger. Mas tenho um trabalho a fazer e existem milhares de fadas e elfos em Avalon que dependem de mim para manter seu mundo em segurança. Se Shar e Aaron não puderem deter Klea... se houver alguma coisa que eu possa fazer, terei que estar lá para fazê-lo. Não posso fugir disso. Apenas...

A mãe de Laurel sorria para ela, os olhos brilhando com lágrimas controladas.

Laurel deu de ombros, impotente.

— Só quero ajudar.

— Não vamos conseguir fazê-la desistir, vamos? — perguntou seu pai.

Ela balançou a cabeça, com medo de que a voz vacilasse e inspirasse seu pai a fazer exatamente aquilo.

— Talvez vocês dois devessem ir sem Laurel — sugeriu Tamani. — Não acho que Klea tenha qualquer interesse em vocês, mas ao menos Laurel saberia que vocês estão seguros.

A mãe de Laurel olhou para ela.

— Se Laurel vai ficar, nós também vamos.

Tamani assentiu.

Seu pai se levantou e suspirou.

— Vou tomar um banho. Desanuviar a cabeça. Depois, poderemos elaborar um plano.

— Tenho que ligar para David — disse Laurel, pegando o telefone enquanto seu pai subia pesadamente a escada.

— Por que David tem sempre que estar envolvido? — murmurou Tamani, já começando a andar de um lado para o outro.

— Porque ele acha que tem um turno a cumprir em breve — disse Laurel incisiva, discando o número de David enquanto Tamani pegava seu celular.

— Ele tem iPhone? — sua mãe sussurrou quando o segundo toque soou no ouvido de Laurel.

Laurel assentiu.

— Eu estava guardando essa pequena informação para usar como munição na próxima vez que discutíssemos sobre *eu* ter um celular.

Sua mãe ficou calada por vários segundos enquanto Laurel ouvia a mensagem da caixa postal de David.

— Eles têm... cobertura? ... Em Avalon? — perguntou ela.

Laurel deu de ombros e deixou uma mensagem curta para David telefonar para ela quando acordasse. Pensou em ligar para o telefone de sua casa, mas não queria acordar a mãe dele. Afinal, mal eram sete da manhã. Teria que esperar.

Assim como todo mundo.

A mão de Tamani se demorou em seu bolso e ele caminhou de um lado a outro da cozinha até Laurel sentir vontade de gritar.

— Você gostaria de uma xícara de chá, Tamani? — disse finalmente sua mãe, com uma leve tensão na voz. Andar de lá para cá não era um hábito comum na casa dos Sewell. — Ou talvez você queira... se limpar um pouco?

— Limpar...? — disse Tamani, parecendo um pouco espantado. Ele olhou para sua camisa esfarrapada e os arranhões nos braços que já não estavam vertendo seiva, mas que continuavam cobertos dela. — Talvez seja uma boa ideia — disse, hesitante.

— Talvez comer alguma coisa também? — sugeriu Laurel. — Levando em conta os últimos acontecimentos, suponho que até as coisas verdes tenham voltado para o cardápio — acrescentou ela, forçando uma risada. Tamani vinha evitando seus alimentos favoritos para impedir que colorissem seus olhos e as raízes do cabelo, mas Laurel concluiu que não iria mais importar. Imaginava, em retrospectiva, que nunca tinha realmente importado: Yuki sempre soubera o que ele era.

Tamani assentiu, aos trancos.

Destinos 48

— Sim. Obrigado. Brócolis, se você tiver.

—Vou subir e arrumar uma camiseta para você — disse a mãe de Laurel, virando-se para seguir os passos do marido.

— Obrigado — sussurrou Tamani, embora seus olhos estivessem novamente fixos no telefone. Laurel podia senti-lo torcendo para que tocasse.

Calada, Laurel pegou uma faca para cortar o talo do brócolis que havia tirado da geladeira.

Tamani virou a cabeça de leve, escutando os passos da mãe de Laurel subindo a escada e entrando no quarto. Então, pareceu se derreter na banqueta, correndo as mãos pelo cabelo com um gemido baixo.

Laurel arrumou vários pedaços de brócolis num prato e entregou a ele, mas Tamani pegou o prato com uma das mãos e a mão dela com a outra, seu olhar tão intenso que a deixou sem fôlego. Ele colocou com cuidado o prato de vidro na bancada e a puxou para mais perto.

Laurel se encolheu junto ao peito dele, agarrando o que restava de sua camisa. As mãos dele tocaram seus cabelos, depois rodearam sua cintura, os dedos pressionando de forma quase dolorosa em suas costas.

— Pensei sinceramente que poderia ser o fim — sussurrou ele em seu ouvido, a voz rouca. Quando seus lábios recaíram no pescoço dela, em suas faces e salpicaram suas pálpebras, ela não se afastou. Mesmo quando a boca dele encontrou a sua, frenética e profunda, ela correspondeu ao beijo com o mesmo fogo e a mesma paixão. Foi somente naquele momento — sentindo o desespero que alimentava seu beijo — que ela percebeu quão próximos eles haviam estado da morte. Laurel não vira Tamani perder uma luta daquele jeito desde que Barnes havia atirado nele, e se aferrou a ele, tremendo com alívio de um medo que nem sequer soubera que estava sentindo.

Os dedos de Laurel tocaram o corte no rosto de Tamani, recuando quando ele ofegou baixinho de dor junto a seus lábios. Mas ele não se afastou. Na verdade, aproximou-se ainda mais. Ela queria que houvesse mais tempo; tempo para se perder nos beijos dele, esquecer que Shar estava lá fora, em algum lugar, lutando pela vida de todos eles.

Finalmente, ele afastou a boca, pressionando a testa contra a dela.

— Obrigado — disse, baixinho. — Eu... precisava de você, só por um momento.

Laurel entrelaçou os dedos aos dele.

— Acho que eu também precisava de você.

Tamani encarou seu olhar e acariciou seu rosto com o polegar. O desespero havia sumido e ele era novamente todo calma e tranquilidade. Sua boca tocou a dela, hesitante, como suas mãos já haviam feito tantas vezes antes. Laurel se inclinou para a frente, querendo mais. Querendo mostrar a ele que queria mais. Parou de prestar atenção aos passos da mãe, ou a algum sinal de que Chelsea saísse do quarto, a qualquer outra coisa que não fosse o ronronar suave da respiração de Tamani em seu rosto.

Apenas quando o ruído metálico do telefone soou perto do seu ouvido foi que o mundo voltou, repentinamente, a entrar em foco. Tocou novamente enquanto ela tentava recuperar o fôlego.

— Deve ser David — sussurrou.

Tamani acariciou seu lábio inferior com o polegar, então deixou a mão cair e se virou para o prato de brócolis enquanto Laurel pegava o telefone.

— Laurel! — disse David, a voz indistinta. — Você está em casa. Você perdeu a hora? Quer que eu vá até lá e substitua você? — Ela podia ouvi-lo remexendo nas coisas, ao fundo, provavelmente vestindo o jeans e uma camiseta, pronto para sair correndo e salvar o dia.

— Não. Não, é pior do que isso — disse Laurel baixinho. Todo o ruído do lado de David parou, enquanto ela explicava o que havia acontecido.

— Estou indo para aí.

— Acho que já tem gente estressada demais nesta casa — argumentou Laurel.

Destinos 50

— Bem, não posso simplesmente ficar aqui e esperar. Eu... vou me sentir melhor se estiver aí, só por precaução. Tudo bem?

Laurel abafou um suspiro. Sabia exatamente como ele se sentia e, se suas posições estivessem trocadas, ela iria querer a mesma coisa.

— Tudo bem — disse. — Mas entre sem bater, sem tocar a campainha, nada. Chelsea ainda está dormindo e ela realmente precisa descansar.

— Pode deixar. E... Laurel? Obrigado.

Laurel desligou e se virou para encarar Tamani.

— Ele está vindo para cá.

Tamani assentiu, engolindo um bocado de vegetais.

— Logo vi.

— Quem está vindo? — perguntou a mãe de Laurel da metade da escada.

— David.

A mãe de Laurel suspirou, meio divertida, enquanto jogava uma camiseta cinza limpa para Tamani.

—Vou dizer uma coisa: não sei o que esse menino diz para a mãe dele.

Sete

TAMANI TRINCOU OS DENTES AO ENFIAR A CAMISETA NOVA — E GRANDE demais — por cima das ataduras que Laurel tinha passado os últimos dez minutos colocando. David tinha chegado e Laurel estava sentada com ele no sofá, colocando-o a par do ataque da manhã. Tamani tentou bloquear a voz dela; ele mesmo já repetia os acontecimentos em sua mente, procurando por alguma maneira de ter sido mais preparado, mais eficiente.

Principalmente contra Klea.

Havia anos que não perdia uma luta corpo a corpo para ninguém além de Shar. Perder para uma Misturadora treinada por humanos era quase tão doloroso quanto os ferimentos que ela deixara nele, que já doíam demais.

Os pais de Laurel haviam se oferecido para não ir trabalhar e ficar em casa, mas Tamani insistiu que era melhor que eles fossem para suas lojas e fingissem ser um dia normal. Antes que Laurel pudesse pensar em sugerir, Tamani já havia mandado meia dúzia de sentinelas atrás de cada um de seus pais, só por precaução. O olhar de agradecimento dela fora um bônus.

— E agora?

Destinos 52

Tamani ergueu os olhos e percebeu que David estava falando com ele.

— Estamos esperando notícias de Shar — resmungou Tamani. — Silve levou uma companhia inteira de sentinelas até o apartamento para ajudar a lidar com os trolls. Eles devem avisar que está tudo liberado a qualquer momento.

— E... — David hesitou. — Se não avisarem?

Era nisso que Tamani vinha pensando havia mais de uma hora.

— Não sei. — O que ele queria dizer era que levaria Laurel para algum lugar onde ninguém pudesse encontrá-la, nem mesmo David, e que ficaria lá até que tivesse certeza de que ela estava segura. Último recurso para qualquer *Fear-gleidhidh*. Mas Laurel já decidira que não iria fugir e Tamani provavelmente não deveria dizer a ela que eles poderiam ter de fugir quer ela quisesse ou não.

— Não gosto muito disso — disse David.

— É, bem, nem eu — disse Tamani, a voz cheia de frustração. — Também não estamos exatamente seguros aqui; é só um pouco mais seguro do que qualquer outro lugar, no momento. — *Mas por quanto tempo?* Ele cruzou os braços sobre o peito e olhou para David. — Você gostaria de ir embora?

David apenas olhou feio para ele.

O telefone de Tamani começou a vibrar em sua mão. Ele olhou para a tela e viu uma caixa azul anunciando a entrada de uma mensagem de texto.

De... Shar?

klea pegou yuki e fugiu. fui atrás.

Então, o telefone zumbiu de novo — uma foto, desta vez. Ele estava aguardando notícias de Shar — ansiando talvez por boas-novas — mas, apesar de estar grudado em seu telefone desde que chegaram à casa de Laurel, a pessoa que ele imaginou que fosse ligar era Aaron. Talvez Silve. Shar nunca conseguira usar o telefone antes; normalmente, ele se recusava até a tentar. Tamani deslizou o dedo na tela uma, duas, três vezes antes que reconhecesse seu toque e destravasse. Ele apertou os olhos diante da minúscula imagem por um segundo, antes de ampliá-la.

Não que ajudasse muito.

Ele olhava para uma cabana de madeira com uma estrutura branca, parecida a uma tenda, se abrindo nos fundos. Havia duas figuras levemente granuladas perto da porta da frente.

— O que é? — perguntou Laurel.

Ele a chamou com um gesto.

— É do Shar.

— Shar? — A descrença na voz de Laurel era tão intensa quanto na mente de Tamani. — Ele mandou uma mensagem para você?

Tamani assentiu, analisando a foto.

— Ele disse que Klea fugiu com Yuki. Ele as seguiu até aqui. — Ele deslizou os dedos pela tela, focando nas duas figuras, querendo ter certeza antes de dar voz a suas suspeitas. — Esses dois guardas — disse lentamente —, não acho que sejam humanos.

— Trolls? — perguntou David, ainda no sofá.

— Do povo das fadas — disse Tamani, sem tirar os olhos da tela. — Tampouco parecem estar tentando se esconder. Esse deve ser... sei lá, o quartel-general de Klea?

— Você não deveria ligar para ele? — sugeriu Laurel, mas Tamani já negava com a cabeça.

— De jeito nenhum. Se é aqui que ele está, não posso arriscar entregá-lo.

— O seu telefone não consegue, tipo, encontrar o dele com GPS ou algo assim?

— Sim, mas não sei se isso importa. Não veio nenhum texto com essa imagem e, por enquanto, devo supor que isso significa que não devo fazer nada. — Ele enterrou as mãos no bolso, uma ainda agarrada ao telefone, e começou a andar de um lado para outro.

O telefone zumbiu quase imediatamente. Outra foto.

Destinos 54

— O que são essas coisas? — perguntou Laurel, apertando-se ao lado dele para espiar os caules altos e verdes.

O estômago de Tamani se revirou de náusea. Como filho de uma Jardineira, tinha levado menos de um segundo para reconhecer o nítido espécime de planta.

— São brotos — disse, a voz rouca.

— Brot... Oh! — disse Laurel, prendendo a respiração.

— As plantas das quais nascem as fadas e os elfos? — perguntou David, levantando-se do sofá para olhar por cima do ombro de Tamani.

Tamani assentiu, mudo.

— Mas há dezenas delas! — disse Laurel. Então, após uma pausa. — Por que tantas foram cortadas?

Mas Tamani só conseguia balançar a cabeça enquanto olhava fixamente para a foto, tentando entender a mensagem de Shar. Tudo a respeito daquilo estava errado. Ele não era nenhum Jardineiro, mas as condições dos brotos em crescimento eram revoltantes até mesmo para os leigos. As plantas estavam próximas demais e a maioria dos caules eram curtos demais, em comparação ao tamanho do botão. Estavam, no mínimo, desnutridas e provavelmente com danos permanentes.

Mas eram os caules cortados que mais o incomodavam. A única razão para cortar um caule era para colher de forma precoce. A mãe de Tamani havia feito isso uma vez em sua carreira, para salvar um bebê-fada que estava morrendo, mas Tamani não podia imaginar que os motivos de Klea fossem tão maternais. E ele não fazia ideia por que ela iria fazer isso com tantos. Ela só os podia estar *usando*. E não como companhia.

Sua especulação chocante foi interrompida por outra foto, desta vez de um suporte de metal contendo vários frascos verdes. Não houve nenhum vestígio de reconhecimento por parte de Tamani e ele inclinou a tela na direção de Laurel.

—Você reconhece este soro?

Laurel balançou a cabeça.

— Praticamente metade dos soros é verde. Poderia ser qualquer coisa.

— Talvez... — Sua pergunta foi interrompida pelo telefone zumbindo de novo. Não era texto dessa vez; uma chamada. Tamani respirou fundo e levou o telefone ao ouvido.

— Shar? — disse, perguntando-se se sua voz estaria tão desesperada quanto ele se sentia.

Laurel olhou para ele, anseio, preocupação e esperança se entrelaçando em seu olhar.

— Shar? — disse ele, agora mais baixo.

— Tam, preciso da sua ajuda — sussurrou Shar. — Preciso que você... — A voz foi sumindo e ruídos de algo se arrastando soaram alto no ouvido de Tamani quando pareceu que Shar havia soltado o telefone.

— Não se mexa, ou essa prateleira inteira vai tombar. — A voz de Shar estava nítida, mas com um leve eco. *Viva-voz*, percebeu Tamani. Sentiu uma risada subindo por sua garganta e teve de morder o lábio com força para controlá-la. Shar tinha aprendido o suficiente para usar o telefone quando necessário.

A voz de Klea — mais distante, mas suficientemente clara para se compreender — soou em seguida.

— Sinceramente, Capitão, isso é mesmo necessário? Você já mandou a minha programação para o espaço ao nocautear a coitada da Yuki.

Nocautear uma fada de inverno?, pensou Tamani, ao mesmo tempo orgulhoso e incrédulo. *Como será que ele conseguiu fazer isso?*

— Eu vi você queimar — disse Shar, a voz em ponto de ebulição. — As chamas estavam tão quentes que ninguém conseguiu chegar perto por três dias.

— Quem é que não gosta de um bom fogo? — disse ela, o tom sarcástico.

Destinos 56

— Fiz com que testassem as cinzas. A Academia confirmou que uma fada de outono tinha morrido naquele fogo.

— Que diligente da sua parte! Mas foi por isso que deixei minha flor para trás. Acho que não conseguiria tê-los enganado se não fosse fresca.

Laurel colocou a mão no braço de Tamani.

— É...?

Tamani a silenciou com gentileza e afastou o telefone do rosto, acionando seu próprio viva-voz e silenciando seu microfone por precaução.

— Onde você encontrou Yuki? — disse a voz de Shar, claramente.

— Encontrei? Ah, Capitão, só é preciso ter uma sementinha, se você souber o que faz. O trabalho era lento quando eu tinha que contar com cortes de mudas, mas, nas últimas décadas, os humanos têm feito progressos notáveis em clonagem. Descobri rapidamente que cada broto tem seu próprio destino, não importa de que linhagem seja. Então, foi só uma questão de tempo até eu conseguir uma fada de inverno.

— Onde você conseguiu a semente, então?

— Eu não deveria dizer a você — disse Klea —, mas é bom demais para guardar só para mim. Eu roubei dos Unseelie.

— *Você* é uma Unseelie, caso tenha esquecido.

— Não me coloque no mesmo saco que esses fanáticos malucos — retrucou ela. — Nunca descobri onde a Unseelie conseguiu a semente, não que isso importe. Uma delas até me viu pegá-la quando eu estava fugindo. Ah, ela ficou tão furiosa — disse Klea num sussurro. — Mas acho que você a conhece, Shar de Misha.

Tamani fechou os olhos, sabendo como seu amigo deveria estar se sentindo ao descobrir o segredo que sua mãe tinha guardado dele; o segredo que poderia ter salvado tantas vidas. Houve uma longa pausa antes que Shar respondesse:

— Você tem um estoque bem grande destes frascos aqui. O mínimo que pode fazer é me revelar pelo que estou prestes a morrer. Você me deve isso.

— A única coisa que lhe devo é uma bala na cabeça.

— Então eu deveria derrubar estes aqui — disse Shar. —Você vai me matar de qualquer jeito.

Ao provocar Klea, a voz de Shar parecia troar, enchendo o ambiente com suas dicas cuidadosas. Tamani podia sentir Laurel tentando chamar sua atenção, mas agora não era o momento para uma de suas conversas silenciosas. Ele se obrigou a se concentrar no telefone na palma de sua mão e fez o possível para respirar normalmente.

Klea hesitou.

— Está bem. Não pense que vou poupar você. Demorei muito para fazê-los e prefiro não desperdiçá-los, mas este lote é somente o último. A maioria já foi usada.

— É com isso que você faz os trolls ficarem imunes aos nossos venenos?

— Em Avalon, vocês tratam os doentes. Aqui, os humanos aprenderam a prevenir doenças antes que elas aconteçam. Isso é basicamente a mesma coisa. Uma espécie de inoculação. Portanto, sim, torna-os imunes.

— Imunes à magia das fadas, você quer dizer. Magia de *outono*.

Tamani nunca tinha ouvido a palavra *inoculação*, mas seu sentido era repugnantemente claro. Klea estava criando uma horda inteira de trolls imunes à magia de outono. Todos os problemas que haviam tido durante os últimos anos — o dardo que não funcionara em Barnes dois anos atrás; o soro de Laurel que apagara quatro trolls no farol, mas não Barnes; o globo de *caesafum* que não tivera efeito nos trolls após o Baile de Outono, apenas há alguns meses; os soros de rastreamento que pararam de funcionar. Era tudo coisa de Klea.

— Aquele troll superior — disse Shar, o raciocínio tão rápido quanto o de Tamani.

— Ah, sim. Você se lembra do Barnes. Ele foi minha cobaia, há muito tempo. Não deu muito certo, então, e ele decidiu se voltar contra mim. Mas sempre acho muito tranquilizador ter um ou dois planos, para quaisquer eventualidades. Você não acha?

Uma risada forçada de Shar.

— Eu bem que gostaria de ter um plano extra agora.

— Disse bem! — cantarolou Klea num tom que fez Tamani querer destruir o telefone. — Mas nós dois sabemos que você não tem. Ou você está tentando ganhar tempo porque tem medo de morrer, o que é terrivelmente inapropriado, ou você acha que vai conseguir levar essas informações milagrosamente para Avalon antes que eu a invada, o que não vai acontecer. Portanto, se você fizer a gentileza de sair daqui e ir para onde eu possa lhe matar...

— O que você acha que vai fazer? — interrompeu Shar, e Tamani se forçou a concentrar-se nas palavras de Shar em vez de nas imagens aterrorizantes que passavam por sua cabeça, do que estava a ponto de acontecer ao seu melhor amigo. — Torturar Laurel até ela contar onde está o portal? Ela não vai dizer. Ela é mais forte do que você pensa.

— Para que diabos preciso de Laurel? Eu sei onde está o portal. Yuki tirou essa informação da cabeça de Laurel há quase uma semana.

Espantada, Laurel olhou para cima, os olhos repletos de choque, mas a compreensão inundou seu rosto quando Tamani fez suas próprias conexões. *Aquelas dores de cabeça.* Aquela terrível, depois do ataque dos trolls, quando sua mente tinha ficado vulnerável e possivelmente voltada para Avalon. O telefonema que Yuki recebeu de Klea, o brilho em seus olhos — devia ter sido o plano de Klea todo o tempo, sua motivação para mandar trolls atrás deles naquela noite. E, além das dores menores, Laurel tinha mencionado outra forte na frente de seu armário, no último dia de aula — tinha até mesmo expressado preocupação pela possibilidade de Yuki ser a causa. Mas Tamani tinha afastado a ideia porque eles estavam prestes a capturá-la, de qualquer forma. Não era de admirar que Klea tivesse ficado tão furiosa quando Yuki insistiu em ficar para ir ao baile — ela já tinha completado sua missão. Tinha ficado realmente por causa de sua afeição equivocada por Tamani.

Tamani fechou os olhos e se forçou a respirar fundo, com calma. Agora não era o momento de perder o controle.

— Então, só tenho um último pedido. — Os olhos de Tamani se arregalaram. Havia algo na voz de Shar de que ele não gostou. Uma tensão.

— Diga a Ari e a Len que eu as amo — disse Shar, falando com extrema clareza, a despeito do tremor em sua voz. — Mais do que tudo.

Um medo gelado encheu o peito de Tamani.

— Não. — A súplica que mal se podia ouvir deslizou dos lábios de Tamani.

— Isso é muito doce, mas não estou operando um serviço de mensagens, Shar.

— Eu sei, é só... irônico.

— Irônico? Não vejo como.

Um estrondo incrível soou aos fundos, como se mil cálices de cristal se estilhaçassem no chão, e Laurel cobriu a boca com a mão.

—Vamos perguntar ao Tamani — disse Shar, e a cabeça de Tamani se levantou de repente ao som de seu nome. — Ele é o especialista em línguas. Tamani, não é isso que os humanos chamam de ironia? Porque eu nunca imaginei que meus últimos minutos de vida fossem dedicados a descobrir como usar esse maldito telefone.

— Não! — gritou Tamani. — Shar! — Ele agarrou o telefone, impotente. A inconfundível explosão de um tiro encheu seus ouvidos, e seu estômago se revirou enquanto ele caía de joelhos. Quatro tiros. Cinco, Sete. Nove. Então, silêncio, quando o telefone ficou mudo.

—Tam? — a voz de Laurel mal era um sussurro, as mãos se estendendo até ele.

Tamani não conseguia se mexer, não conseguia respirar, não conseguia fazer nada além de se ajoelhar em silêncio, a mão em volta do telefone, os olhos implorando para a tela se acender de novo, para o nome de Shar surgir de novo, para sua risada mordaz soar pelo alto-falante, tentando convencer Tamani de que a brincadeira tinha realmente sido engraçada.

Mas sabia que aquilo não iria acontecer.

Apesar das mãos trêmulas, Tamani conseguiu guardar o telefone no bolso enquanto se levantava.

— Está na hora — disse ele, surpreso com a firmeza em sua voz. —Vamos.

—Vamos? — disse Laurel. Ela parecia tão abatida quanto Tamani se sentia. —Vamos aonde?

Sim, aonde? Quando eles estavam caçando trolls, Shar lhe dera um sermão a respeito de permanecer no seu papel de *Fear-gleidhidh* de Laurel. Deveria pegar Laurel e fugir? Sua cabeça girava ao tentar decidir o que era *certo*. Mas o som dos tiros e a imagem mental das balas penetrando Shar estavam bloqueando tudo mais.

Diga a Ari e a Len que eu as amo.

Ariana e Lenore estavam em Avalon. Aquelas não eram simplesmente ternas palavras finais; eram instruções.

Tamani tinha recebido suas ordens finais de Shar.

— Para o portal — disse ele. — Para Jamison. Shar não precisava dizer a Klea que estávamos ao telefone, mas ele disse. Você ouviu Klea... ela já tinha terminado conosco. Shar nos transformou novamente num alvo, para dividir a atenção dela e desequilibrá-la. Ele ganhou para nós o tempo de que precisamos para alertar Avalon, então é isso que vamos fazer. — As peças estavam se encaixando na mente dele. — Agora! — acrescentou, já tirando as chaves do bolso.

Ele se dirigiu à porta da frente, mas David se colocou diante dele.

— Epa, epa, epa — disse David, levantando as mãos. — Espere só um segundinho aí.

— Saia — disse Tamani, sombrio.

—Avalon? Agora? Não acho que seja uma boa ideia.

— Ninguém perguntou nada a você. — Lógico, ele iria escolher justo *agora* para brigar a respeito daquilo.

O olhar de David se suavizou, mas Tamani se recusou a reconhecer o fato. Não queria piedade de um humano.

— Olha, cara — disse David —, você acabou de ouvir seu melhor amigo ser massacrado. Eu mal o conhecia e estou me sentindo bem mal, no momento. Não tome nenhuma decisão precipitada logo depois de... do que aconteceu.

— Do que aconteceu? Você quer dizer, de Shar ter sido *assassinado*? — As palavras eram como sal em sua língua e ele tentou não deixar David perceber quanto lhe doía sequer pronunciá-las. — Você tem ideia de quantos amigos meus já vi morrer? — inquiriu Tamani, enquanto tentava afastar as lembranças. — Essa não é a primeira vez. E você sabe o que eu fiz? Todas as vezes?

David balançou a cabeça, num arrepio convulsivo.

— Peguei minha arma... maldição, algumas vezes peguei as armas *deles*... e continuei fazendo meu trabalho até que estivesse terminado. É o que faço. Agora vou dizer uma vez mais: saia da minha frente!

David deu um passo hesitante para trás, mas ficou perto, ao lado dele, colocando um pé na frente da porta quando Tamani estendeu a mão para abri-la.

— Então, me deixe ir com você — disse ele. — Eu dirijo. Você pode sentar no banco de trás e pensar um pouco. Decidir se essa é realmente a escolha certa. E se você mudar de ideia... — Ele abriu os braços, dando de ombros.

— Ah, então agora *você* é o herói? Agora que Laurel está aqui para ver? — disse Tamani, sentindo o pouco controle que tinha começar a desaparecer. — Ontem à noite você *foi embora*. Fugiu, em vez de fazer o que tinha de ser feito com Yuki. Eu venho fazendo o que tem de ser feito há *oito anos*, David. E ainda não falhei nem fugi. Se há uma pessoa que pode manter Laurel em segurança, sou *eu*... não você!

Quando ele tinha começado a gritar?

Destinos 62

— O que está acontecendo? — Uma voz grogue fez todos se voltarem para a escada, onde Chelsea estava parada, a camiseta amassada, os cachos rebeldes em volta do rosto formando um halo de escuridão.

— Chelsea. — Laurel se enfiou entre David e Tamani, os braços firmes e fortes, fazendo ambos darem um passo atrás. — É o Shar. Klea... Klea o pegou. Nós temos que ir para Avalon. Agora mesmo.

Tamani não pôde evitar um lampejo de orgulho por Laurel ter ficado do seu lado.

— Você pode voltar a dormir, ou ir para casa, ou o que quiser. Eu telefono para você no minuto em que voltarmos.

— Não — disse Chelsea, a fadiga desaparecendo de sua voz. — Se David vai, eu também vou.

— David *não* vai! — insistiu Tamani.

— Eu só... só não quero que vocês se machuquem — disse Laurel, e Tamani pôde ouvir a tensão em sua voz.

— Ora, vamos — implorou Chelsea baixinho. — Já passamos por tudo com você. Estamos juntos nessa. Esse tem sido nosso lema há meses.

A última coisa que Tamani queria era mais passageiros, e tempo era um luxo a que não podiam se dar. Ele abriu a boca para declarar exatamente quem iria e quem não iria, mas a expressão no rosto de Laurel o deteve. Ela estava com as chaves de seu carro na mão e olhava para elas de forma estranha.

— Tamani, meu carro está lá no seu apartamento. E o seu também.

Tamani sentiu o instinto de luta se esvair dele como água escorrendo pelas folhas de um bordo, deixando apenas as pontas afiadas do pesar.

David teve o bom senso de não sorrir.

— Está bem! — disse Tamani, cruzando os braços. — Mas eles não vão deixar vocês passarem pelo portal e, daqui a algumas horas, no máximo, aqueles bosques estarão cheios de trolls, fadas e elfos, e *eu não estarei lá para proteger vocês.* — Ele dirigiu a Chelsea um olhar que lhe implorava para ficar ali. Ficar onde era seguro.

Mais seguro.

Onde, ao menos, havia sentinelas para cuidar dela. Mas, ao se deparar com sua expressão determinada, ele soube que ela não faria aquilo.

— Imagino que seja um risco que vamos ter que correr — disse ela calmamente.

— Meu carro está na entrada da casa — ofereceu David, tirando as chaves do bolso.

Tamani abaixou o queixo. À exceção de Laurel, e possivelmente sua mãe, não achava que houvesse alguém no mundo que ele amasse tanto quanto Shar. Nem mesmo Laurel, olhando para ele com solidariedade, podia aliviar o peso que ele sentia. Ela se aproximou dele, mas ele virou o rosto; se olhasse em seus lindos olhos mais um segundo, iria desmoronar e perder totalmente o controle. Em vez disso, empertigou-se de forma estoica e assentiu, piscando algumas vezes.

— Está bem. Temos que ir. Agora.

Oito

— ESPERE — DISSE LAUREL QUANDO DAVID DEU A PARTIDA NO CARRO.
— Preciso telefonar para a minha mãe. — Ela tentou abrir a porta do
carro, mas Tamani a deteve pondo a mão em sua coxa.

— Use isto — disse ele, entregando-lhe seu celular.

Pareceu mórbido tocar no telefone, mas Laurel respirou fundo e
estendeu a mão para pegá-lo. Digitou o número da loja e implorou
silenciosamente para que a mãe atendesse.

— Cura da Natureza! — disse sua mãe. O simples tom familiar da
voz de sua mãe já a fez ter vontade de chorar.

— Mãe — disse Laurel, percebendo que nem sequer sabia o que
dizer.

— Estamos ocupados com os clientes no momento, mas se você
deixar um recado, nós ligaremos para você em seguida.

A garganta de Laurel se apertou. Era somente a secretária eletrô-
nica. Esperou pelo bipe e respirou fundo.

— O-oi, mãe — disse Laurel, pigarreando quando a voz vacilou.
— Nós... estamos de saída. Vamos para Avalon — disse Laurel rapidamente, feliz que sua mãe fosse a única pessoa da loja a ter a senha para
o correio de voz. — O Shar... o Shar foi pego e precisamos ir contar
a Jamison.

Não sabia mais o que dizer; detestava que fosse uma gravação.

—Voltarei assim que puder. Eu te amo — sussurrou Laurel antes de apertar o botão para encerrar a chamada. Olhou para o telefone em sua mão por um longo momento, sabendo que, se olhasse para qualquer outro lugar ou tentasse falar, começaria a chorar. Esperava, rezava, para que aquelas não fossem as últimas palavras que seus pais ouvissem dela.

Tamani estendeu a mão.

Após respirar, estremecendo, Laurel devolveu o telefone para ele. Percorrendo sua lista de contatos, Tamani levou o telefone ao ouvido.

— Aaron. Shar está morto. Klea está com Yuki e um exército de trolls. Eles são imunes à magia de outono e sabem onde fica o portal. Estou levando Laurel para Avalon. Quando você terminar de limpar tudo no apartamento, sugiro que junte todo mundo que não estiver vigiando os pais de Laurel e vá até a propriedade. Provavelmente chegará nos calcanhares de Klea. A Deusa te proteja.

Cada palavra saiu de forma uniforme, inexpressiva, glacial. Mas, quando Tamani encerrou o telefonema, desligou o celular e o largou no banco como se o objeto o queimasse. Laurel especulou se tornaria a pegá-lo, algum dia.

Duas mensagens finais — uma delas, uma despedida sincera; outra, uma chamada de trabalho aparentemente serena, apesar do conteúdo devastador.

Laurel estremeceu. Teria quase sido melhor se Tamani houvesse gritado, se enfurecido. Mas ele estava escondendo tudo, até mesmo dela, ali sentado, a cabeça encostada na janela. Ela se sentia impotente.

Cerca de oito quilômetros fora de Crescent City, no entanto, ele passou a mão pelo braço de Laurel e entrelaçou os dedos aos dela, puxando-a muito sutilmente para mais perto. Os olhos dele continuavam fixos na paisagem à janela, mas seu aperto era indicação suficiente de que precisava de uma âncora. Ela se sentiu estranhamente orgulhosa por ser aquela a quem ele finalmente recorrera. Ainda que seus dedos estivessem começando a doer.

Ninguém disse nada durante a maior parte da viagem, ao menos em parte porque Chelsea tinha voltado a dormir, encurvada desajeitadamente no banco semirreclinável do passageiro. Provavelmente fosse bom que ela não tivesse escutado o telefonema de Shar; o sono não viria tão fácil, nesse caso. Finalmente, um trecho acidentado de asfalto a despertou e ela desafivelou o cinto de segurança para poder se virar no banco e conversar com Laurel e Tamani.

— Então, hã, quando chegarmos lá, o que vamos fazer? — Seus olhos baixaram brevemente até as mãos entrelaçadas de Laurel e Tamani, mas ela não disse nada.

Tamani se voltou da janela pela primeira vez, seu rosto e até mesmo seus olhos estavam calmos.

— Nós vamos até o portal, explicamos nossa emergência, requisitamos entrada e, se tivermos sorte, eles nos deixarão entrar. E com *nos* quero dizer Laurel e eu. Nenhum humano pôs os pés em Avalon em mais de mil anos.

— Queremos ajudar — disse David. — Você não acha que nos deixariam entrar?

A mão de Tamani soltou a de Laurel quando ele se inclinou para a frente.

— Já falamos sobre isso — disse ele, sem ser grosseiro. — A sua ajuda não é do tipo que eles vão querer. Sugiro que vocês nos deixem lá e vão embora o mais depressa possível. Vão para o sul... não voltem à casa de Laurel. As sentinelas protegerão os pais dela — disse ele, virando-se brevemente para Laurel —, mas a última coisa de que eles precisam é de mais pessoas para confundir tudo. Vão para Eureka, ou McKinleyville. — Ele hesitou. — Vão... fazer compras de Natal ou algo assim.

— No shopping, uma semana antes do Natal. Que delícia — resmungou Chelsea.

—Vão comer torta em Orick, então. A questão é: não voltem a Crescent City, de preferência até amanhã ou no dia seguinte.

— E como explicaremos *isso* aos nossos pais? — perguntou David.

—Talvez você devesse ter pensado nisso antes de insistir em vir — disse Tamani, o tom de certa forma mais áspero, mesmo sem elevar em nada o volume.

David apenas balançou a cabeça.

— Estamos do mesmo lado, cara.

Tamani baixou os olhos e Laurel o ouviu respirar várias vezes de forma rápida e superficial, antes de levantar a cabeça e dizer, mais calmamente:

— Se eles deixarem vocês entrar, vocês provavelmente acabarão ficando em Avalon pelo menos uns dias. Acredite em mim, você terá tempo mais do que suficiente para decidir o que dizer à sua mãe.

— Eu vou dizer à *minha* mãe que David e Laurel tentaram fugir para se casar — soltou Chelsea. — Eu só fui junto para tentar tirar a ideia da cabeça deles. Ela vai perdoar qualquer coisa se achar que estou protegendo a virtude de Laurel.

Laurel percebeu que estava de queixo caído e deu um tapa no ombro de Chelsea.

—Venho guardando essa para uma emergência — disse Chelsea com orgulho, a ninguém em particular, olhando para a frente e colocando o cinto de novo quando David saiu da estrada principal.

A visão da cabana, acomodada entre as enormes sequoias, lançou uma nova onda de tristeza sobre Laurel. A última vez que estivera ali fora com Tamani e tinha sido um dos dias mais maravilhosos de sua vida. Mesmo agora, a lembrança fez com que arrepios percorressem seu corpo. A vida, de repente, pareceu tão frágil e incerta; ela se perguntou se ela e Tamani iriam ter outro dia como aquele. E, Laurel percebeu, ela *queria* desesperadamente um dia como aquele. Olhou para ele; seu olhar também estava fixo na cabana. Então, ele se virou e seus olhos se encontraram e ela soube que ambos estavam pensando a mesma coisa.

— Onde devo estacionar o carro? — perguntou David. — Eles vão vê-lo, quando chegarem.

— Se chegarem antes de vocês irem embora, será tarde demais para se preocupar — disse Tamani, rompendo o contato visual. — Pode deixar aqui mesmo.

Eles começaram a ir em direção à floresta quando Tamani parou, o rosto mortalmente sério.

— David, Chelsea, como eu disse antes, só houve um pequeno punhado de humanos que foram admitidos em Avalon. Mas aqueles que foram... às vezes, não voltam. Se vocês vierem conosco até a floresta, não sei o que irá acontecer. E não sei o que seria pior: vocês serem mandados de volta, no portal, sem tempo suficiente para voltar para o carro, ou eles, de fato, deixarem vocês entrar.

Ele sustentou o olhar de David por um longo tempo antes que este assentisse. Então, voltou seu olhar para Chelsea.

— Não posso voltar atrás e desistir — disse ela baixinho. — Eu iria me odiar pelo resto da vida.

— É justo — disse Tamani, quase num sussurro. — Então, vamos.

Tamani os guiou pela trilha sinuosa, movendo-se em meio à floresta com tanta confiança e determinação que Laurel e seus amigos quase tiveram que correr para acompanhá-lo. Laurel sabia que devia haver sentinelas seguindo seu progresso e, à cada curva, ela esperava que elas aparecessem, como tinham feito tantas vezes quando entrava na floresta com Tamani. Mas o bosque continuou em silêncio.

— Chegamos tarde demais? — sussurrou Laurel.

Tamani balançou a cabeça.

— Estamos com humanos — disse apenas.

Quando enfim puderam ver o antiquíssimo anel de árvores que rodeava o portal, uma sentinela finalmente deu as caras, surgindo pratica-mente na frente de Tamani e o detendo com uma das mãos em seu peito. Tamani interrompeu o movimento com tamanha graciosidade que um observador poderia pensar que era exatamente ali que ele pretendera parar.

— Você está se arriscando muito, trazendo-os tão perto, Tam — disse a sentinela.

— Vou me arriscar ainda mais quando pedir permissão para levá-los a Avalon — respondeu Tamani, inabalável.

O choque se espalhou pelo rosto da sentinela.

— Você... você não pode fazer isso! Isso não se faz!

— Afaste-se — disse Tamani. — Não tenho tempo.

— Você não pode fazer isso — disse a sentinela, recusando-se a sair. — Enquanto Shar não voltar, não podemos nem mesmo...

— Shar está morto — disse Tamani, e um silêncio reverente pareceu percorrer as árvores. Após esperar alguns segundos, talvez para deixar que a notícia calasse, ou talvez para reunir coragem, Tamani prosseguiu: — Como segundo em comando dessa missão, a autoridade dele passa para mim, pelo menos até o Conselho se reunir. Portanto, repito, afaste-se.

A sentinela recuou e Tamani seguiu em frente a passos largos, o queixo empinado.

— Sentinelas, meus... — Sua voz vacilou muito levemente. — Meus primeiros doze à frente. — Aquelas eram as palavras de Shar, o início de um ritual que transformaria a velha árvore retorcida num portal dourado brilhante. Palavras que Laurel ouvira com frequência suficiente para conhecer seu significado.

Onze sentinelas se uniram àquela que tentara impedir seu progresso, e Chelsea ofegou baixinho, quando formaram um semicírculo diante da árvore. Era uma visão e tanto; todas usavam armaduras que tinham sido cuidadosamente camufladas e a maioria trazia lanças de haste escura com pontas de diamante. Várias tinham as raízes dos cabelos verdes, como Tamani e Shar costumavam usar. Fora de seu elemento, provavelmente pareceriam estranhos, talvez até bobos.

Destinos 70

Mas ali, na floresta, Laurel achava impossível ver aqueles guardas como qualquer coisa além de guardiães poderosos.

Conforme cada sentinela se aproximava para colocar a mão na velha árvore retorcida, Laurel se deu conta de que seus amigos nunca tinham visto aquilo e se lembrou da primeira vez em que testemunhara a transformação. Como as coisas haviam mudado. Na ocasião, Tamani tinha levado um tiro e Shar chamara Jamison para salvar a vida de seu amigo. Agora, Shar estava morto e Tamani tentava salvar... todo mundo.

O zumbido baixo, familiar e melodioso tomou conta da floresta quando a árvore tremeu, a luz da clareira se juntando em volta dos galhos tortos, conferindo-lhe um brilho etéreo. A árvore pareceu se dividir ao meio, moldando-se em algo parecido a um arco. Então, o lampejo final, tão ofuscante que a clareira pareceu se incendiar, e eles se viram diante do lindo portal dourado que fechava a passagem para Avalon.

Laurel deu uma olhada por cima do ombro. Chelsea parecia prestes a explodir de felicidade. David estava parado ali, a boca levemente aberta.

— Agora preciso entrar em contato...

Tamani se calou, parecendo confuso. Formas começaram a se definir na escuridão por trás das grades do portão e, logo, Laurel viu uma mão envelhecida se fechar em torno das grades, abrindo lentamente o portão. Jamison estava ali, o rosto coberto de preocupação. Laurel não sabia se já tivera uma visão tão providencial na vida. Mal conseguiu se controlar para não se atirar sobre ele e abraçá-lo.

Mas, por que ele já estava ali, no portal?

— Laurel, Tam! — Ele acenou. — Por favor, aproximem-se.

As sentinelas cerraram filas atrás deles conforme Laurel, Tamani, David e Chelsea se aproximaram do portal. Jamison não se moveu de onde estava, no centro do portal. Será que iria recusar sua entrada?

— Recebi uma mensagem por demais angustiante da Mansão — disse Jamison. — É verdade que Shar nos deixou?

Tamani assentiu em silêncio.

— Sinto muito — murmurou Jamison, pousando a mão no braço de Tamani. — É uma perda devastadora.

— Ele morreu para proteger Avalon — respondeu Tamani, com o mais tênue indício de pesar na voz.

— Dele, eu não esperaria nada menos — disse Jamison, endireitando-se —, mas a Mansão só repassou uma mensagem enviada por Aaron, que não deu maiores detalhes, exceto que eu deveria me encontrar com você aqui. Fico muito grato pela discrição dele; não queremos criar pânico. Mas, agora, cabe a você fornecer os detalhes para que possamos garantir que o sacrifício do nosso bom capitão não tenha sido em vão.

— A Selvagem — começou Tamani. — Ela é uma fada de *inverno* criada por Klea. — Os olhos de Jamison se arregalaram quando Tamani continuou: — Ela foi mandada com a missão de ler a localização do portal na mente de Laurel... o que conseguiu fazer na semana passada.

A culpa tomou Laurel ao ver a preocupação aprofundar as linhas no rosto de Jamison.

— Não é culpa dela — acrescentou Tamani. — Descobrimos a casta de Yuki tarde demais para impedir.

— Não, é claro — disse Jamison, sorrindo com tristeza para Laurel. — Não é culpa sua em absoluto.

— Como desconfiávamos, Klea é a fada de outono que envenenou o pai de Laurel. — Ele hesitou. — Ela é também a fada exilada Callista.

— Callista — disse Jamison, o rosto tomado pela surpresa, depois por pesar. — Eis um nome que não imaginei que fosse ouvir novamente nesta vida.

— Infelizmente, isso não é o pior.

Jamison balançou a cabeça, parecendo definitivamente exausto.

— Klea... Callista vem criando soros que tornam os trolls imunes à magia de outono. É por isso que tivemos tanto trabalho para rastreá-los e combatê-los. Ela, aparentemente, tem um exército desses trolls e... — ele respirou fundo — eles estarão aqui muito em breve. Provavelmente dentro de uma hora.

Por um longo instante, Jamison não respondeu — mal parecia respirar. Laurel desejou que ele dissesse alguma coisa, qualquer coisa. Então, sua expressão mudou e ele olhou para Laurel com um brilho estranho nos olhos.

— Quem são seus amigos? — perguntou Jamison abruptamente, dando um passinho à frente. — Por favor, me apresente.

— David e Chelsea — disse Laurel, confusa —, este é Jamison.

Chelsea e David estenderam a mão — Chelsea sem fôlego — e Jamison segurou a de David por vários segundos.

— David — disse Jamison, pensativo. — Esse é o nome de um grande rei da mitologia humana, não é?

— Hã, sim... senhor — disse David.

— Interessante. Uma fada de inverno, trolls imunes e, possivelmente, a fada de outono mais talentosa da história de Avalon estão alinhados contra nós — disse Jamison, a voz mal acima de um sussurro.

— Avalon não é tão ameaçada assim há mais de um milênio. E aqui estão dois humanos que já provaram sua lealdade. — Ele olhou por cima de seu ombro, para Avalon. — Talvez seja o destino.

Nove

— A Rainha logo estará conosco — disse Jamison quando eles atravessaram as sombras dos galhos sobre os arcos do portal. — Depressa, conte-me mais sobre o que aconteceu.

Enquanto Tamani colocava Jamison a par dos acontecimentos, David e Chelsea observavam o ambiente à volta. As sentinelas femininas de armadura que formavam a guarda do portal se mantinham a distância, assim como os *Am Fear-faire* de Jamison, mas todos estavam em posição de sentido em volta do portal, parecendo esplêndidos. Chelsea os olhava abertamente e sem disfarçar seu deslumbramento.

A reação de David era mais reservada. Ele olhava tudo, das árvores que bordeavam as trilhas de terra escura às sentinelas vigiando o portal dourado, com a mesma expressão que exibia ao ler um livro escolar ou olhar através de um microscópio. Chelsea estava se deliciando; David, *estudando*.

Quando Tamani revelou que eles tinham tomado Yuki como prisioneira, Jamison o deteve, colocando a mão tensa em seu braço.

— O que Shar fez para deter uma fada de inverno?

Tamani olhou nervoso para Laurel.

— Nós, hã, a acorrentamos a uma cadeira de ferro, com algemas de ferro... dentro de um círculo de sal, senhor.

Destinos 74

Jamison inalou devagar e olhou sobre seu ombro justamente quando as enormes portas de madeira do jardim se abriram. Então, ele se virou e agarrou Tamani pelo ombro, rindo alto, mas com evidente falsidade.

— Ah, meu garoto. Algemas de ferro. Você certamente não acreditava que fosse funcionar por muito tempo.

A Rainha Marion estava se aproximando do portal, rodeada por um grupo grande de *Am Fear-faire*.

— Não foram as correntes que funcionaram — corrigiu Laurel.

— Foi...

— A cadeira de ferro foi uma boa ideia. Enfim — disse Jamison, com um olhar severo para o grupo —, suponho que temos que usar o que estiver disponível, numa situação como essa. Vocês todos têm sorte por terem escapado com vida — completou ele, dando um passo atrás para cumprimentar a Rainha.

Laurel não entendeu. Por que ele queria que eles mentissem?

Sem uma palavra, a Rainha Marion varreu Chelsea e David com o olhar, traindo apenas um indício do choque que devia ter sentido.

— Você trouxe humanos pelo portal? — perguntou ela, sem cumprimentar, e não apenas deu as costas para eles, mas posicionou seus ombros de tal forma que eles ficaram de fora do círculo, isolados e sozinhos de forma constrangedora. Laurel lhes dirigiu um pedido de desculpa com o olhar.

— Eles estavam com Laurel e com o capitão, e sua situação era tão perigosa que não vi outra escolha — disse Jamison como se não houvesse notado o tom gelado da Rainha nem sua afronta evidente.

— Sempre há escolhas, Jamison. Mostre-lhes a saída — acrescentou ela.

— É claro; assim que for possível — disse Jamison, mas não fez qualquer movimento para obedecê-la. — Onde está Yasmine?

— Deixei-a lá fora. Você mencionou uma ameaça à coroa — disse Marion. — Certamente não acha que a criança deva ser exposta a tais coisas.

— Acho que ela já não é mais uma criança. E já faz um bom tempo — disse Jamison baixinho.

A Rainha levantou as sobrancelhas.

— Não importa — continuou ela, após uma breve pausa. — Que suposta emergência é essa?

Jamison cedeu a palavra a Laurel e Tamani e, com uma grande demonstração de relutância, a Rainha se virou para ouvir Tamani dar uma versão extremamente resumida dos acontecimentos dos últimos dias, omitindo o círculo de sal com uma olhadela para Jamison.

— Nós estamos esperando que Klea... ou Callista, como ela era conhecida aqui, chegue com sua força total dentro de uma hora. Talvez menos. Com sua habilidade de esconder locais de reunião, não temos como saber o número exato, mas tomando por base os frascos que Shar...

A voz de Tamani vacilou e Laurel controlou a vontade de estender a mão para confortá-lo. Agora não era o momento — mas a dor em sua voz ao falar o nome de seu mentor a fez querer chorar.

—Tendo por base a prateleira cheia de soros e a alegação por parte de Klea de que era o último de vários lotes, poderia... — Ele fez uma pausa. — Poderia haver milhares.

A Rainha ficou em silêncio por alguns momentos, duas linhas perfeitamente simétricas enrugando sua testa. Então, ela se virou e chamou:

— Capitã?

Uma fada jovem de armadura completa se adiantou e fez uma mesura profunda.

— Envie mensageiros — instruiu a Rainha. — Convoque todos os comandantes e mobilize as sentinelas ativas.

Laurel se aproveitou da distração momentânea da Rainha para se inclinar para Tamani e sussurrar:

— Por que Jamison não deixou você falar sobre o círculo?

Destinos 76

Tamani balançou a cabeça.

— Existem coisas que nem mesmo Jamison pode perdoar.

O peito de Laurel se apertou ao cogitar que tipo de castigo poderia fazer com que Jamison os encorajasse a mentir para sua monarca.

— Devemos nos preparar para um conselho militar, então, Majestade? — perguntou Jamison quando a jovem capitã se virou e começou a dar ordens.

— Minha nossa, não — disse Marion, num tom de voz leve. — Com algumas instruções, os capitães devem ser capazes de fazer tudo sozinhos. Nós vamos embora.

— Embora? — disse Tamani, claramente chocado. Laurel raramente o vira falar de forma tão atrevida em Avalon, e nunca na presença de uma fada ou elfo de inverno.

Marion fixou nele um olhar contundente.

— Embora do Jardim — corrigiu ela, antes de se voltar para Jamison. — Você, Yasmine e eu nos recolheremos no Palácio de Inverno e o defenderemos enquanto as fadas e os elfos de primavera fazem seu trabalho aqui no portal. — Ela se virou para examinar as sentinelas em movimento. — Vamos precisar de apoio adicional, claro. Quatro companhias deveriam ser suficientes para garantir nossa segurança juntamente com nossos *Am Fear-faire* e...

— Não podemos ir — disse Jamison com firmeza.

— Não podemos ficar — respondeu Marion num tom igualmente firme. — As fadas e os elfos de inverno sempre guardam o palácio, e a si mesmos, em caso de perigo. Até o grande Oberon recuou para se proteger quando a batalha chegou ao ponto mais violento. Você se acha melhor do que ele?

— Isso é diferente — disse Jamison com calma. — Trolls já são imunes à Atração; esses trolls também estarão imunes à magia de outono. Se abandonarmos o portal, nossos guerreiros não terão *nenhuma* magia com que combater a força de seus inimigos. Haverá um massacre.

— Bobagem — respondeu Marion. — Mesmo que as bestas tenham descoberto como escapar dos soros de rastreamento e de algumas poções rudimentares de defesa, não é essa tragédia toda que você está descrevendo. Você aí, diga-me, quantos trolls você já matou na vida?

Demorou um momento para que Tamani percebesse que era com ele que estavam falando.

– Ah, não sei. Talvez cem.

Cem? Laurel quase engasgou ao ouvir o número. Tantos assim? Mas, também, em quase dez anos como sentinela fora de Avalon, será que ela realmente deveria se surpreender? Ele matara uns dez só na presença dela.

— E quantos deles você matou com a ajuda de magia de outono? — continuou a Rainha, nem um pouco abalada pelo número.

Tamani abriu a boca, mas não saiu nenhuma palavra. Laurel percebeu que não havia resposta certa; se a Rainha achasse que sua dependência de magia de outono era alta demais, iria dizer que ele era incompetente; se fosse baixa demais, ela usaria como argumento para provar sua teoria.

— Vamos, Capitão, o tempo é curto e a precisão, desnecessária. Você diria metade? Um terço?

— Aproximadamente, Majestade.

— Está vendo, Jamison? Nossas sentinelas são totalmente capazes de matar trolls sem a nossa ajuda.

— E quanto às duas vilãs? — perguntou Jamison.

— A fada de inverno não é treinada; além de seu poder de abrir o portal, ela não é ameaça. E a fada de outono está em minoria, junto com quaisquer outros que ela trouxer.

Não é ameaça?

— Você sempre subestimou Callista — disse Jamison, antes que Laurel pudesse falar.

Destinos   78

— E você sempre a *superestimou*. Você estava errado na época e, até o final deste dia, espero que tenha descoberto que está errado agora também.

Jamison não disse nada e a Rainha deu as costas a eles; nunca na vida Laurel se sentira tão *dispensada*.

O Jardim do Portal se transformou num turbilhão de uniformes coloridos conforme se davam ordens e enviavam mensagens. Jamison ficou imóvel até que a Rainha se aproximou do portal para o Japão, para deixar passar um mensageiro. Então, por fim, ele franziu o cenho e Laurel quase pôde vê-lo reunindo forças.

—Venham — disse ele baixinho, dando as costas para a enxurrada de sentinelas. — Reúnam seus amigos. Temos de chegar ao Palácio de Inverno. — Sua túnica azul-clara se inflou quando ele virou na direção do muro mais afastado do Jardim.

— Jamison! — disse Laurel, saltando na frente dele, com Tamani a seu lado, e David e Chelsea seguindo-os, com a confusão estampada no rosto. — Sinceramente, você não pode fazer o que ela disse!

— Silêncio — sussurrou Jamison, puxando-os alguns passos adiante. — Peço que você confie em mim. Por favor.

O medo percorreu Laurel, mas ela sabia que se havia alguém no mundo que merecia sua confiança, era Jamison. Tamani hesitou um pouco mais, olhando para as sentinelas da Califórnia que agora chegavam pelo portal, discutindo com seus pares. Mas quando Laurel o puxou pelos dedos, Tamani se virou para seguir o ancião do povo das fadas.

— Por aqui — disse Jamison, indicando uma árvore com tronco em forma de barril e uma copa ampla de folhas. — Rápido! Antes que meus *Am Fear-faire* percebam que estou indo.

Atrás da árvore, eles ficavam fora do campo de visão da maioria dos ocupantes do Jardim. Parando apenas para respirar fundo e devagar, Jamison uniu as duas mãos, então as passou pelo muro de pedra. Os galhos finos da árvore se ergueram ao lado de Laurel — um deles raspando no rosto dela ao passar — e trepadeiras subiram do chão para irem cavar nas rochas como dedos finos, separando-as apenas o suficiente para criar uma pequena saída.

Depois que Laurel e seus amigos passaram pelo muro, Jamison moveu as mãos novamente e as trepadeiras e os galhos recuaram, devolvendo o muro a seu estado incólume anterior. Jamison ficou imóvel por um momento, talvez tentando ouvir alguma indicação de que tivessem sido apanhados, mas, aparentemente, haviam conseguido sair sem serem vistos. Ele apontou para o Palácio de Inverno, acima, e começou a subir.

— Por que estamos saindo de fininho? — sussurrou Chelsea para Laurel enquanto subiam a colina atrás dele. Sem a ajuda da trilha amena e sinuosa que conduzia do portão ao jardim, eles tinham que subir um caminho quase vertical. Era um atalho, mas nem um pouco fácil.

— Não sei — respondeu Laurel, fazendo-se a mesma pergunta. — Mas confio em Jamison.

— Quando descobrirmos o que está acontecendo, vou voltar ao jardim — disse Tamani, num murmúrio baixo. — Não vou abandonar minhas sentinelas.

— Eu sei — sussurrou Laurel, desejando que houvesse uma maneira de convencê-lo a ficar num lugar mais seguro.

Durante a longa subida até o Palácio de Inverno, os olhos de Chelsea praticamente saltaram das órbitas, enquanto ela procurava absorver tudo. Laurel tentou imaginar a cena através dos olhos de Chelsea, lembrando-se de sua primeira vinda a Avalon — as bolhas cristalinas bem abaixo deles que alojavam as fadas e elfos de verão, a forma em que o palácio era mantido por galhos e ramos, as trilhas pavimentadas por terra fértil e escura.

Antes que Laurel pudesse imaginar, eles chegaram ao arco branco no alto da colina. Até Tamani estava com as mãos ao lado do corpo e a respiração ofegante e ruidosa.

Destinos 80

— Devemos continuar — ofegou Jamison dando-lhes apenas um instante para descansar. — A parte mais difícil já ficou para trás.

Ao cruzarem as dependências externas do palácio, Chelsea observou as estátuas quebradas e as paredes em ruínas.

— Eles não consertam nada? — sussurrou ela para Laurel.

— Às vezes, é mais importante reter o poder natural de um item do que manter sua aparência exterior — disse Jamison.

Chelsea arregalou os olhos — ela havia falado tão baixinho que mesmo Laurel mal pudera ouvi-la — mas não disse mais nada enquanto eles subiam os degraus e abriam as grandes portas de entrada.

O palácio estava em silêncio exceto pelo ruído de seus passos; os funcionários de uniforme branco não estavam à vista. Será que já tinham sido comunicados sobre o ataque? Laurel esperava que estivessem em segurança, onde quer que fosse, mas havia começado a duvidar de que "segurança" fosse uma opção que qualquer um deles ainda tivesse.

Jamison já estava subindo a enorme escadaria que levava aos aposentos superiores.

— Por favor, sigam-me — disse ele, sem olhar para trás. Ele agitou uma das mãos no ar e as portas no alto da escada se abriram lentamente. Embora soubesse que aquilo aconteceria, a onda de energia que atravessou Laurel ao passar pelas portas douradas a fez prender a respiração. Chelsea estendeu a mão e apertou o braço de Laurel, e Laurel soube que sua amiga também havia sentido.

— Não estamos fugindo — disse Jamison abruptamente. — Desconfio que vocês estejam se perguntando sobre isso.

Laurel se sentiu um pouco culpada, mas era verdade.

— Assim que terminarmos aqui, vamos voltar e vamos ficar *juntos*. Mas isso precisa ser feito primeiro, e apenas eu posso fazer. Venham.

No final do comprido tapete de seda, eles seguiram Jamison à esquerda e pararam diante de uma parede. Mas essa parede, como Laurel sabia, podia se mover — e ocultava uma arcada de mármore que conduzia a um aposento contendo algo a que Jamison se referira uma vez como *um velho problema.*

Jamison ergueu os olhos para David, que tinha pelo menos quinze centímetros a mais que o encarquilhado elfo de inverno.

— Diga-me, David, o que você sabe sobre o Rei Artur?

David olhou para Tamani, que assentiu com a cabeça.

— Ele era o rei de Camelot. E se aliou a vocês.

— Isso é verdade — disse Jamison, claramente satisfeito que David conhecesse aquela versão da história. — O que mais?

— Ele se casou com Guinevere, uma fada de primavera, e, quando os trolls invadiram Avalon, ele lutou ao lado de Merlin e Oberon.

— Exatamente. Mas ele foi muito mais para nós do que um guerreiro poderoso com um exército de bravos cavaleiros. Ele trouxe à Corte Seelie uma coisa que ela jamais conseguiria obter sozinha: humanidade. — Jamison se virou e, com um gesto dos braços, dividiu a enorme parede de pedra ao meio. Trepadeiras deslizaram da rachadura, enrolando-se nas pedras e afastando as duas partes da parede com um ruído baixo.

— Veja bem, a despeito de seu mago e de suas interações com as fadas e elfos, o Rei Artur era inteiramente humano. E isso era algo de que nós precisávamos muito.

Quando as paredes se afastaram a luz atravessou pelo arco de mármore e incidiu numa câmara de pedra, iluminando um bloco sólido de granito. Enterrada no granito havia uma espada que parecia ter sido forjada em diamante sólido, suas bordas prismáticas lançando arco-íris pela câmara de mármore branco.

Rei Artur, a lâmina da espada enterrada na pedra.

— Excalibur! — sussurrou Laurel, compreendendo.

— Precisamente — disse Jamison, a voz baixa e oca. — Embora tivesse outro nome, naquele tempo. Mas aqui está ela, e aqui ela tem estado, intocada desde que o próprio Rei Artur a enfiou nesta pedra após sua vitória contra os trolls.

— Intocada? Mas eu vi você fazendo alguma coisa com ela na última vez que estive aqui — disse Laurel.

— Eu estava tentando, como tenho tentado a vida inteira. Parece que não consigo deixá-la em paz — respondeu Jamison. — Excalibur é uma combinação singular de magia humana e magia das fadas, forjada por Oberon e Merlin para selar a aliança com Camelot e garantir a vitória contra os trolls. Aquele que a possui é intocável em combate e a lâmina pode atravessar facilmente quase qualquer alvo. Mas Oberon também procurou proteger seu povo da eventualidade de que a espada caísse em mãos erradas: ela não pode ser usada para ferir fadas ou elfos. Alguém poderia tentar golpear uma fada com Excalibur, usando toda a sua força, e ela simplesmente pararia a milímetros de distância.

— Como? — perguntou David. — Quer dizer, o impulso tem que ir a algum lugar, não?

Só David mesmo para colocar ciência nisso.

— Quem me dera poder responder a isso — replicou Jamison. — Não sei dizer se Oberon quis fazer exatamente o que ele fez, mas posso garantir que a proibição é absoluta. Nenhuma parte da espada pode tocar em fada ou elfo; e nenhuma fada ou elfo pode tocar qualquer parte da espada. Não posso nem mesmo manipulá-la com a minha magia.

Foi por isso que você deixou David e Chelsea entrarem, compreendeu Laurel. O olhar de Jamison na direção de Avalon, sua conversa sobre destino... no verão passado, ele lhe havia revelado que a Árvore do Mundo falara a ele a respeito de uma tarefa que apenas ele poderia levar a cabo. Apenas Jamison estaria disposto a colocar o destino de sua terra novamente em mãos humanas, como acontecera nos tempos de Artur.

— David Lawson — disse Jamison —, Avalon precisa da sua ajuda. Não só você é humano, com a habilidade de empunhar a espada, mas posso sentir sua coragem, sua força e, principalmente, sua lealdade.

Sei o que você tem feito por Laurel no seu mundo; ficou ao lado dela quando isso significava arriscar sua vida. Até mesmo para entrar em Avalon hoje foi preciso ter muita coragem. Desconfio que você tenha muito em comum com aquele jovem Artur e acredito que seja seu destino salvar a todos nós.

Chelsea absorvia a cena com olhos ávidos.

Tamani parecia horrorizado.

Laurel sabia o que Jamison iria pedir e queria impedi-lo, dizer a David que ele deveria recusar, que ele não precisava fazer aquilo; que ficar ao lado dela já o havia machucado muito. Ele não precisava ser também um soldado por Avalon.

— David, que tem nome de rei — disse Jamison, com formalidade —, é hora de descobrir se você é o herói que Laurel sempre pensou que fosse. Você se uniria a nós na defesa de Avalon?

Laurel olhou para Chelsea, mas soube instantaneamente que não viria nenhuma ajuda da parte dela. Seu olhar estava fixo na espada e sua expressão não era de todo diferente de inveja, como se desejasse que houvesse um papel semelhante que ela pudesse representar.

Então, David se virou para Tamani, e Laurel se flagrou esperando que Tamani dissesse alguma coisa, qualquer coisa, que dissuadisse David de aceitar a oferta de Jamison. Mas uma espécie estranha de conversa pareceu ocorrer entre eles e, então, Tamani também expressou um olhar de inveja melancólica.

Quando David finalmente se virou para Laurel, ela fechou os olhos, ambivalente. Será que David entendia o que Jamison estava pedindo? A quantidade de sangue que ele teria de derramar? Mas ali era Avalon. Sua terra natal, lembrasse ela ou não. Tantas vidas em perigo.

Não era uma decisão que podia tomar por ele.

Ficou muito quieta, então abriu os olhos, encontrando o olhar de David. Ela não se moveu, nem sequer piscou. Mas viu a decisão dele escrita em seu rosto.

— Sim — disse ele, olhando diretamente para ela.

O braço estendido de Jamison foi o único convite de que David precisava. Ele atravessou a arcada de mármore e olhou para a espada. Tocou o punho, hesitante a princípio, como se esperasse levar um choque. Como nada aconteceu, ele deu um passo à frente, apoiando os pés a cada lado da arma reluzente.

Então, fechando os dedos em torno do punho, David tirou a espada da pedra.

Dez

O AR EM VOLTA DELES PARECEU SE ELETRIZAR QUANDO A LÂMINA cristalina emergiu da lousa de pedra e Laurel deu um passo atrás, involuntariamente, conforme torrentes de energia foram inundando o ambiente. Sentiu o peito de Tamani contra seus ombros e as mãos dele em seus cotovelos, equilibrando-a, e ficou feliz pelo apoio. David estava imóvel, olhando para a espada em sua mão com uma expressão atenta.

Jamison ofegou e todos se viraram para ver o sorriso que se espalhava por seu rosto.

— Não me envergonho de admitir que não tinha certeza absoluta de que iria funcionar. Depois de todos esses anos, é como um sonho se realizando para mim. — Então, ele pigarreou e ficou sério. — Precisamos agir com rapidez. A Rainha chegará a qualquer momento. Tamani, você também vai precisar de algo. — Jamison indicou uma pequena coleção de armamentos reluzentes, pendurados na parede oriental da câmara onde agora jazia o bloco de granito vazio.

— São lindos — ofegou Tamani, tão baixo que Laurel duvidava de que mais alguém tivesse ouvido. Ele foi até lá e tomou uma lança comprida de gume duplo; as lâminas em cada extremidade pareciam

Destinos 86

afiadas como navalhas. Não provocava a mesma repulsa em Laurel que as armas de fogo, mas chegava perto. Tamani se virou e sopesou a lança com a mão direita, levantando-a e abaixando-a algumas vezes antes de assentir.

— É um peso bom para mim — disse ele, a voz séria. Era sua voz de sentinela; sinal de que ele estava oficialmente preparado para a batalha. Isso assustava Laurel quase tanto quanto a lança.

— Senhor?

Todos se voltaram para David. Apesar do poder sobrenatural que emanava dele, ele parecia um pouco perdido.

— Sim, David? — disse Jamison.

— Eu não... não entendo. O que eu faço?

Jamison deu um passo adiante para tocar no ombro de David, mas sua mão escorregou. David olhou para a mão com espanto e Jamison a recolheu, sorrindo como se tivesse acabado de descobrir algo maravilhoso.

— Acredite quando digo que basta brandir a espada. Ela irá guiar você e compensar toda e qualquer deficiência sua. Mas, assim como Artur antes de você, você deve ter a coragem para seguir em frente e a força para permanecer em pé. — Ele fez uma pausa. — *Estou* lhe pedindo para fazer algo difícil, mas está totalmente dentro da sua capacidade. Isso eu prometo a você. Agora, venham — disse ele, dirigindo-se a todos novamente. — Precisamos ir.

Ninguém disse nada enquanto atravessavam as câmaras superiores, desciam até o saguão e passavam às dependências do palácio. Foi Jamison quem, finalmente, rompeu o silêncio quando chegaram à arcada de mármore branco no início da trilha.

— Se voltarmos por onde viemos — disse Jamison, virando-se para trás para olhar para o grupo, o vento propagando sua voz até eles —, talvez possamos evitar completamente a Rainha.

— E por que você iria querer fazer isso, Jamison? — A voz da Rainha Marion soou baixa e furiosa, conforme ela se aproximava da arcada branca. Atrás dela, Laurel pôde ver uma fileira comprida de sentinelas vestidas de verde, armas aos ombros, reunidas aos seus *Am Fear-faire*.

Jamison parou de repente, a postura confiante vacilando pelo mais breve dos instantes antes que ele pudesse se recompor. — Porque você vai ficar muito brava comigo — disse Jamison simplesmente. — E não temos tempo para isso.

Laurel podia ver a pergunta se formando nos lábios da Rainha, mas ela não a fez; em vez disso, examinou cada membro do grupo. Quando seu olhar recaiu sobre Excalibur, sua expressão revelou choque.

— Jamison, o que você fez?

— Aquilo que os Silenciosos sabiam que você não faria — disse Jamison calmamente.

— Você deve perceber as consequências disso.

— Estou ciente de quais foram elas no passado, mas também sei que o passado não precisa ditar o presente.

— Você será o fim de Avalon, um dia, Jamison.

— Só se eu impedir que você o faça primeiro — disse Jamison, a voz reverberando de fúria.

Os olhos da Rainha faiscaram com raiva e, depois, com algo mais que Laurel achou que podia ser pena.

— Você é tão inflexível — disse ela. — Até Cora mencionou como você pode ser intratável quando se decide a respeito de uma coisa. Bem, faça como quiser. Mas lembre-se de que o ramo que não se dobra é o primeiro a cair com a tempestade. Eu me recuso a ter qualquer responsabilidade na sua morte. Venha, Yasmine.

A jovem fada de inverno se afastou dela, tomando a mão de Jamison nas suas.

— Quero ficar com você — disse ela, os olhos brilhando de determinação.

Mas Jamison já negava com a cabeça.

— Sinto muito. — Depois de um olhar para Marion, ele se inclinou até o ouvido de Yasmine. — Se ambos estivéssemos presentes

Destinos 88

para proteger você, talvez. Mas não confio em mim mesmo para fazer isso sozinho.

—Você não precisa — disse Yasmine com intensidade. — Eu posso ajudar.

— Não posso arriscar sua segurança — disse Jamison, balançando a cabeça.

—Você não vai morrer de verdade, vai? — perguntou Yasmine, olhando com reprovação para a Rainha.

— Não pretendo, certamente.

Yasmine olhou rapidamente para Laurel e Tamani antes de baixar a voz.

— Posso fazer coisas grandiosas — disse ela, tão baixinho que Laurel mal escutou. —Você me diz há anos que eu posso e vou fazer *coisas grandiosas*.

— E isso é precisamente por que você deve ficar aqui — disse Jamison, tocando o rosto dela. — O que estamos indo fazer agora não é grandioso; é apenas necessário. É mais importante do que nunca que você fique viva para que possa fazer essas *coisas grandiosas*. Avalon não pode se dar ao luxo de perder você, ou todos os nossos esforços terão sido em vão, justamente quando estão prestes a desabrochar.

Tivesse Yasmine entendido a mensagem críptica de Jamison ou não, ela assentiu em concordância, então se virou para alcançar Marion, que não havia esperado por ela. Jamison acompanhou as duas fadas de inverno com o olhar até elas chegarem ao palácio e estarem seguras lá dentro com seus *Am Fear-faire*. Só então ele se virou para o grupo.

—Venham — disse Jamison, a voz tensa, enquanto os guiava para baixo.

— Há... tantas — disse Laurel a Tamani quando eles seguiram Jamison, passando por fileiras de sentinelas que subiam pela trilha até o Palácio de Inverno.

— Duzentas, mais ou menos — resmungou Tamani.

— *Duzentas?* — exclamou Laurel, a respiração presa na garganta. — Ela precisa realmente de tantas?

— É claro que não — disse Tamani.

Laurel hesitou.

— Avalon pode abrir mão de tanta gente assim?

— É claro que não — repetiu ele, os olhos fundos. —Vamos.

Ele pegou a mão dela e, juntos, seguiram Jamison, David e Chelsea. Os pés de Laurel pareciam se mover por vontade própria, a gravidade puxando-a pela trilha que conduzia ao Jardim do Portal. A fileira de sentinelas finalmente terminou e, logo, até mesmo o som de seus passos ficou para trás, deixando apenas o ruído de sua respiração e de seus próprios pés.

Laurel virou a cabeça de repente, quando o silêncio foi estilhaçado por uma rajada penetrante de balas.

— Chegamos tarde demais — murmurou Tamani.

— Eles estão aqui? — perguntou Laurel. *Era cedo demais!*

— E têm armas — disse David, o rosto pálido.

— Não importa — disse Jamison. — Nós temos algo melhor. Talvez vocês, jovens, devam correr na frente. Temo que esses meus caules velhos os estejam retardando.

Os outros se viraram para olhar para a espada reluzente, e o rosto de David ficou pálido. Mas Tamani agarrou com mais força sua lança.

—Vamos matar alguns trolls.

Os quatro correram o resto do caminho até o Jardim do Portal, que estava em alvoroço. Sentinelas se alinhavam sobre as muralhas, empunhando arcos e atiradeiras; outras estavam distribuindo facas e lanças. A maioria das sentinelas parecia à beira do pânico, e a operação toda tinha um ar de desorganização.

— O *caesafum* não funciona! — Laurel ouviu uma sentinela de armadura gritar para uma fada de primavera de roupas normais que empurrava um carrinho de mão cheio de poções. — *Nenhuma* dessas

Destinos 90

coisas dos Misturadores funciona! Volte para a Primavera e diga que precisamos de mais *armas*!

— Eu...

Mas a resposta da fada anônima foi abafada pelo rugido das pedras colapsando a cerca de quinze metros da entrada do Jardim. Imediatamente, ouviu-se o grito: — Brecha na muralha!

— Precisamos cerrar aquela brecha — disse Tamani. — O Jardim é um ponto de estrangulamento secundário, depois dos portões. Precisamos conter a ameaça até que Jamison nos alcance. David, quero você em posição.

David piscou.

— Quer dizer que quero você na frente. Nada pode feri-lo.

— Tem certeza? — disse David, a voz tremendo na primeira palavra, antes que conseguisse firmá-la.

Tamani dirigiu a David um olhar determinado.

— Tenho *certeza*. Só não solte a espada — disse seriamente. — Pelo que Jamison disse, acho que ninguém pode tomá-la de você, ou arrancá-la de suas mãos. Mas, mesmo assim, o que quer que aconteça, *não solte*. Enquanto suas mãos estiverem na empunhadura, você ficará bem.

David assentiu, e Laurel reconheceu sua expressão pétrea. Era a mesma que ele tivera ao puxá-la do rio Chetco; e ao carregá-la através do mar até o farol para resgatar Chelsea; e ao insistir em voltar para vigiar Yuki na noite anterior.

Aquele era o David capaz de conquistar tudo.

Ele enfiou a ponta da espada na terra e limpou as mãos no jeans. Chelsea pulava de um pé para o outro ao lado de Laurel, até que Laurel a agarrou pelo braço para que ficasse quieta. Depois de respirar fundo, David estalou as juntas dos dedos — quantas vezes Laurel já o vira fazer aquilo? — e estendeu a mão para pegar Excalibur novamente.

— Que se dane — murmurou Chelsea baixinho. — Eu *não* vou morrer hoje sem fazer isso. Espere! — gritou ela antes que David pudesse tocar na espada.

Ele mal teve tempo de se virar antes que Chelsea agarrasse seu rosto e o puxasse para si, pressionando os lábios aos dele. Laurel viu o momento como se fosse uma fotografia, em vez de um acontecimento real. Chelsea. Beijando David. Não um momento de romance e sedução: era mais de desespero e ousadia. Ainda assim, Chelsea estava *beijando* o namorado de Laurel.

Ele não é meu namorado, Laurel disse a si mesma. Baixou os olhos e forçou seu estranho ciúme a ceder. Quando voltou a olhar, o momento havia passado.

Chelsea se afastou de David, evitando todos os olhares, principalmente o de Laurel, com o rosto vermelho como pimentão.

David ficou boquiaberto por um instante antes de se recompor e agarrar Excalibur, levá-la ao ombro e se virar para seguir Tamani.

Ele também evitou o olhar de Laurel.

A poeira já estava baixando quando chegaram à brecha e todos os trolls à vista estavam fortemente armados. Laurel havia esperado que os soldados de Klea carregassem armas, mas *armas* era um termo simples demais para aquelas coisas. Eram semiautomáticas, rifles de assalto, metralhadoras, do tipo que Laurel só vira em filmes. As sentinelas haviam detido alguns trolls na brecha quando eles tentaram escapar — havia corpos crivados de flechas amontoados do lado de fora do muro, evidência da vigilância dos arqueiros —, mas o restante dos trolls esperava que as fadas e elfos abandonassem seus abrigos, se afastassem da segurança das muralhas de pedra para trazer a luta até eles.

David nem sequer hesitou antes de fazer exatamente o que os trolls queriam; levantou Excalibur e atravessou pela abertura na muralha. O primeiro troll armado o viu e abriu fogo, enquanto Tamani puxava Chelsea e Laurel para trás de uma faia negra de tronco liso, mas não antes que Laurel visse David abaixar instintivamente a cabeça e erguer um braço para se proteger do ataque. A arma de um segundo troll se uniu à primeira, explosões intermitentes como uma série de fogos de artifício agredindo os ouvidos de Laurel num volume ainda mais alto do que o grito que escapou de sua garganta.

Obrigou-se a espiar em volta da árvore e viu, com alívio, que David ainda estava de pé. Ele esquadrinhou seus membros e tocou no próprio rosto antes de levantar Excalibur à frente e analisá-la, da ponta ao punho. Então, abaixou-se e pegou algo do chão.

Levou um momento para que Laurel percebesse que a forma levemente alongada na mão de David era uma bala. Ele ficou parado ali, surdo ao estrondo, olhando para aquele pedacinho deformado de metal, o rosto tomado pelo assombro.

— Sim, a espada funciona! — gritou Tamani por cima dos tiros, encolhendo-se quando uma bala penetrou a árvore ao lado de seu rosto. — Agora, será que você poderia *matar alguns trolls?*

Sacudindo a cabeça como se para clarear a mente, David se virou e investiu contra seus atacantes. Vários deles sorriram de forma ameaçadora; David parecia uma criança com uma vareta se preparando para tentar derrotar um trem em movimento.

Mas quando ele, desajeitadamente, brandiu sua lâmina encantada, esta cortou o troll mais próximo ao meio.

Laurel não sabia bem o que tinha esperado, mas com certeza *não* tinha esperado que o troll caísse ao chão em dois pedaços claramente separados.

Também não parecia ser o que David esperava. Ele parou e olhou para o corpo ensanguentado a seus pés. Os outros trolls uivaram e atacaram, com punhos, facas e porretes que nem sequer podiam mover David. Com um movimento irregular que pareceu mais instintivo do que proposital, David levantou a espada novamente e outro troll caiu ao chão em pedaços sangrentos.

—Vapt-vupt — sussurrou Chelsea, boquiaberta.

Com os cadáveres de *dois* trolls a seus pés, David ficou novamente aturdido e imóvel. Laurel podia ver seu peito arfando enquanto ele olhava para a carnificina.

— David! — a voz de Tamani foi ríspida, mas Laurel achou ter percebido também preocupação. Os trolls restantes haviam se recuperado do choque e empunhavam suas armas novamente.

Voltando à atenção, David franziu as sobrancelhas. Ele se lançou à frente, cortando ao meio a arma enorme de um troll e separando outro de sua arma, tirando-a de suas mãos. Seus golpes ficaram ferozes, cortando indiscriminadamente metal e carne com o esforço que seria necessário para fatiar gelatina com uma faca de carne.

Conforme David foi abrindo uma brecha no ataque violento, Tamani saiu da cobertura protetora das árvores.

— Leve algumas sentinelas para essa brecha! — gritou ele. — Quero qualquer um que não tenha arma empilhando pedras!

As sentinelas estavam sendo bem-sucedidas em eliminar muitos dos trolls que vinham aos montes pelo portal, mas *muitos* não era suficiente; as sentinelas estavam perdendo terreno. A luta irrompera numa dúzia de pontos pelo Jardim e os arqueiros nas muralhas corriam de um lado a outro, num esforço para conter os trolls sem ferir as sentinelas em terra.

— São demais — gritou David, balançando a cabeça. — Não vou conseguir chegar a todos eles antes que rompam mais o muro.

— Então, vamos ao menos deter a maré — disse Tamani. — Se você puder impedir que mais entrem pelo portal, talvez...

Mas suas palavras foram interrompidas quando um grupo de seis ou sete trolls surgiu das árvores, correndo na direção da brecha. Porém, antes que alguém no muro pudesse reagir, raízes grossas irromperam do chão, espalhando terra negra pelo ar. Elas se sacudiram ameaçadoramente e, por um instante, Laurel teve medo de que Yuki tivesse chegado para acabar com todos eles; mas, então, as raízes se moveram para trás, jogando os trolls contra as árvores, onde seus urros de raiva se transformaram em gritos de dor.

— Concordo — disse Jamison, aproximando-se pela direção da entrada do Jardim. Em algum momento, ele havia se reunido a seus *Am Fear-faire*, que estavam prontos para lutar ao lado dele.

— Se David puder defender o portal em si, acredito que as sentinelas poderão limpar o Jardim.

Laurel não entendia como Jamison era capaz de manter uma calma tão otimista em meio a tamanho caos, mas as sentinelas próximas o bastante para ouvir a declaração de Jamison ficaram visivelmente encorajadas por suas palavras, e Laurel percebeu que era de propósito.

— A maioria destas sentinelas jamais viu um troll, muito menos matou um — sussurrou Jamison para Tamani e David, confirmando a dedução de Laurel. — Tamani, sua experiência será inestimável aqui. Se você me permitir cuidar da sua protegida, prometo que a devolverei a você sã e salva. Eu gostaria que você se juntasse a David nos portais.

Tamani assentiu, embora seu maxilar estivesse tenso; Laurel sabia que ele não gostava de deixá-la, mas não iria discutir com Jamison. David também não disse nada, embora lançasse um olhar para trás, para Laurel e Chelsea, antes de seguir Tamani até as árvores.

— Fiquem perto — disse Jamison sem olhar para elas, sua atenção completamente focada na batalha.

Com um aceno de cabeça, dois dos *Am Fear-faire* se moveram para incluir Laurel e Chelsea em seu círculo de proteção.

Jamison caminhou na direção do perímetro interno do Jardim do Portal como se estivesse fazendo um passeio vespertino. Quando eles encontraram dois trolls vestidos de negro arrancando pedaços da muralha de pedra, Jamison se inclinou, esticando os braços à frente. Imitando sua pose, dois carvalhos enormes também se inclinaram adiante, seus poderosos galhos rangendo e estalando conforme se enrolavam nos trolls e, então, se endireitavam, lançando as bestas a tal altura que Laurel sabia que não sobreviveriam à queda.

Antes que Laurel pudesse pensar muito em como seria ser atirado à própria morte por um carvalho, eles encontraram um pequeno grupo de sentinelas lutando desesperadamente contra vários trolls que tinham se armado de galhos gigantescos de árvore, os quais brandiam como se fossem tacos gigantes. Laurel adivinhou que eles estavam prestes a ver suas armas de madeira se voltarem contra eles; mas, em vez disso, quando um dos trolls se virou para atacar Jamison, viu-se afundando no chão, tentando loucamente se agarrar à terra que se fechava sobre sua cabeça.

Uma a um, os demais trolls desapareceram como se houvessem pisado em areia movediça. Quando o último se virou para fugir, Laurel vislumbrou as raízes que Jamison estava convocando do chão para puxar os trolls para baixo, enterrando-os vivos no solo fértil de Avalon.

Laurel tentou ficar de olho nos rapazes enquanto Jamison circundava o Jardim, auxiliando as sentinelas. David era fácil: era quase impossível não ver os arcos de sangue que eram lançados de sua espada mágica a cada golpe. Ele parecia menos um espadachim e mais um fazendeiro na colheita de primavera, ceifando um sem-número de monstros uivantes. Ele era realmente intocável. Não importava se estava se desviando, ou de fato mirando num troll, cada movimento da espada fazia cair um corpo.

Ocasionalmente, Tamani emergia da luta e gritava uma ordem a alguém, mas mesmo vestido com a camiseta de seu pai, Laurel tinha dificuldade de segui-lo, pois ele se misturava às demais sentinelas, todas brandindo suas armas, atentas umas às outras e lutando para manter os trolls a distância.

Quando eles haviam entrado no Jardim, Laurel achou que de forma alguma aquela simples força pudesse vencer as hordas enlouquecidas que se despejavam do portal. Mas agora, com a ajuda de Jamison e Excalibur, as fadas e elfos estavam lentamente, muito lentamente, fazendo os trolls *recuarem* pelo portal.

Estavam vencendo.

Então, tão de repente quanto havia começado, a batalha pelo portal terminou. Os gritos das sentinelas foram ensurdecedores ao fecharam fileiras sobre um punhado de trolls que havia sobrado. Quando o último troll caiu, os olhos de todos se dirigiram para o portal.

Mas nada mais veio dali.

Onze

Após o clamor da batalha, o silêncio era ensurdecedor. Os ouvidos de Laurel se reajustaram gradativamente e, logo, ela pôde ouvir gemidos e murmúrios de dor das fadas e elfos feridos e a agitação das sentinelas nas muralhas, transmitindo a notícia para aqueles que não podiam ver por si mesmos.

Tamani tocava levemente num de seus ombros, e seu olhar era cauteloso quando ele e David se aproximaram do círculo de *Am Fear-faire* de Jamison.

— Nós ganhamos? — sussurrou Chelsea. — Jamison pode fechar o portal?

Tamani imediatamente sacudiu a cabeça.

— Ainda não terminou — disse ele baixinho. — Se houvesse terminado, minhas sentinelas teriam vindo para nos informar. — Ele trincou os dentes. — Klea e Yuki ainda estão no outro lado.

— Não obstante — disse Jamison, seu gesto abarcando Tamani e David —, se não levarmos a batalha até elas, elas certamente a trarão de volta até nós, no fim.

— Temos uma força razoável reunida aqui. Vou liderá-los — disse Tamani.

— Deixe que eu faço isso — disse David baixinho, erguendo a espada.

Tamani hesitou. Laurel podia ver a guerra entre o orgulho e o bom senso em seus olhos. Mas a cautela venceu; Tamani assentiu e começou a gritar ordens para as sentinelas reunidas, que novamente empunharam suas armas e começaram a se alinhar em formação.

Mas o olhar de Laurel estava fixo no portal. Podia ver as sequoias da Califórnia pela abertura, aquelas que circulavam a clareira — que parecia estar *vazia*. Onde estavam as sentinelas? Ou o resto dos trolls? Pensou ter visto um brilho de couro negro, mas se convenceu de que estava se assustando à toa.

Então, algo pequeno e amarelo veio rolando pelo portal.

Foi imediatamente tragado pela terra — por arte de Jamison, Laurel não tinha dúvida — ao mesmo tempo que vários outros tubos passavam sibilando pelo portal, lançando nuvens de gás verde que se elevaram e expandiram a uma velocidade incrível.

Laurel conseguiu prender a respiração pouco antes de ser engolida pela fumaça. Mais tubos vinham chegando, e Laurel piscou e semicerrou os olhos contra a névoa. Viu, horrorizada, Jamison cambalear e, então, cair no gramado esmeralda ao lado de seus *Am Fear-faire*. As sentinelas que ainda permaneciam em pé viram o elfo de inverno cair e, então, deram meia-volta em pânico, para fugir da névoa que avançava. Mas ela estava se espalhando mais depressa do que podiam correr. Receita especial de Klea, sem dúvida.

Lutando contra o fluxo de sentinelas em fuga, Laurel girou, tentando encontrar seus amigos. Viu David, que estava parado feito uma estátua no meio de um rio de fadas e elfos desesperados; Excalibur estava em sua mão e ele olhava para ela como se perguntasse: *O que devo fazer agora?* Na velocidade que o gás estava se espalhando, ele não tinha muita escolha a não ser fugir com eles. Mesmo com Excalibur, ele ainda precisava respirar.

Destinos 98

Laurel demorou apenas um momento para compreender que podia salvá-lo.

Da mesma forma que já o havia salvado uma vez antes.

Laurel correu até David, tentando agarrar a frente de sua camisa ensopada de sangue. Sua mão deslizou, como se houvesse agarrado um fantasma; tarde demais, ela se lembrou que enquanto ele estivesse empunhando Excalibur, ela não poderia tocá-lo. Sentiu-se empurrada pela multidão em pânico e resistiu à vontade de gritar.

E, então, a mão dele segurou seu pulso e ele a puxou para si. Seu olhar era duro e ele agarrava seu braço com firmeza, levando a mão à lateral de seu pescoço da forma como costumava fazer. Ela podia sentir o coração dele acelerado no peito ao se aproximar de seu rosto e, então, pressionar os lábios aos dele.

Laurel ouviu um ruído estranho e abriu os olhos, vendo Chelsea a apenas alguns passos, a mão apertada contra a boca, observando-os. Atrás de Chelsea, Tamani havia feito uma pausa em sua tarefa de arrastar o corpo inconsciente de Jamison para olhar para eles, confuso.

Laurel prendeu a respiração e olhou além de David, atraindo a atenção deles.

— Respirem! — ordenou, tomando cuidado para não deixar que a névoa entrasse em sua boca.

A compreensão acendeu os olhos de Chelsea e ela se virou para Tamani com um sorriso. Agarrou-o com firmeza pelas orelhas e apertou os lábios contra os dele.

E ali ficaram, quatro figuras abandonadas pelos vivos, rodeadas pelos mortos, agarrando-se umas às outras. De sua experiência no fundo do rio Chetco, Laurel e David sabiam que podiam compartilhar respirações por um longo tempo. Se se movessem com cuidado, poderiam provavelmente escapar da fumaça, independentemente de quanto ela houvesse se espalhado. E David ainda podia carregar a espada entre uma respiração e outra.

Mas o que vamos fazer sem Jamison?

Laurel se afastou de David e se ajoelhou ao lado de Jamison. Colocou ambas as mãos em seu peito e, para sua surpresa, elas se moveram quando o velho elfo respirou. Laurel tinha quase se convencido de que era só a sua esperança, quando ele fez novamente.

Jamison estava vivo!

Laurel se virou e agarrou o braço de Tamani. Ela tomou sua mão e a colocou no peito de Jamison, fixando os olhos significativamente nos dele. Os ombros de Tamani se curvaram no que devia ser alívio, quando ele entendeu.

Aquilo significava que o gás não era instantaneamente mortal e que a maior parte daqueles que haviam caído à sua volta ainda estavam vivos — mas por quanto tempo mais?

O som de passos pelo gramado indicou que eles não tinham muito tempo. Laurel fez uma pausa, olhando através da névoa. Só podia distinguir sombras, mas as formas volumosas, que claramente não eram fadas nem elfos, eram toda a confirmação de que Laurel precisava. O ataque estava prestes a recomeçar. O que quer que fosse aquele gás sonífero, só tinha por objetivo dar uma vantagem aos trolls.

Depois de pedir a ajuda de Chelsea através de mímicas, Tamani içou Jamison às suas costas e eles começaram a arrastá-lo na direção dos portões de madeira na entrada do Jardim. Ao se aproximarem do muro, a fumaça ficou mais rarefeita e, quando saíram pela entrada de madeira pesada, o ar estava limpo e respirável.

—Apontar! —A ordem foi em voz baixa; as fadas e os elfos haviam descoberto os trolls e estavam tentando pegá-los desprevenidos.

Com sua primeira respiração, Tamani exclamou: — Nada de flechas!

A sentinela que estava dando as ordens para os arqueiros, no alto da muralha do jardim, olhou para baixo.

— Não podemos combatê-los lá dentro! Não podemos nem sequer vê-los. Com certeza, eles vão romper a muralha desta vez. Tudo que podemos fazer é chover flechas sobre eles com a maior velocidade possível.

— É gás sonífero — retrucou Tamani. — Todos que respiraram aquela coisa estão indefesos, mas vivos; se você atirar agora, principalmente às cegas, matará tantas fadas e elfos quanto trolls. Precisamos recuar. Assumir uma posição mais defensável.

A comandante das sentinelas fechou os olhos por um instante, sua boca formando uma linha fina.

— Não vamos abandonar nosso posto — disse ela. —Vou pensar em alguma coisa. — Ela correu até o arqueiro mais próximo, claramente passando para algum plano de reserva.

Laurel esperou que fosse bom.

— David?

A voz de Chelsea estava repleta de preocupação, e Laurel se virou para ver David olhando para sua mão livre — manchada de vermelho — e virando-a de um lado e de outro. Suas roupas também estavam ensanguentadas, e ele cautelosamente tateou o rosto, que estava todo riscado com o tom marrom-escarlate de sangue seco.

— David? — repetiu Chelsea quando o olhar dele pareceu sair de foco e ele levou a mão à testa.

Ele não deu qualquer indicação de ter ouvido.

— David! — disse Laurel, da forma mais ríspida que se atrevia.

Ele ergueu os olhos dessa vez, e o estômago de Laurel se revirou diante do horror inexpressivo em seu olhar.

— Laurel, eu... eu não...

Laurel tomou seu rosto nas mãos, forçando-o a olhar para ela.

— Está tudo bem. Você ficará bem — disse Laurel. Ele só agora devia ter compreendido o que fizera. Levou mais alguns segundos, mas, finalmente, seus olhos se acalmaram. Laurel sabia que ele estava tentando afastar seu medo — iria ter que lidar com ele depois —, mas, por ora, teria de ser suficiente. Respirando fundo, ele pegou a espada novamente e se reposicionou diante da entrada do Jardim.

Laurel voltou sua atenção para Tamani, que tinha deitado Jamison no chão e estava tentando escutar os lábios do velho elfo.

— Ele está mesmo inconsciente. Precisamos encontrar uma forma de despertá-lo.

— Precisamos ir até a Academia — disse Laurel. Lá, alguém certamente poderia despertar Jamison. *Devia ter trazido meu kit*, pensou, com remorso. E, então, outra ideia lhe ocorreu.

— Eles não sabem sobre a imunidade! Estarão indefesos se os trolls entrarem. — Pensar no estrago que um troll imune aos elixires poderia fazer na Academia já era suficientemente horrível. Um grupo inteiro lá dentro...

— Eles não são os únicos — disse Tamani, sério.

— Precisamos ir *agora* — disse Laurel, agarrando a manga de Tamani. — Precisamos chegar até a Academia e avisá-los! Eles poderão despertar Jamison, tenho certeza.

— Não há *tempo*! — grunhiu Tamani. — E nenhuma cobertura. Ao carregar Jamison colina acima, seremos presas fáceis para qualquer troll que consiga entrar. Ainda que cheguemos à Academia, você tem razão: eles estarão indefesos. Não podemos nos arriscar a perder Jamison. Ele ficará mais seguro se o levarmos à Primavera. Há sentinelas lá e uma grande quantidade de ingredientes para você tentar...

— Agradeço a sua confiança — disse Laurel calmamente, perguntando-se se Tamani estava se esforçando demais para proteger a *ela*. — Mas se existe alguém capaz de despertar Jamison, é Yeardley. E mesmo que ele não consiga, alguém precisa alertá-los!

— Todos os meus homens estão lá atrás! — retrucou Tamani, apontando para a névoa verde que enchia o Jardim murado. — E as sentinelas aqui estão se recusando a recuar. Não há ninguém para mandar. A não ser... — Sua voz diminuiu e ele olhou para Chelsea. — Você é rápida — disse ele.

Destinos 102

— Não — disse Laurel baixinho.

— Chelsea — disse Tamani, encarando-a abertamente. — Preciso que você corra.

Chelsea assentiu.

— Eu sou boa nisso.

— Subindo por esta trilha, a enorme estrutura cinza à sua direita, coberta por trepadeiras em flor, não tem como errar; entre pelos portões da frente, direto até a porta principal. Se você for rápida... mais rápida do que jamais correu na vida, poderá salvá-los.

— Não — disse Laurel, mais alto dessa vez.

— Conte a eles sobre a imunidade, faça com que comecem a construir barricadas em todas as entradas. Tão altas e fortes quanto possível. E as janelas; eles devem bloqueá-las de alguma maneira. Eles são inteligentes... como você... vão pensar numa forma.

— Fui — disse Chelsea, levantando-se de onde estava agachada.

— Não! — disse Laurel, e sentiu David se aproximar dela por trás.

— Ela não pode ir sozinha — disse David, brandindo a espada.

— Mas tem que ir — retrucou Tamani. — Eu preciso que você me ajude a proteger Jamison, e preciso que Laurel tente despertá-lo. A Rainha não vai ajudar até que seja tarde demais, então ele ainda é nossa melhor chance de vitória. Não podemos deixá-lo morrer.

—Vou fazer isso — disse Chelsea, empinando o queixo ao encarar Laurel e David. — Se vocês quiserem oferecer alguma coisa de útil, ofereçam agora. Vou partir em dez segundos.

— Encontre Yeardley — disse Laurel, mal acreditando nas palavras que saíam de sua boca. — E Katya. Diga a eles que fui eu que mandei você; eles escutarão. — Ela hesitou. — Não diga a eles que você é humana — acrescentou, baixinho, detestando saber que isso iria ajudar. Com sorte, eles não perceberiam, em meio à comoção.

Chelsea assentiu, então olhou para o alto da colina.

— Corredores em posição — sussurrou. — Largada.

O queixo de Laurel tremeu enquanto observava sua melhor amiga parecendo muito solitária na vasta colina.

— Não sei se poderei perdoar você se ela morrer — disse Laurel.

Tamani ficou um longo momento em silêncio.

— Eu sei

Doze

— LEVAREI JAMISON — DISSE TAMANI. CHELSEA ERA *REALMENTE* RÁPIDA, e isso lhe dava esperanças, mas não podia perder nem mais um minuto preocupando-se com ela. — Vamos circular a Primavera pelas árvores. Isso nos manterá escondidos o suficiente para chegarmos até a minha mãe. Com sorte, entre a experiência dela com Jardinagem e as Misturas de Laurel, poderemos fazer *alguma coisa* por ele. — Com a ajuda de Laurel, ele colocou Jamison sobre seus ombros. — Laurel, siga-me. David, vigie nossa retaguarda.

Quando partiram em direção à Primavera, Tamani se perguntou, não pela primeira vez, se deveria se manter na estrada principal. Mas eles tinham visto a rapidez com que os trolls haviam invadido o Jardim do Portal; dessa vez, não haveria ninguém para fazê-los recuar. As sentinelas restantes poderiam contê-los um pouco mais, mas Tamani não estava muito otimista e, uma vez que o Jardim caísse, garantir a estrada principal seria provavelmente a prioridade seguinte de Klea. Enquanto estivesse carregando Jamison, não poderia correr; portanto, era preciso escolher seu caminho formado pelas trilhas que mal se podiam ver, onde ele havia brincado quando pequeno.

Tentou não pensar nas sentinelas que estava deixando para morrer.

Estão se sacrificando pelo bem maior, repetia para si mesmo, uma e outra vez, enquanto caminhavam com dificuldade pelos bosques, descendo a colina de forma lenta mas constante.

Durante anos Shar martelara aquele conceito em sua cabeça — *o bem maior* —, mas Tamani jamais o entendera completamente, até aquele momento.

Shar.

Não podia pensar nisso agora.

Levou menos de uma hora para chegar à clareira atrás da casa de sua mãe, embora cada passo parecesse uma eternidade; Jamison não era um elfo grande, mas parecia ficar mais pesado conforme progrediam em sua jornada e Tamani lutava contra a exaustão. Estava sobrevivendo com pouquíssimas horas de sono.

— Fique abaixada — sussurrou Tamani, varrendo com o olhar o gramado entre eles e a casa. As ruas estavam desertas e os trolls não pareciam ter chegado àquela parte do setor de Primavera, mas Tamani sabia que não podia baixar a guarda por isso. A um sinal seu, os três se lançaram na clareira aberta e praticamente voaram até a árvore arredondada onde a mãe de Tamani vivia. Quando chegaram à parede de trás, Tamani girou o trinco engenhosamente oculto e empurrou, mas nada se moveu. Empurrou novamente, e nada. Com um grunhido, levantou o pé e chutou o mais forte que podia; a porta oculta girou nas dobradiças ao ceder.

Ele entrou e mal conseguiu parar antes que a faca furasse a pele de sua garganta.

— Berço da Deusa, Tam! — Sua mãe retirou a faca e abriu passagem para eles entrarem. Assim que se viram lá dentro, no entanto, ela deu uma olhada rápida no campo e fechou novamente a porta. — Pensei que vocês fossem trolls. A jovem Sora passou por aqui, disse que os trolls estão vindo para a Primavera. Pensei em me unir às sentinelas nas barricadas.

Destinos 106

— Tenho um trabalho mais importante para você agora — diss Tamani, seguindo até o quarto de sua mãe e colocando Jamison en seu catre.

— Terra e céu, é... Jamison? — exclamou sua mãe, já tirando seu protetores de braço e colocando-se de joelhos ao lado da cama. — O que aconteceu com ele?

Tamani explicou da forma mais rápida possível.

— Precisamos despertá-lo. Achei que você pudesse ajudar Laurel com isso.

— Claro — concordou sua mãe, despindo o restante da armadura.— É uma pena que o velho Tanzer tinha se unido aos Silenciosos, ele saberia exatamente o que fazer.

— Eu não sabia — disse Tamani, seus ombros cedendo com a decepção. Ele se atrevera a ter esperanças... mas Laurel iria conseguir. Tinha de fazê-lo!

Vendo a confusão no rosto de Laurel, ele explicou:

— Tanzer era um amigo da minha mãe. Ele... morava aqui perto.

— O melhor Misturador que já conheci — disse a mãe de Tamani, pressionando as mãos nas faces cinzentas de Jamison. — Houve um tempo em que eu conhecia todos eles. Contudo, não há muitos Misturadores dispostos a morar na Primavera.

— Você mencionou barricadas? — perguntou Tamani.

Sua mãe assentiu.

— Na estrada principal... perto das cabanas de lavanderia. Quando os trolls as romperem, iremos lutar nas ruas.

Não se; quando. A falta de esperança ameaçava consumi-lo; a Rainha lhes dera as costas, Jamison estava incapacitado e o Jardim do Portal havia caído.

Pelo menos, ainda tinham David.

E David tinha a espada.

— Faça tudo que puder por Jamison — disse Tamani, encontrando o olhar de Laurel. — Qualquer truque de Misturador em que puder pensar... apenas faça. Temos que ir até as barricadas... fazer o que pudermos.

A mãe de Tamani franziu a testa para ele, então se levantou e puxou-o para um lado, onde David e Laurel não pudessem ouvi-los.

— Eu sei quem é este aqui — disse ela em seu tom de mãe, inclinando a cabeça na direção de David. — *Não* saia lá fora e arrisque a vida dele só pelos seus próprios objetivos, Tam. Uma vitória desonrosa não é uma vitória.

Mas Tamani já estava balançando a cabeça.

— Não é nada disso. Ele tem a espada, Mãe. Aquela sobre a qual Shar costumava sussurrar. É real e já o vi usá-la. — Ele olhou para David. — Com Jamison inutilizado, ele é nossa única esperança.

Sua mãe ficou em silêncio por um momento.

— A situação é assim tão terrível?

Tamani apertou sua mão.

— Então, vá — disse ela. — Que a Deusa proteja vocês dois. — Ela começou a se afastar; então, estendeu a mão até o braço dele, puxando-o novamente e colocando a mão em seu rosto. — Eu te amo, filho. Não importa o que aconteça hoje, lembre-se disso.

Tamani engoliu em seco e assentiu. Virou-se para Laurel, que parecia querer dizer algo, mas Tamani não tinha certeza se suportaria escutar. Afastou-se dela para encarar David.

— Você está pronto?

Quase haviam chegado à porta quando Laurel gritou:

— Tam, David! — Tamani fechou os olhos e se preparou para os protestos dela, mas, por um momento, ela não disse nada. Então, para sua surpresa, ela apenas sussurrou: — Se cuidem.

Grato pela compreensão de Laurel, Tamani acenou e saiu com David pela porta da frente, voltando à estrada principal. Não demorou muito para que os ruídos reveladores da batalha chegassem a seus ouvidos.

Destinos 108

— Malditos trolls, são tão rápidos — resmungou Tamani baixinho. Seus dedos se apertaram em volta da lança; era hora de lutar novamente. Raramente havia lutado, ou sequer treinado, com uma arma tão refinada. Aniquilava trolls muito mais facilmente do que as pequenas facas que ele normalmente portava. Boas armas significavam trolls mortos e, com cada troll morto, ele sentia que Laurel estava mais segura.

E o que poderia ser mais importante do que isso?

— Quero que você se concentre nos trolls com pistolas — disse Tamani por cima do ombro para David. — Se a luta no portal servir de indicação, não haverá muitos, mas a maior parte das fadas e elfos daqui nem sequer saberá o que é uma pistola; portanto, não terão medo delas.

— Claro — disse David, rígido. Tamani tinha que admitir, para um civil sem treinamento, que David estava lidando muito bem com tudo que tivera de enfrentar.

Tamani fez um breve aceno de anuência ao passarem sob um telhado cheio de arqueiros atirando flechas sobre uma barricada resistente. Estacas afiadas, na maioria mourões de cercas adaptados, se alinhavam através da estrada principal no ponto em que esta se aprofundava entre duas colinas, no alto das quais mais arqueiros haviam se reunido e lançavam flechas e pedras com atiradeiras em quaisquer trolls que tentassem dar a volta pelo caminho mais longo. A maior parte da luta estava acontecendo no vale não muito profundo na desembocadura da estrada, mas alguns trolls haviam conseguido penetrar e se ocupavam destruindo o máximo da barreira que pudessem.

Tamani levantou a lança, mas uma flecha assoviou no ar e atingiu em cheio, no peito, o alvo em que ele estava mirando. Tamani empurrou a besta deformada para o lado e se lançou numa corrida, costurando entre a barricada, com David logo atrás de si.

Agora, tinha Traentes rodeando-o por todos os lados, e alguns deles até sabiam o que estavam fazendo, já que sentinelas aposentadas lutavam lado a lado com os Cuidadores e suas foices, e os Ferreiros com seus martelos. Contudo, pareceu a Tamani — ao ferir um troll antes que ele pudesse matar o jovem elfo de primavera, cuja arma era uma enxada de cabo comprido — que havia jovens inexperientes demais naquela confusão. Quase abriu a boca para mandar o menino para casa, mas o que ele iria fazer lá? *Esperar* que os trolls viessem matá-lo? Não, Tamani decidiu; não iria desencorajar a valentia. Ainda que fosse estúpida.

— David, por aqui! — gritou Tamani, dirigindo-o para o meio dos trolls. Numa proximidade tão grande com fadas e elfos, ele teria dificuldade para golpear com Excalibur; era melhor estar totalmente cercado pelo inimigo. — Quase lá — sussurrou para si mesmo, apunhalando um troll no pescoço quando este tentou agarrá-lo com suas mãos enormes. Já perdera conta de quantos ferimentos leves, insignificantes, havia recebido naquele dia; nenhum nem de longe significava risco de vida, mas estavam afetando seus reflexos. Conforme os trolls se acumulavam à sua volta, foi se tornando cada vez mais difícil matá-los na mesma velocidade em que eles o atacavam. David estava dando conta da diferença, mas trolls desciam pela colina às dúzias.

Estavam muito além da barricada quando Tamani ouviu um troar baixo e levantou os olhos para várias fadas e elfos parados sobre os telhados à margem do setor, as mãos estendendo-se para o céu e, depois, graciosamente, movendo-se ao mesmo tempo, como se puxassem cordas invisíveis.

Tamani levou alguns momentos para entender o que estava para acontecer.

— David! — alertou. — Em cima da colina!

A colina era íngreme demais para que subissem tanto assim no breve tempo que tinham, então David e Tamani se estenderam na terra conforme o troar aumentava até se transformar num estrondo quase ensurdecedor. Da parte mais alta da estrada, uma enorme manada de gado vinha em debandada em direção ao vale, pisoteando trolls em sua

Destinos 110

agitação ao descer pela estrada rumo à barricada, onde seus Pastores estavam reunidos nos telhados. Durante a parte mais densa da debandada, Tamani teve que se abaixar ainda mais na colina gramada para escapar das vacas em pânico e de seus chifres compridos e mortíferos. Depois que o perigo passou, Tamani quase riu de David, meio levantado, meio sentado na colina íngreme, a espada pendendo das mãos, observando o espetáculo.

— Que diabos aconteceu com estas *vacas*? — perguntou David, estupefato.

Tamani apontou para os Traentes nos telhados, fazendo seus animais seguirem num círculo amplo.

David acompanhou seu gesto e, embora Tamani duvidasse que isso fosse possível, seus olhos se arregalaram ainda mais.

— Usaram o poder de atração nas vacas? — perguntou ele, incrédulo.

Tamani assentiu, mas não estava mais sorrindo.

— Vamos — disse a David —, temos que atacar enquanto eles estão confusos. — Os trolls eram ainda maiores do que a maioria das vacas e estavam captando a ideia com rapidez, voltando suas lâminas contra a manada. A distração não duraria muito tempo.

— Por que vocês têm vacas em Avalon? — gritou David, decepando um troll inferior cujo corpo, onde não era coberto por pelos negros e grossos, estava coberto por pústulas.

Tamani arrancou sua lança do peito de um troll com um chute violento. O crachá em seu suéter dizia GREG, e Tamani se perguntou, por um instante, se o troll de aparência mais humana era Greg ou se apenas havia *comido* Greg.

— Não podemos depender dos Misturadores para prover *todo* o fertilizante, não é? — disse ele com frieza.

A quantidade de trolls estava diminuindo novamente e David parecia ter encontrado um ritmo que funcionava para ele; Tamani, portanto, com a lança ainda apertada na mão, dedicou alguns minutos a puxar com cuidado algumas fadas e elfos feridos de volta até a barricada. Eles ainda estavam respirando e, se pudesse evitar que fossem golpeados onde estavam, poderiam ser tratados.

Não havia tempo para levá-los a um lugar seguro, mas ao menos podia arrastá-los para longe do perigo de serem pisoteados.

— Tamani!

Era David. Ele se virou e enterrou a espada num troll que tentou pular em seu ombro.

— Eles não estão mais descendo a colina — disse David, sem fôlego.

Tamani ficou tenso. Na última vez que os trolls tinham parado de chegar, era porque estavam preparando algo pior. Ele, certamente, não estava preparado para confiar *nessa* interrupção.

Hesitou. — Vamos continuar lutando aqui até que os Traentes estejam dominando mais a situação... daí, precisaremos voltar para a casa da minha mãe. — Embora, honestamente, Tamani não fizesse a menor ideia de quanto tempo aquilo levaria. Os lutadores de Primavera mal estavam se aguentando.

David assentiu, então pulou quando algo feito de vidro se estilhaçou a seus pés.

— Até que enfim — murmurou Tamani, sentindo o peito um pouco mais leve. Mais frascos diminutos caíram do céu, estourando no chão e espalhando seu conteúdo de aroma adocicado pelo campo de batalha.

— Até que enfim o quê? — perguntou David.

— Os Abelheiros reuniram seus enxames — disse Tamani, erguendo o canto da boca num sorriso quando o ruído revelador atingiu seus ouvidos. Ele apontou para o alto da barricada, onde os arqueiros tinham sido substituídos por uma unidade de fadas e elfos de primavera, cada um com um cajado numa das mãos e uma atiradeira na outra.

Destinos 112

Uma nuvem de escuridão zumbidora desceu sobre a passagem e os trolls começaram a uivar de dor. Os insetos pretos e amarelos enxameavam pelo campo de batalha, cobrindo os trolls e picando-os com fervor. Os corpinhos minúsculos caíam ao chão quase tão depressa quanto chegavam voando e Tamani sentiu uma pontada de tristeza ao pensar nos anos que levaria para reconstruir suas colmeias. No entanto, respeitando sua natureza, as abelhas estavam defendendo seu lar, assim como as fadas e os elfos de primavera. Os trolls que se recusavam a ser derrotados pelo veneno estavam cegos, tanto pela dor quanto pelas nuvens de insetos que os rodeavam, e se tornavam alvos fáceis para as fadas e os elfos.

Um grito de alarme vindo de David fez Tamani se virar, a arma em punho.

As abelhas também estavam se agrupando em volta de David. Graças a Excalibur, ele se mantinha intocável — e impicável —, mas os insetos o haviam claramente assustado e ele estava se sacudindo, movendo a espada como um mata-moscas, tentando afastá-las.

— David. David! — chamou Tamani, mas, se David ouviu, não deu sinal. — David! — Tamani berrou, finalmente chamando sua atenção. — Está tudo bem; acho que elas não podem picar você.

— Não — respondeu David, enfim se acalmando. — Mas posso senti-las. E está... — David fez uma pausa, então soltou — me deixando *desesperado!*

Aquilo quase fez Tamani sorrir.

— Acho que os Traentes podem dar conta a partir daqui — disse Tamani, querendo ter mais certeza. — Devemos ir.

David resmungou alguma coisa que soou como anuência e seguiu Tamani através das barricadas.

— Corra — disse Tamani, acelerando o passo. — Daqui a pouco elas serão atraídas pelas poções na estrada e deixarão você em paz.

Eles correram juntos por ruas secundárias desertas pelas quais Tamani não havia passado desde que era um broto. As abelhas foram recuando lentamente, a princípio, mas, após alguns minutos, David ficou com apenas algumas mais teimosas.

— Pensei que magia não funcionasse com os trolls — ofegou David.

— Abelhas não são magia — disse Tamani, parando um instante para se localizar.

— Mas aquela coisa que eles jogaram na praça... os vidrinhos... eram poções, certo?

Tamani abriu um sorriso.

— Sim. Mas eram poções para as *abelhas*, não para os trolls. Que as estimulam a atacar animais. Infelizmente, isso inclui você.

David assentiu, curvando-se com as mãos nos joelhos.

— Maravilha — disse ele, respirando fundo mais uma vez antes de seguir Tamani, já alguns passos à sua frente.

— Olho de Hécate — ofegou Tamani, atirando-se contra uma parede quando eles chegaram à esquina oposta à casa de sua mãe apenas para se deparar com uma dúzia de trolls pairando acima do corpo de um punhado de sentinelas. — Eles devem ter vindo por um caminho diferente — disse ele, espiando rapidamente. Eles estavam vindo na direção dele... talvez tivessem escutado. Ou... — Eles sentem o nosso cheiro — disse Tamani, balançando a cabeça e olhando para suas roupas ensanguentadas, maldizendo seu descuido. — Provavelmente seguiram o cheiro do sangue até aqui.

Quando o primeiro troll entrou em seu campo de visão — um inferior imenso que parecia um urso-pardo com nariz, em vez de focinho — este farejou o ar.

— Aí vamos nós — disse Tamani, saindo da esquina para receber seu atacante. O grandalhão galopou na direção deles, encurtando a distância tão depressa que Tamani mal teve tempo de erguer a lança.

Com um golpe perfeito, David se adiantou e decepou o braço do monstro. Ao ver o sangue vermelho-vivo de seu companheiro jorrando do ombro, os outros pareceram entrar numa espécie de frenesi, fazendo a luta se acelerar a um passo mortal. David, os braços claramente se cansando do peso de Excalibur, mal podia golpear com velocidade suficiente para repelir os ataques. Tamani fazia o que podia, golpeando cada arma e membro que se aproximasse dele, em grande parte tentando apenas se manter vivo até que David reduzisse os números a uma proporção razoável.

Que tal três para um?, pensou Tamani com tristeza.

Quando sentiu algo agarrar seu tornozelo e puxar suas pernas, Tamani sentiu medo de que sua sorte houvesse chegado ao fim. Conseguiu recuperar o equilíbrio, mas não a tempo de se esquivar totalmente do golpe de um porrete de ferro. Gritou entre os dentes cerrados quando as pontas se afundaram em seu ombro direito e sentiu sua mão perder o agarre na lança. O troll atrás dele chutou seus joelhos por trás e, embora ele tentasse se apoiar com as mãos, seu braço ferido cedeu sob seu peso. Ele rolou a tempo de ver o primeiro troll erguer novamente o porrete, desta vez mirando em sua cabeça. Tamani não tinha forças para impedi-lo.

E, então, os joelhos do troll se dobraram e ele cambaleou para a frente, caindo em cima de Tamani, enchendo sua boca de carne de troll e queimando suas narinas com seu cheiro enjoativo. Tamani empurrou o peso esmagador com o braço são, mas foi somente quando a força de David se uniu à sua que o troll rolou para longe.

Tamani se pôs novamente em pé e David recuperou a espada de onde a havia enfiado, nas pedras. Sua expressão era estranha.

— Eu devo minha vida a você — disse Tamani, apanhando sua lança. — De novo — acrescentou.

— Não fui eu. Quer dizer, aquele ali, fui eu — disse David, apontando para as duas metades do troll que havia derrubado Tamani com um chute nas pernas. — Mas me virei para pegar este aqui e, quando levantei a espada, ele simplesmente... caiu.

— Deve ter sido atingido por um dardo envenenado — disse Tamani, examinando o corpo do troll, depois olhando em volta pela rua em busca de seu defensor oculto. Não encontrando ninguém, ele apenas acenou um agradecimento para as ruas vazias.

Ele moveu o braço, tentando encontrar a posição em que seu ombro doesse menos, desistindo depois de um momento e simplesmente deixando para lá.

— É melhor entrarmos na casa antes que mais trolls nos vejam.

Quando entraram correndo pela porta da frente, Laurel estava ali para recebê-los, brandindo a mesma faca com que a mãe de Tamani quase os matara antes. Alguma coisa no íntimo de Tamani se apertou ao ver Laurel segurando uma faca. Ela devia ter ficado aterrorizada por estar com uma arma, ainda que não soubesse causar muito dano com ela.

— São vocês! — disse ela, a voz cheia de alívio ao jogar a faca do mesmo jeito que Tamani jogaria fora uma fruta podre. — Eles estão lá fora há alguns minutos e tudo que pudemos fazer foi ficar o mais quietas possível. — Ela jogou os braços em volta de ambos e Tamani não pôde evitar a vontade de que o abraço fosse somente para ele.

— Como está Jamison? — perguntou Tamani, mas Laurel balançou a cabeça.

— Como estão vocês? Machucados?

— Não importa — disse Tamani. Ele passou por ela e seguiu pelo corredor. Não podia se concentrar em si mesmo nem por um instante ou não conseguiria ignorar a dor.

— Ele está se mexendo — disse Laurel, seguindo-o. — Mas foi só isso que conseguimos.

— Era o que eu temia — disse Tamani baixinho, parado na porta do quarto e olhando para sua mãe, que estava sentada ao lado de Jamison. O quarto estava carregado com tantos aromas que Tamani mal podia respirar sem tossir.

— Sinto muito — disse sua mãe. — Laurel disse que os humanos têm um elixir chamado sais de cheiro e então achamos que deveríamos experimentar algo semelhante. Parece estar funcionando, mas devagar.

Destinos 116

Tamani assentiu. — Continue, então. Nós conseguimos bloquear a estrada. Alguns trolls passaram, mas parece que tudo logo estará sob controle. — Ele olhou para Jamison, aflito, desejando que estivesse mais desperto. Mas não havia tempo para tristeza. — Acho que precisamos ir à Academia — disse ele, deixando as emoções de lado. — Levarei David. Só espero...

Não. Expressar a esperança de que a Academia ainda estivesse de pé *não* iria ajudar Laurel, principalmente por ele ter mandado Chelsea para lá. Teria tomado a decisão errada? Será que eles deveriam ter ido até a Academia, a despeito do perigo? Shar frequentemente o alertara com relação a duvidar de si mesmo, principalmente no meio de uma batalha, mas ele precisava cogitar se seus medos pela segurança da Primavera o haviam influenciado a sentir que Jamison estaria mais seguro ali.

— Espero que consigamos — completou ele, enfim.

Então, virou-se e deu de cara com Laurel.

—Vou com você.

— Sem chance.

—Você não pode me impedir.

Uma onda de impotência o açoitou. Ele *podia* impedi-la, mas ela sabia que ele não o faria.

—Você está mais segura aqui. E vai poder explicar a situação, se Jamison despertar.

— Já contei tudo à sua mãe. É mais importante que eu vá com você e diga aos outros Misturadores o que está acontecendo com o organismo dele. É a melhor chance que ele tem — disse Laurel, o olhar firme.

Tamani detestava que ela estivesse certa.

Treze

A PRINCÍPIO, ELES SE MANTIVERAM ENTRE AS ÁRVORES. A FOLHAGEM OS protegia das vistas e quase fazia Laurel se sentir segura, embora fosse apenas uma ilusão. Tamani acenou para que Laurel e David seguissem em frente, apontando para as aberturas entre as folhas.

— Podemos correr direto colina acima e, provavelmente, chegar mais depressa, embora a subida seja mais íngreme — disse ele. — Ou podemos pegar a estrada que cruza o Verão, onde os trolls estão quase certamente atacando com força total. — Sua testa se franziu como se ele quisesse dizer mais alguma coisa, mas ficou em silêncio.

— Deveríamos ir pelo Verão — disse David, a voz firme. — Nós podemos ajudar. Ir varrendo alguns trolls pelo caminho.

Tamani assentiu e seu rosto todo relaxou.

— Obrigado — disse ele, e Laurel percebeu que ele se havia controlado para não pedir, deixando a decisão nas mãos de David. — Os Cintilantes não são guerreiros e nem sequer têm a força das muralhas da Academia para ajudar; suas casas são, na maioria, feitas de vidro.

— E armas? — perguntou Laurel. — Eles têm algumas, certo?

— Armas cenográficas — disse Tamani secamente. — Do tipo feito especificamente para *não* machucar.

Destinos 118

— A... Rowen está lá? — perguntou Laurel.

Tamani assentiu, olhando para o chão. — E também Dahlia e Jade — acrescentou. Laurel se lembrava vagamente do nome da irmã de Tamani e de seu companheiro, embora não os tivesse conhecido.

Não demorou muito para que chegassem aos arredores do Verão, mas ouviram o barulho antes de verem qualquer coisa. Houve explosões, barulho de vidro quebrando e muitos gritos. Laurel se preparou para a visão horrível, enquanto se aproximavam do alto da colina.

Chegaram ao topo e Laurel parou, chocada; Tamani também fez uma pausa. Estavam diante de um enorme castelo de pedra com um fosso cheio de lava em chamas. Quando David percebeu que eles não o estavam acompanhando, já estava seis metros à frente.

—Vocês vêm? — perguntou, com cansaço.

— Não é assim que o setor do Verão deveria se parecer — disse Laurel.

— Nem de longe — disse Tamani, espantado.

— É uma ilusão! — compreendeu Laurel. — Para intimidar os trolls.

Enquanto eles olhavam para a enorme estrutura, uma das paredes tremulou e desapareceu. Por um momento, ela pôde ver uma cobertura de seda vermelho-vivo, do tipo usada para cobrir as casas de vidro à noite. Então, a parede tremeu de novo e voltou a existir, embora não estivesse exatamente igual.

Alguém tinha só perdido a concentração... ou morrido?

— Está bem — disse Tamani. — Ilusões são completamente insubstanciais, então temos que passar através de qualquer coisa que sabemos que não pertence realmente a este lugar.

— Isso ajuda muito — resmungou David.

— Que tal isto — disse Tamani. — Se for feito de pedra, provavelmente não é real. Quase tudo no Verão é feito de vidro de açúcar.

— Ainda assim vamos trombar com as coisas — disse Laurel — porque *existem* estruturas reais ali. Então, tome cuidado.

Eles foram até o fosso e David hesitou.

— Existe de fato uma vala aqui, de algum tipo?

Tamani negou com a cabeça.

— Parece bem real para mim — disse David, aproximando-se com cautela e olhando da margem.

Laurel criou coragem, deu um passo à frente e estendeu a ponta do pé no que parecia ser apenas ar, mas seus pés sentiram a terra macia do caminho principal, exatamente onde ela se lembrava de que estaria. Deu mais alguns passos até que parecia estar andando sobre o nada, acima da rocha derretida e fumegante lá embaixo.

— Tudo bem — disse ela, acenando para David vir. — Você pode andar... — Sua voz foi interrompida quando alguma coisa se chocou contra ela, fazendo-a perder o fôlego e atirando-a contra a parede ilusória do castelo. Não conseguia respirar o suficiente para gritar e, quando se chocou a uma superfície fria e lisa, esta se estilhaçou sob seu peso.

— Laurel! — Não tinha certeza de quem havia gritado, mas assim que pôde se mover, se levantou, sentindo cacos de vidro de açúcar na palma das mãos ao se apoiar para ficar em pé... só para tropeçar em algo que supôs ser uma banqueta baixa, tornada invisível pelo chão de pedras ilusório.

— Estou bem! — gritou cegamente para Tamani e David, esperando que eles pudessem ouvir acima do clamor da batalha. De repente, conscientizou-se de forma dolorosa de como estava vulnerável ali: não tinha armas e, ainda que tivesse seu kit, suas poções seriam inúteis contra aqueles trolls. Com cuidado, foi indo até um trecho de parede desmoronada que podia ver, mas não tocar, e se agachou atrás dela.

Olhando por cima da parede falsa, Laurel percebeu que o interior do "castelo" de Verão era ainda mais assustador do que o exterior. Criaturas saídas de lendas corriam por toda parte, mas

Destinos 120

Laurel sabia que a maioria delas não podia ser real... ou, pelo menos, não eram as criaturas que pareciam ser. Havia dragões soltando fogo, unicórnios de armadura, até mesmo ciclopes imensos. Também havia trolls, fadas e elfos, alguns cópias exatas de outros que Laurel podia ver e uma quantidade bastante grande de rochas que Laurel sabia que não haviam estado lá antes. Era impossível dizer quais eram as fadas e os elfos encantados e quais as ilusões feitas do nada.

Estão tentando fazer os trolls matarem uns aos outros, percebeu Laurel.

E, em grande parte, parecia estar funcionando. Laurel recuou, horrorizada, quando um troll vestido de negro atirou em uma fada de cabelo alaranjado — apenas para soltar um suspiro de alívio quando a "fada" cintilou e se transformou, tomando a forma de um troll inferior com presas na boca. Por todo o pátio imaginário, trolls tropeçavam em cercas ocultas e trombavam com casas, fadas e elfos invisíveis, sendo constantemente cegados por clarões repentinos de luz. Era o caos, mas Laurel tinha de admitir: era eficaz.

Contudo, não poderia durar para sempre. Algumas fadas e elfos que tombavam *não* se transformavam em trolls, e algumas ilusões estavam piscando nos lugares em que os trolls golpeavam cegamente e davam sorte. Além disso, quando alguma fada ou elfo caía, o que quer que o infeliz estivesse escondendo ficava subitamente exposto e vulnerável pelo tempo que levava até outro assumir a ilusão.

Quando Tamani e David não apareceram, Laurel tentou voltar ao ponto por onde achava que havia entrado, seu senso de direção deturpado pelo caos à sua volta. Tomando cuidado para não ser vista, foi tateando pelo caminho, indo de uma rocha falsa a outra.

Percebeu que devia estar indo pelo caminho errado quando tocou na curva de outra casa em forma de bolha, disfarçada como um estábulo semidestruído. Engolindo o medo e se perguntando se podia arriscar chamar novamente por David e Tamani, Laurel tentou voltar, mas a paisagem já havia mudado, e a ilusão móvel fazia com que fosse impossível navegar visualmente.

De repente, a casa-bolha sob seus dedos tremulou e ficou visível, sua concha translúcida coberta em três quartos por uma seda roxa brilhante, um alvo evidente num mar de pedra cinza artificial. Um troll que Laurel não tinha visto, escondido por trás da miragem, se virou e golpeou o vidro com seu machado, destruindo-o... e, então, foi atrás das fadas reunidas lá dentro.

Impotente para deter o troll, Laurel só pôde se agachar atrás de uma parede falsa e se encurvar no chão, as mãos sobre os ouvidos conforme os gritos, tão próximos, encheram sua cabeça. Onde estava Tamani? Onde estava David? Lágrimas escorriam por seu rosto e seu peito se sacudia com soluços enquanto os gritos eram silenciados um a um.

Passou um longo tempo antes que Laurel parasse de tremer o suficiente para se mover. Forçando-se a encontrar um vestígio de controle, ela espiou à volta de uma esquina. O troll havia colapsado lá dentro, seus olhos desiguais estavam vítreos e os lábios, torcidos num esgar final; mas quem quer que o tivesse matado, não estava mais ali. A casa continuava visível. Não restara ninguém para escondê-la.

— Socorro!

Foi um gritinho, a voz de uma criança; uma criança que logo iria atrair mais trolls, gritando daquele jeito. Sem mais obstáculos invisíveis que a impedissem, Laurel olhou ao redor à procura de trolls, então se aproximou da bolha de açúcar semidestruída, preparando-se para o que sabia que encontraria ali.

— Olá? — chamou o mais baixo possível. O ruído do vidro de açúcar sob seus pés foi a única resposta.

Será que eu imaginei? Ela não achava que as fadas e os elfos de verão pudessem criar sons com suas ilusões, mas precisava admitir que não tinha certeza.

— Socorro! — veio a voz novamente.

Laurel correu até a fonte do som, uma mão se agitando sob um corpo inerte, sem cabeça, do qual manava seiva transparente. Laurel estremeceu e tentou não pensar muito ao apoiar os pés e rolar o corpo da mulher, revelando uma garotinha, agarrada de forma protetora ao braço da fada sem vida.

Reconheceu a fadinha no mesmo instante.

— Rowen! — Laurel puxou a sobrinha de Tamani de encontro a seu peito, encaixando cuidadosamente a cabeça da criança sob seu braço para protegê-la da cena repugnante que as rodeava.

— Laurel? — sussurrou Rowen. Laurel mal podia imaginar a confusão que ela devia estar sentindo.

— Sou eu — disse ela, segurando um soluço de alívio. — Estou aqui. Tamani está aqui também, em algum lugar.

— Onde? — perguntou Rowen quando Laurel continuou escondendo o rosto da garota e seguindo entre os vidros quebrados, abaixando-se bem para se esconder atrás de uma rocha pequena que era real, mas pequena demais para dar cobertura por muito tempo.

— Vou trazê-lo logo — disse Laurel, forçando o rosto a relaxar, a boca a sorrir. — A sua... mãe estava com você? — perguntou baixinho. Rowen assentiu e colocou dois dedos na boca. A sombra ao redor de seus olhos disse a Laurel que ela sabia que *algo* havia acontecido, ainda que não entendesse exatamente o quê.

— E o seu pai?

Ela balançou a cabeça. — Ele disse que ia lutar contra os caras malvados.

— E é exatamente o que ele está fazendo — disse Laurel, examinando o caos em volta delas e procurando algum lugar para se esconder. O castelo estava se transformando numa colcha de retalhos trêmula, com casas de Verão destruídas entremeadas às falsas paredes e ilusões pela metade, mas ainda havia alguns lugares onde se esconder.

— Laurel!

Laurel nunca ficara tão aliviada ao ouvir a voz de Tamani. Ela olhou por cima da parede e viu Tamani usando sua lança como se fosse a bengala de um cego, verificando o terreno pelo tato enquanto guiava David. Aliviado da tarefa de descobrir onde podia pisar, David golpeava livremente com a espada, já que ela não poderia atingir fada ou elfo.

— Tamani! Estou com Rowen aqui.

Instantaneamente, Tamani correu até elas. Seus pés deram em algo que ele não podia ver e ele tropeçou, caindo de barriga no chão, com David logo atrás.

— Cuidado com... essa coisa... — disse Tamani penosamente, colocando-se de pé.

Ele cobriu a distância restante rapidamente e abraçou Rowen e Laurel ao mesmo tempo, enterrando o rosto nos cachos castanhos e macios da sobrinha.

— Graças à Deusa — sussurrou.

David olhava em volta, com prudência.

— O que fazemos agora?

Tamani examinou a confusão e a destruição que os rodeava e balançou a cabeça.

— Ainda não estamos nem no meio do caminho — disse ele. — Eu subestimei os Cintilantes. Imensamente. Se tentarmos seguir em frente, nunca vamos chegar à Academia a tempo, e não estou convencido de que possamos fazer muita coisa por aqui. — Ele hesitou. — Digo que devemos voltar por onde viemos. Até os bosques. Seguir por eles até o mais perto da Academia que pudermos chegar.

— Mas as coisas ficam mudando o tempo todo — disse Laurel. — Como você sabe por onde sair?

— Por ali — disse Rowen, apontando um dedinho.

Tamani sorriu. — Eu ia me localizar pelo sol, mas agora nós temos uma Cintilante. Uma memória visual perfeita serve para mais do que produzir ilusões, sabe?

Laurel e David assentiram e Tamani pegou a lança, segurando-a à sua frente como uma bengala novamente, só por precaução.

— Você está bem aí com Rowen?

Laurel assentiu. A garotinha não pesava mais que um bebê, o que fazia com que o fato de ela ter memorizado o plano do vilarejo fosse

Destinos 124

ainda mais espantoso. Laurel se perguntou se fazia parte do treinamento das fadas e elfos de verão, ou se era apenas algo natural para eles. Com a ajuda de Rowen, levou somente alguns minutos para que voltassem pela curta distância que haviam percorrido no Verão, mas Laurel ficou mais aliviada ao ver o fosso cheio de lava do que acharia possível. Sem hesitação, correu por cima dele e, agarrando Rowen, acelerou até as árvores. Jamais imaginara que as lindas ilusões que vira no festival de Samhain ou que os graciosos familiares que Rowen criara no verão passado pudessem transformar seu vilarejo favorito naquele cenário de pesadelo.

Enquanto todos ofegavam para recuperar o fôlego, Tamani tomou a fadinha nos braços, agarrando-a como se ela fosse sua própria vida.

— Agora me escute, Rowen — disse Tamani, afastando-se e segurando o rosto dela firmemente. — Eu sei que você vem treinando mudar sua aparência.

Rowen assentiu, séria.

— Você deu uma boa olhada em algum dos malvados que vieram aqui hoje?

Ela assentiu novamente.

— Você pode me mostrar?

O queixo minúsculo de Rowen tremeu por um momento. Então, ela inclinou a cabeça e pareceu se expandir diante deles, tornando-se vinte vezes maior do que a garotinha que fora antes, metamorfoseando-se num homem deformado de jeans negro e camisa branca esfarrapada. Um homem com um machado enorme.

— Inacreditável — disse David, pulando para trás e quase derrubando Laurel.

Laurel piscou para afastar as lágrimas; Rowen tinha visto o troll que matara sua mãe. Olhara o bastante para replicá-lo de forma exata.

— Boa menina — disse Tamani, ainda segurando sua mãozinha, agora oculta sob dedos enormes de troll. — Quero que você desça por esta trilha até chegar à casa de Rhoslyn. Fique nas árvores. Tente não deixar ninguém ver você, nem mesmo outra fada. Ninguém Transforme-se numa moita ou numa pedra, se precisar. Quando chegar lá, bata na porta oculta dos fundos que eu mostrei a você no verão passado, entendeu?

— Porta dos fundos — disse Rowen, a vozinha frágil tão bizarra vindo daquele corpo monumental.

— Assim que a porta se abrir, mostre a Rhoslyn quem você realmente é antes que ela possa machucar você.

Rowen assentiu.

Tamani a abraçou de novo, seu corpo se afundando na ilusão, criando um híbrido grotesco de Tamani com troll.

— Agora, corra — disse Tamani, colocando a fadinha na direção certa. — Corra rápido. — O troll-Rowen assentiu e seguiu pelo caminho serpenteante com a rapidez da fadinha.

— O que aconteceu? — perguntou Tamani a Laurel num tom vazio, sem tirar os olhos treinados da forma que rapidamente desaparecia.

— Alguém deveria ir com ela — disse Laurel, evitando a pergunta de Tamani.

— Ela estará bem — disse Tamani, embora não parecesse nada seguro. Na verdade, parecia estar com dor. — Ela conhece o caminho e nós já perdemos tempo demais. Isso é o melhor que podemos fazer com ela.

Laurel assentiu.

— Eu a encontrei... nos braços... de alguém. Os trolls...

Mas ela não conseguiu terminar. *Tantas mortes.*

— Dahlia salvou Rowen — disse Tamani, de forma inexpressiva. — Ela teria ficado orgulhosa de morrer assim. — Ele se virou e lançou mais um olhar para o castelo falso em meio à teia de galhos. —Vamos.

Quatorze

ENQUANTO LAUREL SEGUIA DAVID E TAMANI PELA FLORESTA PERTO DA Academia, sua respiração foi se tornando ruidosa e entrecortada. Chegaram a um bosque de árvores de onde podiam ver a Academia, e Tamani parou, de repente, Laurel mal conseguindo se deter antes de se chocar contra ele. Pelas falhas na muralha alta que rodeava a escola, podiam ver ao menos uma centena de trolls fazendo estrago nos gramados antes tão bem-cuidados, destruindo as coisas só por prazer, pelo que Laurel podia ver.

—Vejo algumas sentinelas lutando lá — disse Tamani, franzindo os olhos para as pequenas brechas na muralha externa. — Mas, em geral, há muitos corpos. Quando as sentinelas forem derrotadas, as barricadas não durarão muito. Não contra esse grupo.

— O quê? Então por que você mandou Chelsea? — inquiriu David. — Eu achei que...

— Eu tinha a esperança de ganhar um pouco de tempo enquanto levávamos Jamison a um lugar seguro — disse Tamani, balançando a cabeça. — Você tinha razão, Laurel. Deveríamos ter vindo para cá primeiro.

— Não sabemos disso com certeza — disse Laurel. *O que está feito, está feito.* E eles haviam salvado Rowen; aquilo certamente contava. — Como vamos entrar?

— Podemos dar a volta — sugeriu David. — Talvez haja menos na parte de trás.

— Pode ser. Mas as entradas também estarão barradas e estou mais preocupado que eles abram caminho por aqui — disse Tamani e, de fato, Laurel viu que alguns trolls estavam começando a atacar a própria Academia, tirando tábuas que tinham sido colocadas sobre as janelas, arrancando a hera que trepava pela estrutura e socando com os punhos as paredes grossas de pedra. Havia um punhado de sentinelas de armadura azul lutando para proteger as portas da frente, as quais, embora com danos e rachaduras, continuavam fechadas. Mas estavam em franca minoria e seria questão de tempo até que a Academia fosse totalmente invadida.

—Vamos ter de atacar. David vai liderar... se ficarmos perto dele, posso proteger Laurel por trás.

Movendo-se como um só corpo, eles tomaram a trilha. Quando passaram pelos portões da Academia, Laurel pôde sentir o travo de sangue na língua; era diferente de quando estavam no Jardim, onde, a despeito das mortes, eles estavam vencendo. O gramado da Academia estava repleto tanto de corpos de trolls quanto de fadas e elfos, seu sangue se misturando nas poças.

Os trolls os atacaram em um instante, vindo rapidamente de todos os lados na direção de suas novas vítimas.

— Continuem correndo! — gritou Tamani enquanto golpeava com a lança os braços que tentavam pegá-los.

David girava a espada loucamente, abrindo caminho. Cada golpe matava mais trolls e, logo, eles passaram a caminhar entre corpos, conforme David se aproximava das portas de entrada. Os trolls continuavam vindo em sua direção. Laurel tinha que desviar os olhos e prender a respiração para não vomitar. Também ajudava a se concentrar nas portas da frente, procurando uma chance razoável de correr até elas. Conforme ela, Tamani e David se aproximaram, duas sentinelas conseguiram fazer um grupo de trolls recuar e descer os degraus de pedra.

— Há uma passagem desimpedida! — gritou Laurel a Tamani.

Ele se virou para olhar para a entrada por um brevíssimo momento.

— Daremos cobertura. Vá *agora*!

Laurel saiu da esfera protetora de David e Tamani e correu até a entrada, esperando sentir as garras de um troll em suas costas a qualquer momento. Quando chegou às portas pesadas, atirou-se contra elas, socando e gritando:

— É Laurel! Deixem-me entrar! Por favor! É Laurel! Precisamos da ajuda de vocês! — Ela se virou e viu Tamani e David logo atrás dela. Mais trolls estavam fechando o cerco contra eles vindo de três lados diferentes, ganhando terreno a cada segundo.

— Por favor! — gritou Laurel novamente. — Deixe-nos entrar! — Ela não se atreveu a olhar de novo, apenas continuou batendo na madeira lascada, tentando ignorar a dor dos hematomas que se formavam em seus punhos.

Uma brecha mínima surgiu entre as portas, tão pequena que podia ter sido sua imaginação. Então, a abertura aumentou, com dedos puxando a madeira grossa até que houvesse espaço suficiente para que eles passassem. As portas rapidamente voltaram a se fechar, isolando-os da batalha com um ruído sinistro.

Laurel caiu ao chão, ofegante, mal percebendo as mãos e corpos à sua volta empurrando móveis e estantes contra as portas, refazendo a barricada. Laurel levantou o rosto do chão frio de pedra, tocando fragilmente no arranhão ali.

Então, as mãos de Tamani a ergueram com gentileza, verificando se estava ferida e suspirando de alívio ao ver que não.

—Você está bem?

Laurel assentiu, embora *bem* não fosse exatamente como se descreveria no momento. Olhou em volta.

— David. Cadê o David?

— Acalme-se — disse Tamani, com uma mão em cada braço dela.

— Eu *não* vou me acalmar — disse Laurel, se afastando. — Onde ele está?

— Está lá fora, lutando — disse ele, pegando novamente seu braço.

— Não — disse Laurel, tentando se soltar. — Não podemos deixá-lo sozinho! Não contra aquilo tudo. — Ela se jogou novamente contra a barricada. —Você o deixou lá fora para morrer!

Tamani, então, agarrou-a pela cintura, puxando-a de volta.

— Ele não vai morrer! — disse ele numa voz tão nítida que o pânico de Laurel cedeu por um momento. — Ele tem Excalibur e não vai soltá-la. Eu sei que é assustador... também estou assustado. Mas...

—Você nem liga! — gritou Laurel, o pânico começando a voltar. —Você não pode colocar essa carga nos ombros dele. Ele precisa de nós, Tam!

— Jamais deixaria algo acontecer a ele! —Tamani gritou de volta, seu nariz quase tocando no dela. Ele fez uma pausa, as mãos se apertando um pouco em sua cintura. — Mas se ele não estivesse lá fora lutando contra os trolls, de jeito nenhum teríamos conseguido fechar essas portas de novo. Os trolls são fortes demais. Ele conseguiu que nós entrássemos e agora está ocupado ganhando para nós o tempo de que precisamos. Se você não puder confiar em *mim* neste momento, confie em Jamison. David ficará bem.

Alguma coisa nas palavras dele trouxe Laurel de volta à realidade. Ela olhou para Tamani e se obrigou a respirar fundo várias vezes.

— Não preciso confiar em Jamison — disse, finalmente. — Confio em você.

— Está bem — disse Tamani. Ele acariciou os cabelos dela, sem desviar os olhos dos seus. — O melhor que podemos fazer é nos concentrarmos em nossa tarefa aqui; assim que pudermos, nós o recuperaremos, isso eu prometo.

Laurel se forçou a se lembrar do poder de Excalibur, de como David era invencível com ela e de como uma promessa de Tamani era firme.

— Continuem empilhando! — gritou uma voz ao mesmo tempo que Laurel sentiu um leve toque em seu ombro.

— Chelsea! — Laurel abraçou a amiga. — Não tinha certeza se iria ver você novamente.

— Corri tão depressa! — exclamou Chelsea. — Acho que poderia ter vencido a corrida estadual hoje. Aparentemente, é só colocar um troll atrás de mim que eu viro uma superstar.

Laurel apertou a mão dela e se virou para analisar a situação. Tinha de admitir, as coisas pareciam melhores do que tinha temido. As portas estavam barradas por uma trave pesada e reforçadas por uma pilha enorme de móveis. Um grupo de fadas se organizara para recompor a barreira no ponto que tinham aberto para deixá-la passar e a barricada era tão maciça que Laurel ficou surpresa que tivesse sequer podido entrar por ali.

As janelas eram um pouco mais complicadas, mas eles haviam feito um trabalho bastante bom, usando mesas de tampo de pedra e prendendo-as às armações de carvalho com tábuas grossas. Os trolls que fossem excessivamente fortes seriam apenas levemente atrasados pelo aparato, mas um grupo de fadas e elfos a cada lado da barricada se reunia em volta de armas enormes, apontadas para as janelas em ambos os lados da entrada.

Armas?

Um elfo alto, mais velho, que parecia supervisionar tudo, gritou uma ordem para as fadas e elfos reunidos ali, depois virou a cabeça loura acinzentada na direção dela. Havia seiva seca sobre um corte irregular em sua face.

—Yeardley! — disse Laurel, correndo até seu professor e se atirando nos braços dele sem pensar em decoro.

— Laurel, graças à Deusa você está a salvo. E nos trouxe outra sentinela — disse ele, a voz cheia de indisfarçável alívio.

—Yeardley...Tamani.Você o conheceu na última vez que eu estive aqui.

—Vejo que Chelsea entregou a mensagem — disse Tamani, examinando a barricada e as armas, com aprovação.

— Estamos fazendo o melhor possível. Obrigado por mandar a sua amiga, Laurel. Ela nos contou o que aconteceu no Jardim e, antes que os trolls chegassem aqui, pudemos chamar todos os alunos que estavam trabalhando lá fora e reunir os mais jovens numa câmara interna. — Ele hesitou. — Alguns trolls conseguiram entrar, mas achamos que conseguimos matar todos eles. Os laboratórios estão um caos e... temos vários mortos e ainda mais feridos. Mas você está aqui agora. Você conseguiu despertar Jamison?

Antes que Laurel pudesse responder, uma pancada sonora na proteção de uma das janelas ribombou pelo átrio.

— Preparem-se! — exclamou Yeardley.

Outra pancada deslocou a mesa de pedra e uma mão enorme se enfiou pela abertura, seguida por um rosto barbado.

— Agora! — gritou Yeardley.

O som de tiros e o cheiro acre de pólvora encheu o átrio quando os trolls cambalearam para trás, borrifando sangue. Fadas e elfos se adiantaram para reposicionar a mesa.

A fada no gatilho explodiu em lágrimas e outra tomou a arma de suas mãos, ocupando seu posto.

— Ideia da sua amiga — disse Yeardley, respondendo à pergunta que Laurel não fizera. — Os trolls que nós matamos tinham estas... armas. Chelsea sugeriu que as virássemos contra eles. Brilhante, na verdade. — Ele fez uma pausa. — É duro para nossos pobres alunos. Eles não são assassinos.

— Nem eu gostaria que fossem — disse Tamani. — Sugiro, no entanto, que usem luvas ao manusear esse ferro frio.

Um estrondo alto soou na porta da frente e Tamani praguejou.

— Parece que estão usando um aríete — resmungou ele. — Não vai demorar muito, então. Yeardley, precisamos da sua ajuda para reviver Jamison. Ele está em segurança, mas está lá no setor de Primavera.

— Fico feliz em ajudar — disse Yeardley —, mas ir daqui à Primavera não será nada fácil.

— Mas nós conseguiremos... temos David. Ou teremos, em breve. Tem alguma janela alta aqui, virada para a frente, ou um parapeito, ou algo assim?

Um lampejo de sorriso cruzou o rosto de Yeardley.

— Sim, temos uma sacada de onde estamos atacando os trolls; vou levar você até lá.

— Preciso de um pedaço de corda... Podem ser alguns lençóis, até... Algo com que içar David.

Yeardley repassou o pedido a um dos elfos de prontidão.

— Ele se encontrará conosco lá — disse Yeardley, já se virando. — Venham.

— Vocês têm arcos e flechas? — perguntou Tamani enquanto Laurel e Chelsea os seguiam, subindo por uma escada em espiral.

— Por que teríamos isso? — perguntou Yeardley, um traço de impotência na voz. — Somos uma escola, não um arsenal.

— Como estão lutando contra os trolls, então? Eles são imunes à magia de outono.

— Como bem nos avisou a sua amiga — disse Yeardley, o maxilar travado. — No entanto, há muitas coisas que podemos atirar neles que não requerem qualquer magia. Ácido. Óleo fervente. — Ele fez uma pausa. — Estantes.

A porta no alto da escada já estava aberta e levava a uma sacada grande, a dois andares de altura, um pouco para o lado das portas principais. Quando eles saíram, Laurel viu várias fadas e elfos arrastando um armário por uma porta no outro lado do patamar da escada e viu, horrorizada e fascinada, quando eles lutaram para empurrar a peça belamente esculpida até o corrimão, pararam e, quando alguém gritou: "Agora!", empurraram a peça lá de cima.

Uma fadinha loura limpou com satisfação a poeira das mãos e se virou do corrimão da escada.

— Katya! — exclamou Laurel, correndo até ela.

— Pétalas de Hécate, você está aqui! — exclamou Katya. Ela se afastou, agarrando Laurel pelos ombros, então a puxou novamente para si. —Você não *deveria* estar aqui! É muito perigoso. Ah, mas estou tão feliz que esteja!

Laurel ficou nos braços da amiga mais um pouco. Durante aquele último verão, quando Avalon tinha sido tão solitária sem Tamani, Katya fora a rocha de Laurel. Ela nunca perguntara detalhes, mas, de alguma forma, intuíra que Laurel precisava de *alguém* e se dedicou a mantê-la sempre ocupada e distraída.

Katya apertou os ombros de Laurel uma vez mais e, então, ergueu os olhos para Tamani. Seus olhos se iluminaram ao reconhecê-lo.

— Este é seu amigo sentinela. Tim... não, Tam?

— Sim — respondeu Laurel.

Sem hesitar, Katya atirou os braços em volta dele e beijou seu rosto.

— Obrigada — disse ela. — Muito obrigada por trazê-la até nós em segurança.

— Não estamos nem na metade ainda — resmungou Tamani, mas Laurel podia ver que ele estava satisfeito. Ela se virou e abraçou Katya de novo, feliz por ela estar viva. Era uma reunião agridoce, mas Laurel não tinha notado, até aquele instante, quanto ansiara por aquilo. Até tomou um momento para rir de suas blusas camponesas cor-de-rosa iguais, que pareciam ter sido feitas pela mesma fada de primavera.

O olhar de Katya recaiu sobre Chelsea, parada logo atrás do ombro de Laurel. Esta olhou para as duas e sorriu. Havia contado tanto

Destinos 134

a respeito de uma para a outra que pareceu muito importante finalmente tê-las juntas. Indicando uma à outra com um gesto, Laurel apenas disse o nome delas, feliz com a luz que surgiu nos rostos.

— Chelsea, Katya.

— Laurel — chamou Tamani, interrompendo seu intervalo. Ele estava na parte mais afastada do corrimão, apontando para algo.

Afastando-se das amigas, Laurel correu até ele e seus olhos seguiram até onde ele apontava. Os trolls haviam derrubado uma árvore em algum lugar, arrancado os galhos e agora a usavam como um aríete rudimentar. David devia ter percebido que o aríete era a maior ameaça no momento e se colocara ao lado dele, decepando com a espada qualquer troll que tentasse levantar o tronco. Aparentemente, os trolls ainda não tinham percebido o perigo enorme que David significava; continuavam se derramando sobre ele como água e caindo ao chão como folhas de outono.

— David! — gritou Laurel, quase não se atrevendo a interromper sua concentração, mas precisando saber que ele estava bem.

— David? — sussurrou Katya ao lado dela. — Seu garoto humano?

Laurel assentiu, sem olhar para Chelsea nem se dar ao trabalho de contar os detalhes a Katya.

— Ele é incrível — disse Katya, maravilhada.

— Certamente é — disse Chelsea, baixinho.

Laurel tinha que admitir que era verdade. Trolls caíam tão depressa que se formara uma pilha em volta dele, obrigando-o a empurrar corpos pela escada da frente com os pés para evitar que o soterrassem Aonde ele ia, virava a maré da batalha, mas, ainda assim, vê-lo fazer aquilo apenas deixou Laurel triste novamente.

— David! — chamou de novo e, finalmente, ele ouviu.

Ele ergueu os olhos até ela, então franziu a testa, concentrando-se, e golpeou com a espada num arco particularmente amplo, abrindo caminho entre os corpos empilhados ao mesmo tempo que mantinha a espada à sua frente. Lentamente, chegou até eles e Katya deteve as fadas que ainda atiravam coisas da sacada para que não acertassem em David.

— Tudo bem — disse Chelsea com uma centelha de orgulho na voz. — Ele é intocável. Continuem jogando coisas.

— Pessoal — ofegou David, quando se aproximou. — Não posso continuar por muito mais tempo. Meus braços... — ele inalou e parou para golpear outro troll. — Meus braços estão a ponto de ceder.

— Cadê a corda? — exigiu Tamani, um vestígio de pânico na voz.

Laurel examinou a sacada e viu duas fadas correndo na direção deles, amarrando lençóis no caminho. Ela se inclinou sobre a balaustrada.

— Estamos... — Ela fez uma pausa, sentindo a voz prestes a ceder. — Estamos aqui, David. Está quase pronto.

Tamani agarrou o primeiro lençol e pegou sua faca, cortando a borda em duas faixas, que amarrou em forma de estribo. Devolveu os olhares de Laurel e Chelsea com gravidade.

— Vamos baixar isto aqui e David tem que chegar antes dos trolls, ou eles a puxarão e nós a perderemos. Ele encaixa o pé nesta alça e nós o puxamos. Entenderam?

Laurel assentiu quando Tamani lhe entregou o estribo. Ela se inclinou sobre a balaustrada e repetiu as instruções de Tamani, às quais David, sem olhar para ela, assentiu com um gesto. Ela se preocupava em gritar a ele o que fazer com todos os trolls ouvindo, mas ele os estava matando tão rapidamente que ela desconfiava que nenhum daqueles que ouvissem estaria vivo quando a corda descesse.

— Agarrem! — gritou Tamani, gesticulando para as fadas e elfos à sua volta.

Todos agarraram a extremidade dos lençóis amarrados, e Chelsea também se adiantou, segurando a corda logo atrás de Tamani.

— Mire com cuidado — disse ele a Laurel; então, fechou os dedos em volta do material e plantou os pés firmemente no chão.

— David! — gritou Laurel, e ele olhou para ela.

— Estou pronto — disse ele, sem forças.

Laurel fechou os olhos, respirou fundo, então os abriu e tentou aplicar todos os conceitos que já aprendera jogando softbol ao lançar o tecido amarrado na direção de David.

Soltando uma das mãos da espada, David a levantou e agarrou a corda no ar, puxando-a contra o peito. Após um momento para se equilibrar, ele se inclinou para a frente e encaixou o pé no estribo.

Os trolls, vendo um momento de fragilidade, lançaram-se adiante. Se, de alguma forma, conseguissem se amontoar sobre ele...

— Puxe! — berrou Laurel no instante em que David estava pronto.

Quando a corda de lençol se retesou, David se aferrou loucamente a ela, defendendo não só a si mesmo, mas à sua tênue linha de escape.

— Nós o pegamos! — exclamou Laurel.

Vários trolls ruidosos tentaram agarrar as pernas de David; cada vez que o faziam, escorregavam, incapazes de tocá-lo. Um deles finalmente percebeu e, pouco antes de David sair de seu alcance, deu um pulo e agarrou a corda, começando a golpear David com seu porrete.

A arma não podia ferir David, mas tirava seu equilíbrio e ameaçava fazê-lo soltar. David tentou acertar o troll com Excalibur, mas estava exausto e numa posição ruim. Laurel podia ver seus dedos esbranquiçados e o esforço em seu rosto para continuar agarrado à corda e a Excalibur. A possibilidade de que David soltasse a espada em algum momento lhes havia parecido remota, mas, agora, era o que Laurel mais temia. Sem Excalibur, David estava praticamente morto.

De repente, o troll soltou a corda e caiu no chão num monte imóvel.

Não havia tempo para Laurel questionar aquilo; com mais da metade do peso subitamente eliminada, David praticamente voou até a balaustrada.

Tamani manteve uma das mãos na corda e se inclinou para estender a outra a David. Mas suas mãos se encontraram e deslizaram, e David caiu para trás.

David respirou fundo duas vezes; então, olhou para cima e lançou a espada no ar. Laurel a ouviu cair com um barulho no chão da sacada atrás dela e estendeu as mãos para agarrar o braço dele, dessa vez conseguindo fazer contato. Tamani segurava fortemente o outro braço e, juntos, eles puxaram David sobre a balaustrada, os três caindo juntos no chão de pedra fria.

Quinze

FICARAM DEITADOS NO CHÃO DA SACADA POR UM MOMENTO, OFEGANTES, antes que David estendesse instintivamente a mão até a espada e a puxasse para perto, segurando-a junto ao peito. Quando ele virou o rosto para Laurel, ela quase não o reconheceu. Suor e sangue escorriam das têmporas até o queixo e seus braços estavam manchados de um vermelho-ferrugem. Tudo o mais era uma mescla de sangue e sujeira.

— Você está bem? — perguntou ela, levantando-se um pouco, enquanto Chelsea se punha de joelhos ao lado de David.

— Cansado — disse ele, rouco. — Preciso de água. E de descanso — acrescentou ele. — Preciso descansar.

—Tem algum lugar aonde possamos levá-lo? — perguntou Tamani, virando-se para Katya enquanto as demais fadas e elfos retomavam a tarefa de bombardear os trolls lá embaixo.

— O salão de jantar — disse Katya. — Levaram alguns medicamentos para lá para... as fadas e elfos que os trolls feriram antes — completou ela, baixando o olhar.

— Eu os levarei — disse Laurel, levantando-se e ajudando Chelsea a se erguer também. Elas olharam para David, que se colocara de joelhos. Ele parecia cansado demais para ficar em pé sozinho, mas se aferrava à espada e nem Chelsea nem Laurel podiam fazer nada por ele, enquanto a estivesse segurando.

Chelsea se abaixou até ele, a um milímetro de seu ouvido:

— David — disse baixinho. — Deixe-me carregá-la para você.

David piscou como se ela estivesse falando grego. Então, compreendeu.

— Obrigado — sussurrou ele, colocando a espada no chão, entre eles.

Colocando ambas as mãos em volta da empunhadura, Chelsea pegou Excalibur com reverência e a segurou junto de si enquanto Laurel e Tamani ajudavam David a se levantar.

Laurel segurou David pelo cotovelo e o levou até a escadaria, quando uma fada de outono apareceu, carregando uma bandeja de provetas cheios de um líquido esverdeado — uma solução que Laurel reconheceu: era um ácido derivado de limas fermentadas.

— Vamos limpar você um pouco — disse ela, puxando David de forma que a luta ficasse às suas costas.

— Temos tempo para isso? — perguntou David, a voz fraca, entrando atrás dela pela porta da sacada. — Eles não param de chegar... temos que levar Yeardley até Jamison.

— Vamos pensar nisso depois — disse Laurel, lançando um olhar preocupado a Chelsea. Era fácil sentir-se em segurança dentro da enorme Academia de pedra, mas quanto tempo mais aguentariam?

Os três desceram a escadaria devagar, e Laurel fez uma pausa ao chegar embaixo e perceber que Tamani não estava com eles. Ele ainda se encontrava no alto da escada, com um braço apoiado no corrimão. Seus ombros estavam curvados e ele cobria com a mão o ferimento em seu ombro, o mesmo que ele não a deixara examinar na casa da sua mãe. Ele parecia estar se permitindo um instante para sentir o cansaço e a dor que deixara de lado o dia todo. Seus olhos estavam fechados, e Laurel se virou antes que ele descobrisse que fora visto num momento tão vulnerável. Ela se alegrou ao ouvir os passos dele alcançando-os momentos depois.

— David — perguntou Chelsea, hesitante —, você está...?

Destinos 140

— Cara, essa coisa é pesada pra caramba — disse David, ignorando a pergunta dela enquanto alongava os braços cansados, flexionando os pulsos um de cada vez.

Laurel mordeu o lábio e, quando Chelsea se virou para olhar para a amiga, ela balançou a cabeça. Não era momento de fazer perguntas.

Quando entraram no salão de jantar, trombaram com uma fada carregando pilhas de tecidos brancos.

— Cuidado — disse uma voz fria, e os olhos de Laurel se arregalaram. Apesar do corte profundo em seu rosto e o estado de seus cabelos e de suas roupas, era, inegavelmente, Mara. Tamani também a reconheceu, a julgar por seu olhar irritado. Mara empinou o queixo, como se olhasse para Tamani do alto de sua altura levemente maior. Mas ele a encarou sem pestanejar e Laurel notou que Mara baixou os olhos e saiu da sala.

— Prazer em conhecer você também — disse Chelsea secamente.

— Vá em frente — disse Tamani com rigidez quando Laurel se virou para olhar para ele. — Preciso checar algumas coisas.

Laurel se afastou de David e Chelsea.

— Volte assim que tiver terminado — disse, num tom capaz de prevenir qualquer argumento. — Preciso dar uma olhada nos seus ferimentos.

Tamani começou a protestar, mas Laurel o interrompeu.

— Cinco minutos.

Tamani enrijeceu o maxilar, mas assentiu.

O salão de jantar estava lotado, e Laurel viu Yeardley no outro lado da sala, entregando soros e ataduras a vários postos onde fadas e elfos de outono ilesos tratavam dos feridos. Laurel se perguntou como deviam estar se sentindo, ao usar as poções que haviam feito, jamais esperando usar em si mesmos. "Trabalho repetitivo", era como chamavam, quando tinham de pôr de lado os estudos para fazer soluções de cura e outras poções para fadas e elfos de primavera, para as sentinelas fora dos portais que ocasionalmente lidavam com trolls ou para Cuidadores que cometiam erros com suas foices. O pior ferimento que a maioria das fadas e elfos de outono sofria era se cortar com papel ou, talvez, se queimar com ácido.

— Sente-se — instruiu Laurel assim que encontrou uma cadeira vazia para David. Chelsea encostou a espada à cadeira e ele, imediatamente, a pegou e pousou em seu colo.

Deixando-o com Chelsea por um instante, Laurel pegou um copo grande de água — "Só água", insistiu com a fada que tentou acrescentar uma pitada de nitrogênio e de fósforo — e voltou, encontrando Chelsea nervosa com o tanto de sangue que cobria David.

— Eu estou bem — insistiu David. — Só preciso... ah, cara, obrigado — disse ele, pegando o copo de água de Laurel e virando tudo num só gole, exceto as gotas que escorreram por seu queixo. Distraidamente, ele as limpou com a manga da camisa, deixando um borrão de sangue sob os lábios.

— Quer mais? — perguntou Laurel, tentando não olhar para a mancha nova, enquanto David relaxava na cadeira, encostando a cabeça na parede e fechando os olhos por alguns segundos.

— Ele está bem mesmo? — sussurrou Chelsea, olhando para o rosto salpicado de sangue.

— Parece que sim — disse Laurel. — Mas eu preciso lavar esse sangue todo, para ter certeza. Você pode pegar alguma coisa com que esfregá-lo e me encontrar perto da fonte? — Ela apontou para uma mesa cheia de tecidos dobrados, de onde as pessoas estavam tirando ataduras e toalhas. Chelsea assentiu e se apressou em ir.

—Venha — disse Laurel, fazendo um gesto para David. —Vamos limpar você.

A princípio, David a seguiu, mudo, arrastando Excalibur atrás de si, certamente sem perceber a risca perfeita que a ponta da espada deixava no chão de mármore. Mas, quando percebeu o que Laurel tinha em mente, de repente ele apressou o passo. Colocou-se de joelhos à beira do círculo de mármore, pousou Excalibur reverentemente de lado e enfiou os braços na água, esfregando com vigor. Uma névoa vermelha se espalhou a partir dele, dando à água um tom rosado.

Pelo canto do olho, Laurel viu Caelin, o único elfo Misturador da idade dela, observando-os. *Perfeito.*

— Ei — chamou ela. — Você me faz um favor? Preciso de uma camisa limpa. Para ele — acrescentou, apontando David para evitar que Caelin voltasse com uma blusa esvoaçante.

Caelin examinou o homem estranho — ele sempre fora comicamente territorial — e assentiu, dirigindo-se para os dormitórios. Chelsea apareceu um minuto depois com uma pilha pequena de lenços limpos.

— Obrigada — disse Laurel, pegando o primeiro da pilha. Olhou para a água suja em que David ainda esfregava os braços e franziu o nariz. Água gelada e límpida jorrava do alto da fonte, então Laurel umedeceu o pano ali antes de esfregar o sangue que decorava o rosto de David.

— Eu ajudo — disse Chelsea baixinho, molhando um pano e trabalhando no outro lado, limpando um fio de sangue particularmente grosso que escorrera por seu pescoço.

— Tire a camisa — disse Laurel quando o rosto de David estava praticamente limpo. — Jamais tiraremos o sangue desta camisa. Apenas tire-a e jogue fora.

David segurou a camiseta pela bainha e, com cuidado para não sujar o rosto de sangue, puxou-a pela cabeça, jogando-a no chão sem qualquer cerimônia.

A princípio, Laurel achou que estivesse imaginando o silêncio súbito que pareceu rodeá-la, mas, depois de esfregar por mais um minuto, percebeu que quase ninguém se movia no salão.

O silêncio agora passara a um zun-zum de sussurros, que ficava mais alto a cada segundo.

Chelsea também havia notado e olhava em volta, nervosa.

Todos os olhos, porém, estavam grudados em David. Mais especificamente, no peito de David, onde um chumaço de pelos escuros era visível contra a pele.

Eles não tinham percebido que ele era humano.

Provavelmente, também não tinham percebido que Chelsea era humana, em meio à fúria da batalha e devido ao fato de Chelsea não ter nada que a denunciasse, como pelos visíveis no corpo. Algumas fadas e elfos agora olhavam para a espada que David colocara na beira da fonte, sussurrando por trás das mãos.

David também percebeu e parou de se lavar. Ele encarava abertamente aqueles que eram suficientemente corajosos para olhá-lo no rosto.

Com passos pesados, Tamani atravessou o salão de jantar com uma expressão furiosa no rosto e segurando uma peça de tecido. Atrás dele, Caelin parecia contente por ter alguém que completasse a tarefa que lhe haviam dado.

—Tome — disse Tamani, entregando a peça seca e branca a David. — Uma camisa limpa é o mínimo que podemos lhe dar por ter salvado a Academia. —Tamani lançou um olhar furioso pela sala antes de entregar a camisa. Depois de um longo silêncio, David enfiou a camisa pela cabeça, parecendo-se a qualquer outro garoto de Avalon quando a peça cobriu seu peito.

Assim que ele se vestiu, o salão de jantar explodiu novamente em atividade, embora muitos continuassem a olhar para David com uma mescla de curiosidade, condenação e medo.

— Como você está, cara? — perguntou Tamani, agachando-se ao lado de David.

— Melhor — disse David. — Gostaria de outro copo d'água.

Chelsea correu para buscar.

Destinos 144

— Alguma possibilidade de que você esteja pronto para voltar lá fora? — O tom de Tamani era casual, mas Laurel sabia que ele estava ansioso para levar Yeardley até Jamison.

David apertou os lábios. Havia um toque de angústia em seus olhos, mas ele olhou para a espada e, depois de um instante, assentiu.

— Acho que sim — disse.

— Obrigado.

David fechou os olhos e respirou algumas vezes, então os abriu e estendeu a mão para a espada.

— Ainda não — disse Laurel, pondo-se em pé.

— Laurel... — começou Tamani, com desespero na voz.

— Deixe-me primeiro fazer um curativo no seu ombro. — Sua camiseta cinza estava rasgada e manchada com seiva seca, mas, sem uma atadura, a ferida certamente reabriria.

— Estou bem — disse Tamani, virando-se sem muita sutileza para que ela não pudesse mais ver seu ombro.

— Não está, não. Está com dor, e você ficará mais... eficiente — disse finalmente — se me deixar fazer alguma coisa a respeito.

Ele hesitou, então olhou para Chelsea, que voltava com mais água para David.

— Se você se apressar — disse ele, cedendo. Então, mais baixo: — Não temos muito tempo.

— Serei rápida — prometeu Laurel.

Ela foi até o posto mais próximo e vasculhou entre os medicamentos que restavam.

— Posso usar isto aqui, rapidinho? — perguntou, pegando dois frascos de solução translúcida e um punhado de ataduras.

O elfo assentiu para Laurel, mal levantando os olhos enquanto manobrava uma agulha comprida de espinho de cacto, dando pontos num corte profundo no ombro de uma criança.

Laurel voltou correndo até Tamani.

— Tire-a — disse ela, tocando em sua camiseta.

Tamani olhou rapidamente para David, então resmungou ao erguer os braços e despir a camiseta, desgrudando cuidadosamente os pontos manchados de seiva das feridas. Ele gotejava seiva de meia dúzia de cortes superficiais, e o ferimento profundo em suas costelas, que Laurel havia atado naquela manhã, já estava úmido, apesar de seus curativos.

O ferimento no ombro não era um corte só, como ela havia pensado; havia cerca de cinco furos profundos na parte superior do braço. Ele inalou rigidamente, entre dentes cerrados, quando ela tocou neles com um pano úmido.

— Desculpe — disse ela, tentando não perder a calma com a profundidade dos cortes, que mais pareciam punhaladas. — Vou fazer com que fique melhor em um segundo.

— Não — disse Tamani, detendo sua mão quando ela foi pegar um frasco.

— Como assim?

— Não deixe amortecido — disse ele, a voz ainda enfraquecida. — Não posso movê-lo direito se não puder senti-lo. Apenas coloque o tônico cicatrizante e faça um curativo. É só isso que posso deixar você fazer agora.

Laurel franziu a testa, mas assentiu. Não dava para saber quanto mais Tamani precisaria lutar naquele dia.

— Então... me aperte se doer muito — disse ela, utilizando a técnica que seu pai usava quando ela era pequena.

Mas, em vez de segurar a mão dela, Tamani passou o braço bom em volta de seus quadris, enterrando o rosto em sua barriga com um gemido abafado. Laurel parou um momento para correr os dedos por seus cabelos negros antes de pegar o frasco de tônico cicatrizante, decidida a terminar aquilo o quanto antes.

Tentou não prestar atenção aos dedos dele apertando sua perna, a respiração na pele de sua cintura, a testa encostada logo abaixo de suas costelas. Trabalhou rapidamente, desejando poder curtir o momento, mas sabendo que sua indulgência apenas custaria mais vidas.

— Terminei — sussurrou ela, após um tempo dolorosamente curto.

Ele se afastou e olhou para seu ombro, coberto por ataduras que gradualmente se fundiriam à sua pele ao longo da semana seguinte.

— Obrigado — disse ele, baixinho.

Laurel manteve os olhos fixos no chão enquanto juntava seus materiais e corria para devolvê-los ao posto de onde os pegara. Quando voltou, Tamani tinha tomado novamente sua lança e estava parado na frente de David.

— Pronto?

David hesitou por um brevíssimo instante antes de assentir.

— Vamos precisar abrir um caminho... não quero correr o risco de que algo aconteça com Yeardley... mas não acho que devemos usar as portas de novo. Vamos sair por onde você entrou — disse Tamani, a voz novamente concentrada e sem emoção.

— Pela sacada? — disse David, erguendo uma sobrancelha.

— Você tem alguma ideia melhor? — perguntou Tamani, sem qualquer vestígio de sarcasmo.

David pensou por um segundo e, então, negou com a cabeça.

— Vamos.

— Nós ajudamos a baixar vocês — ofereceu Laurel, ainda que sua cabeça lhe gritasse para não deixá-los ir.

David e Chelsea já estavam indo na direção das portas e Laurel se moveu para segui-los, mas parou quando Tamani acariciou seu braço com os dedos ásperos. Quando ela se virou para ele, Tamani olhou para ela com gravidade e levantou a mão para afastar seu cabelo para trás da orelha.

Ele hesitou por um instante, então suas mãos tocaram cada lado do rosto dela, puxando-a para si. Ele não a beijou, apenas segurou o rosto dela junto ao seu, testa contra testa, narizes quase se tocando.

Ela detestava o quanto aquilo parecia ser um adeus.

Os quatro saíram do salão de jantar e seguiram pelo corredor escuro, os ruídos da batalha ficando cada vez mais altos a cada passo que davam. A Academia estava conseguindo manter os trolls sob controle, mas quanto tempo mais as muralhas poderiam suportar tantos atacantes? E a quantas batalhas mais Tamani poderia aguentar? Com o tempo, ele teria ferimentos demais para sobreviver. A despeito das vantagens de Avalon, os trolls estavam ganhando simplesmente pela quantidade.

Quando emergiram na sacada, Katya se virou para eles com pânico no olhar.

— Graças à Deusa, vocês voltaram! Alguma coisa está acontecendo!

— O quê? — perguntou Tamani, correndo para se inclinar sobre a balaustrada, ao lado dela.

— Eles estão *caindo* — respondeu Katya, olhando para os trolls que se movimentavam abaixo. — Eu vi acontecer algumas vezes durante a última hora, mas achei que eles tivessem ferimentos que eu não pudesse ver. Agora estão começando a tombar em grupos. Cinco, seis, às vezes dez de cada vez. Olhem — acrescentou ela, apontando, quando Laurel, David e Chelsea se aproximaram para ver.

Os trolls ainda estavam batendo com a árvore cortada nas portas da frente e Laurel pôde ver a madeira se desfazendo com o ataque. Mas quando eles recuaram para investir novamente, o tronco da árvore se desviou e começou a rolar de lado, enquanto vários trolls caíam de joelhos.

— Eles acabaram de fazer a mesma coisa ali também — disse Katya, apontando para um grupo sob a sacada.

— Foi o que aconteceu com aquele troll na Primavera — disse David. — E o da corda, quando vocês estavam me puxando para cima.

— Não entendo — disse Tamani. Mas mesmo enquanto ele dizia isso, Laurel viu vários outros trolls caírem. Até os desorganizados trolls já estavam percebendo e haviam abandonado a tarefa de invadir a Academia para questionar uns aos outros e apontar. O pânico se espalhou como fogo e o grupo na sacada se esqueceu de seu plano e observou, fascinado, enquanto mais e mais trolls desmoronavam no chão.

— Eles estão fugindo — disse David com espanto e mais do que um toque de alívio na voz. Os trolls restantes deram meia-volta, dirigindo-se para os portões, mas até sua retirada foi inútil. Logo, tudo era silêncio e todos os trolls jaziam imóveis entre os restos pisoteados do que antes haviam sido os lindos terrenos da Academia.

Dezesseis

— Eles estão... mortos? — perguntou Chelsea após um longo silêncio.

— Aquele lá na Primavera estava bem mortinho — disse David.

— Então, o quê? — perguntou Laurel, examinando a carnificina. — Acabou?

— O que está acontecendo? — perguntou Yeardley, saindo rapidamente na sacada, em meio ao silêncio tenso. Ele segurava um saco de tecido na mão: seu kit, percebeu Laurel. — Por que a luta parou?

— É difícil dizer — respondeu Tamani, analisando o terreno. — Eles parecem mortos, mas só a Deusa sabe por quê. Não confio muito nisso.

— O que é aquilo?

Um vislumbre de movimento na colina verde atraiu a atenção de todos; várias figuras estavam subindo pela trilha que vinha do Jardim do Portal.

— Mais trolls? — perguntou alguém do grupo.

Laurel observou as figuras que se aproximavam por um momento e, de repente, sentiu dificuldade para respirar.

— É Klea — disse Laurel baixinho. — E Yuki está com ela.

— Não entendo — disse Yeardley.

— A Selvagem — disse Tamani. — A que nós estávamos tentando entender, na última vez que estivemos aqui; ela é uma fada de inverno.

Katya engasgou.

— Estão vindo para cá?

— Não sei — disse Tamani. — Se não for para cá, estão indo para o palácio. Não sei o que é pior. De qualquer forma, já é tarde demais para fazermos algo. É por isso que precisamos de Jamison... para lutar contra ela.

— Ela é hostil? — perguntou Yeardley, a voz cheia de um temor súbito.

— É difícil saber ao certo — disse Tamani.

Laurel não achava nada difícil saber; era unicamente por causa de Yuki que os trolls estavam em Avalon; portanto, ela era responsável por toda morte e destruição ao redor.

— Mas ela é fantoche de uma fada de outono exilada: Callista — disse Tamani.

Dessa vez, o horror na expressão de Yeardley não foi nada sutil.

— Callista? Isso é... — Ele se virou para as fadas e elfos de outono reunidos na sacada. — Precisamos sair daqui. Agora!

— Não podemos simplesmente ir embora — disse Laurel, seguindo Yeardley, que se afastava correndo da balaustrada. — Estamos bloqueados por barricadas. Provavelmente aqui seja o lugar mais seguro de Avalon, no momento.

Yeardley parou, de repente.

— E quanto tempo, exatamente — perguntou ele, numa voz suave que a gelou por inteiro —, você acha que levará para uma fada de inverno remover uma barricada feita inteiramente de *madeira*?

— Ele tem razão — disse Tamani por cima do ombro de Laurel. — Devemos correr. Há uma floresta bastante densa a oeste... há uma saída naquela direção, certo?

— Sim — disse Yeardley.

— Reúna quem você puder e vá para lá. Sem Jamison, eu... não sei o que mais podemos fazer.

Laurel detestava ouvir Tamani parecer tão derrotado. Durante o dia todo ele lutara contra trolls e vencera e, agora, duas fadas eram suficientes para destruir seu ânimo.

— Certo. Você aí, corra para a barricada oeste — ordenou Yeardley a uma fada de olhos escuros que Laurel achou que reconhecia de uma classe mais avançada. — Eles precisam removê-la imediatamente! — Então, voltando-se para Tamani, ele disse: — Alguns funcionários estão com os brotos lá em cima e você viu quantos alunos estão reunidos no salão de jantar. Todos os demais estão ocupados com a segurança de seus experimentos e...

— Seus *o quê?* — perguntou Tamani.

— Seus experimentos — repetiu Yeardley, sem qualquer indicação de que pudesse ser algo menos que completamente racional.

— Bem, faça todos eles se reunirem agora — disse Tamani. — Ao diabo com os experimentos.

— Tam — chamou Katya, da balaustrada —, elas passaram reto pela entrada do Palácio de Inverno. Estão, definitivamente, vindo para cá.

Tamani ficou imóvel por um longo tempo; então, colocou-se de repente em ação, como se alguém houvesse ligado um interruptor.

— Muito bem, todos aqueles que tiverem uma arma, saiam... agora — disse ele, selecionando David com um aceno de cabeça. — Hora da retirada.

Ele começou a conduzir todo mundo que estava na sacada para que entrasse na Academia e descesse a escadaria.

— Eu não vou — disse Laurel, plantando os pés no chão quando Tamani tentou empurrá-la junto com os demais.

— Laurel, por favor. Não há nada que você possa fazer contra ela.

— Também não há nada que *vocês dois* possam fazer contra ela! — Laurel recuou, quando as palavras saíram de sua boca. — Eu... não quis dizer...

Destinos   152

Tamani ficou em silêncio pelo que pareceu uma eternidade.

— Talvez não haja — sussurrou ele, finalmente. — Mas talvez possamos ganhar o tempo necessário para vocês fugirem. Depois que vocês saírem, nós vamos nos encontrar com ela lá na frente, enquanto todos correm para as árvores.

Laurel olhou para David, mas ele apenas assentiu em anuência.

— Está bem — disse ela, baixinho. Detestava se sentir inútil. — Vou voltar para a casa de Rhoslyn com Yeardley. Nós traremos Jamison para cá assim que pudermos.

— Perfeito — disse Tamani, um leve toque de alívio no rosto.

— Leve Chelsea também — disse David, estendendo a mão para lhe dar um empurrãozinho, antes de voltar ambas as mãos à espada.

— É claro. — Laurel assentiu e pegou a mão de Chelsea. — Venha. Vamos ver se conseguimos ajudar todo mundo a partir.

— Obrigado — disse Tamani baixinho, apertando a mão dela.

Laurel apertou a dele em resposta, mas não olhou em seus olhos; não queria que ele visse como estava desesperançada. Sabia o que Yuki fizera com o prédio de apartamentos, o que Jamison fizera com os trolls... quanto tempo David e Tamani poderiam durar contra uma fada de inverno? Com certeza, não o bastante para que Laurel e Yeardley revivessem Jamison e o levassem até ali.

— Precisamos tirar todos os brotos daqui primeiro — instruía Yeardley quando eles o seguiram até o átrio. — Levem todos para a saída oeste! — Fadas e elfos saíram correndo para espalhar as ordens, a maioria, obviamente, mal controlando o próprio pânico.

— Laurel! — Tamani desceu correndo pela escada, com David logo atrás, quando uma série de tiros soou do lado de fora das portas de entrada.

— Olho de Hécate! — praguejou Yeardley. — O que foi isso?

— Soldados na entrada — disse Tamani, ofegante. — Eles vieram de trás. Pequenos demais para serem trolls, mas têm armas. Devem ser de Klea.

— De Klea? — perguntou Laurel, confusa. — Mas ela nem chegou aqui ainda.

— Deve tê-los mandado na frente — disse Tamani, a voz sem entonação ou emoção. — É o que eu teria feito: me mantido na retaguarda até que eles estivessem em posição. Eu devia ter percebido. Estamos exatamente onde ela quer que estejamos e não há nada que possamos fazer a respeito.

Como se estivesse esperando o momento certo, as janelas decorativas cinco metros acima da cabeça deles se estilhaçaram, lançando uma chuva de cacos de vitral e meia dúzia de frascos de plástico rachados pelo átrio atulhado de móveis. Um líquido transparente se empoçou em volta dos frascos abertos, saturando o ar com o cheiro inconfundível de gasolina.

— O que fazemos? — perguntou Yeardley. — Nos reunimos? Nos espalhamos? Eu...

A voz dele foi interrompida quando o estrondo ensurdecedor de uma explosão encheu o ar. Chamas lamberam sob as portas surradas da entrada, chamuscando sua pátina e inflamando a gasolina, espalhando uma onda cáustica de calor pelo ambiente. Aqueles que estavam mais próximos das chamas pegaram fogo instantaneamente, seus gritos misericordiosamente abreviados pela intensidade das chamas.

— Prole de Uranos! — exclamou Yeardley. — Corram!

Eles fugiram do átrio, à frente da fumaça negra que se avolumava, conforme as chamas lambiam as poças de gasolina e começavam a se aproximar dos tapetes e das tapeçarias que adornavam o ambiente.

Quando estavam correndo na direção do salão de jantar, Yeardley quase foi atropelado pela fada de olhos escuros que havia mandado na frente para limpar a barricada oeste. Os olhos dela estavam arregalados de medo quando ela disse, de forma quase ininteligível devido à pressa:

— Fogo! A barricada oeste está em chamas!

Destinos 154

De fato, Laurel podia ver fumaça negra subindo até o teto da passagem para a saída oeste.

— Alunos! Por favor, acalmem-se! — gritou Yeardley, mas Laurel sabia que não iria adiantar nada. A fumaça já se juntava sobre eles, com nuvens densas e sufocantes vindas do átrio e, deduziu ela, também das demais saídas.

Houve tanto pânico na debandada das fadas e elfos de outono que Laurel quase não ouviu o som estranho e sibilante, pouco antes de uma enorme explosão em algum lugar muito acima deles.

— O que foi isso? — indagou Chelsea, gritando para ser ouvida acima do barulho.

Laurel balançou a cabeça e Tamani apontou para o teto.

— O que tem lá em cima?

— Classes, dormitórios — balbuciou Laurel automaticamente.

— Não — esclareceu Tamani —, bem ali, especificamente.

— A torre — disse Laurel após pensar um instante. — Cinco ou seis andares de altura... você deve ter visto lá de fora.

Tamani praguejou.

— Provavelmente, mais gasolina. Ela nos emboscou por todos os lados.

Quando se reuniram novamente a Yeardley, ele tinha aberto um armário grande e tirava baldes que jogava para várias fadas e elfos mais velhos, professores e funcionários de primavera, na maioria.

— Usem a fonte do salão de jantar. Aurora, se não der para levar os brotos até o salão de jantar, devemos levá-los para as janelas. Jayden, pegue duas fadas e vá até as polias... abra as claraboias.

— Ar vai alimentar as chamas — argumentou Tamani.

— Mas também deixará a fumaça sair — disse Yeardley, jogando mais dois baldes. — A fumaça vai nos matar antes do fogo. Quando estiver sob controle, poderemos organizar uma evacuação. Temos um monte de janelas e cordas, para não falar nas paredes corta-fogo, por toda a Academia. Não seria um prédio muito bom para pesquisas se não estivéssemos preparados para um incêndio, não é?

Tamani franziu a testa.

— Os soldados de Klea estão esperando lá fora, armados. O que os impedirá de matar qualquer um que sair pela janela?

— Infelizmente, essa não é minha área de especialização — disse Yeardley com um olhar significativo para a lança de Tamani.

Laurel inalou e sua garganta ardeu instantaneamente, assim como os olhos; a fumaça estava baixando.

— Para o salão de jantar — disse Yeardley, rouco, abaixando-se e acenando para que eles o seguissem.

Ao se aproximarem das portas duplas, Laurel viu a brigada com os baldes, já passando água da fonte ao longo dos corredores para manter as chamas sob controle. Outros estavam removendo todos os materiais inflamáveis das paredes e pisos para deter o progresso do fogo. Mas seu trabalho era atrapalhado pela fumaça cáustica e, para cada indivíduo fazendo algo útil, três corriam cegamente pelos corredores, agarrando livros ou experimentos junto ao peito. Outros, ainda, se reuniam nas escadas, discutindo se deviam subir ou descer. Laurel tentou gritar para que eles a seguissem, mas engoliu um monte de fumaça e começou a tossir incontrolavelmente.

— Pessoal! Por aqui! — A voz de David atravessou a fumaça como um farol na neblina. Ele estava empertigado, aparentemente inconsciente das nuvens escuras que rodopiavam à sua volta e Laurel suprimiu um grito; a fumaça estava sendo repelida pela magia de Excalibur. A camada de ar puro que o rodeava não devia ser mais grossa que um fio de cabelo, mas o ar que ele inalava era limpo e ele gritou novamente:

— Vamos para o salão de jantar! Eles estão abrindo as claraboias!

A princípio, as fadas e elfos reunidos nas escadas pareceram ficar paralisados pela indecisão e Laurel percebeu que eles estavam ali, prendendo a respiração contra a fumaça, pensando se deveriam seguir as ordens de David.

Porque ele era humano.

Então, um Misturador que Laurel não reconheceu começou a abrir caminho entre o grupo e vir na direção de David. Por um momento, os olhos de Laurel se arregalaram e ela se perguntou se ele iria provocar uma briga. Mas ele simplesmente parou na frente de David por um instante, então assentiu e se inclinou para entrar no corredor fumacento que levava até o salão de jantar. Os outros finalmente pareceram entender a mensagem e, lentamente, muito lentamente, seguiram pelo corredor até o salão de jantar, agachados de modo a poderem respirar.

Mas nem todos estavam seguindo. Um elfo jovem e bonito lutava contra a multidão para ir na direção contrária. Ele colocara um pé no primeiro degrau quando alguém gritou em meio a fumaça:

— Galen, pare!

Galen se deteve.

Algo escuro descia muito devagar pela escadaria. Por um momento, Laurel achou que fosse óleo, mas então percebeu que era vermelho e que tinha uma estranha delicadeza, não muito diferente da fumaça que se juntava ao redor deles. Mas não era como o gás sonífero nos portais, que havia se expandido e elevado no ar; esta névoa era densa e rastejava pelo chão, como um lento vapor de gelo-seco, enchendo cada degrau como lodo antes que o fluxo se derramasse no degrau seguinte.

Os lábios de Galen se apertaram.

— Ainda há fadas e elfos lá em cima — exclamou ele. — Preciso alertá-los. — E, sem esperar mais, continuou subindo a escada.

No instante em que a fumaça vermelha em movimento tocou seu pé, Galen cambaleou e caiu, o rosto inexpressivo, os membros em convulsão. Quando ele caiu na escada, a intensa névoa vermelha girou à sua volta. Mesmo pelo ar nebuloso, a três metros de distância, Laurel sabia que ele estava morto.

Os outros também viram; houve vários gritos conforme todos fugiam da névoa, alguns correndo diretamente para as saídas em chamas.

— Parem, parem! — A voz de Yeardley estava abafada na fumaça sufocante. — Não podemos entrar em pânico — implorou ele. — As claraboias estão abertas no salão de jantar; todos para o salão de jantar!

— Galen estava certo; alguns funcionários ainda estão lá em cima! Não podemos fazer alguma coisa? — perguntou uma das fadas que ainda estavam ali.

Yeardley olhou para o gás ameaçador que escorria pelas duas escadarias que levavam aos andares superiores.

— Que a Deusa os ajude — disse ele fracamente.

Finalmente, a maioria foi para o salão de jantar, mas alguns ainda permaneciam teimosamente olhando para o alto das escadas. Enquanto Laurel os observava, a névoa avermelhada se espalhou pelo degrau acima deles, dividiu-se em longos tentáculos pela balaustrada ornamentada e fluiu para baixo como se fosse uma cachoeira oleosa.

— Cuidado! — gritou Laurel, puxando Tamani e Chelsea para trás com ela, mas conseguindo escapar das finas torrentes de névoa que caíam em forma de grades de prisão.

Nem todos foram rápidos o bastante e ondas escarlates se derramaram sobre eles como veios de areia; sem um ruído, eles caíram exatamente onde estavam.

—Vamos! — disse Tamani, puxando Laurel pela mão. Ela queria resistir, pegar as fadas e elfos caídos e levá-los para um lugar seguro. Mas a mão de Tamani era firme e ela deixou que ele a arrastasse de costas.

No salão de jantar, Yeardley instruía os alunos a forrarem o vão sob as portas com panos úmidos. Aqueles da brigada dos baldes que haviam escapado do veneno vermelho mortífero esvaziavam baldes de água nas portas, ensopando a madeira. Graças às grandes claraboias, agora abertas para a luz fraca da noite, a fumaça ali estava mais alta e Laurel podia ficar em pé, ereta, e ainda respirar. Olhou para Chelsea, cujo rosto e roupas estavam enegrecidos; Laurel deduziu que devia

Destinos 158

estar igual. Olhando ao redor, ficou chocada com a pouca quantidade de fadas e elfos presentes e mais chocada ainda ao ver que pouquíssimos estavam conscientes. Era ali onde se estavam tratando os feridos, de qualquer forma, mas, agora, aos feridos se juntavam dezenas que haviam desmaiado por causa da fumaça.

— E agora? — perguntou Laurel.

— David e eu vamos sair primeiro — disse Tamani, acenando com sua lança para as fadas e elfos que colocavam uma escada de madeira sob uma das janelas altas do salão. — Não é o local ideal para uma evacuação, mas com a ajuda das claraboias, das paredes corta-fogo e da fonte, deveremos ter tempo para tirar todo mundo daqui... *se* pudermos sair e entrar por essas janelas sem levar tiros.

Laurel podia ver que havia algo mais perturbando-o pela forma como ele continuamente olhava para o céu.

— O que foi? — perguntou ela, pondo a mão em seu braço.

Após alguns segundos, ele se virou para ela.

— Duvido muito que Klea fique por aqui... ela sabe que, aqui, ela já venceu. Ela vai para o Palácio de Inverno em seguida; alguém tem que impedi-la. Eu tenho que impedi-la.

Ele estava certo.

— Me leve com você — insistiu Laurel.

— Laurel, por favor — implorou ele, mas ela já estava balançando a cabeça.

— Não com você e Klea... só me tire daqui. Eu e Yeardley. Nós vamos buscar Jamison. — Ela se aproximou para que ninguém, nem mesmo Chelsea ou David, pudessem ouvi-la. — Você sabe que ele é nossa única chance.

— Será que Yeardley vai concordar em ir com você? — perguntou Tamani, e Laurel olhou rapidamente para onde ele ainda estava orientando fadas e elfos em pânico. Ele era o farol da Academia e ela queria levá-lo embora.

— Ele vai ter que ir, não vai? — disse Laurel, sufocando com as palavras.

Uma comoção atraiu sua atenção quando a luz em volta dela assumiu uma estranha tonalidade turva. Só foi preciso um segundo para Laurel perceber que vinha das claraboias acima. A névoa vermelha devia ter se espalhado pelas janelas dos andares superiores e, agora, seguia seu caminho através do amplo teto do salão de jantar, cobrindo a claraboia de vidro e, enquanto Laurel olhava para cima, derramando-se para dentro.

A grande cachoeira de veneno mortal cascateou no ar por, pelo menos, seis metros antes de chegar ao chão, atingindo um elfo inconsciente, sujo de fuligem, que estava deitado numa mesa coberta por um lençol. Ele convulsionou em silêncio antes de ficar imóvel, enquanto o gás vermelho oleoso se derramava pelo chão.

Um murmúrio coletivo de medo soou entre os que estavam ali reunidos um segundo antes que o pânico se instalasse. Todos se viraram ao mesmo tempo e Laurel mal conseguiu ficar em pé, quando as fadas e os elfos começaram a passar correndo por ela, não parecendo vê-la... ou ver qualquer coisa além de seu desespero.

Laurel manteve os olhos fixos na névoa rubi, a mão apertando os dedos de Tamani enquanto a verdade a atingia.

Eles não haviam escapado do veneno de Klea; haviam caído direitinho em sua armadilha.

E, agora, não havia saída.

Dezessete

A MORTE VERMELHA SE MOVIA DEVAGAR, EXTREMAMENTE DEVAGAR, SEUS tentáculos fumacentos mais pareciam algo vivo do que um simples gás. Ia se contorcendo em volta de suas vítimas, tomando as presas mais fáceis primeiro: fadas e elfos que jaziam inconscientes no chão.

Tenho que salvá-los! O desespero baniu qualquer pensamento racional da cabeça de Laurel e ela se atirou na direção dos corpos caídos, só para se deparar com o peito de Tamani bloqueando-a, quando ele se colocou no caminho dela.

— Laurel, você não pode ir.

Ela lutou contra ele, tentando chegar às fadas e elfos indefesos e inconscientes. Os braços de Tamani se apertaram com força em volta de sua cintura e, de leve, ela sentiu os dedos de David em seu rosto, acariciando-a e tentando acalmá-la.

— Laurel — sussurrou David. — Pare. — A palavra foi dita numa voz tão serena que a fez se imobilizar como se ele tivesse gritado. — Precisamos pensar — disse ele e, lentamente, Laurel se obrigou a ficar quieta.

Todos que podiam ficar em pé estavam sobre as mesas, a maioria nos cantos do salão, os olhos arregalados de pavor. O fogo bloqueava as saídas óbvias; veneno se infiltrava por todos os lugares onde o fogo não alcançava... Laurel podia quase *sentir* o desprezo que Klea havia colocado em cada detalhe daquele ataque elaborado. Aquelas pessoas tinham sido seus professores, seus amigos... sua *família*, a bem da verdade. Mas suas ações naquele dia deixavam claro que Klea queria que todos eles morressem e, o que era pior, queria que eles morressem *com medo*.

Laurel percebeu que estava tremendo de raiva. Esqueça os trolls; o maior monstro em Avalon é Klea.

Laurel empurrou os braços de David e foi depressa até uma fada inconsciente a apenas alguns metros da fumaça rastejante. Laurel passou os braços em volta do peito da jovem fada e começou a arrastá-la para longe do perigo.

Tamani agarrou sua mão, mas Laurel a puxou. Ele estendeu o braço para agarrá-la novamente e segurou com mais força dessa vez.

— Laurel, o que você está fazendo? Aonde você vai levá-la?

— Eu não sei! — gritou Laurel, lágrimas furiosas queimando seus olhos. — Apenas... longe *daquilo*! — Ela voltou à sua tarefa, puxando outra fada para fora do alcance imediato da névoa vermelha. Todos iriam morrer, de qualquer forma, mas por algum motivo, Laurel não podia deixar que morressem *agora*, não quando podia ao menos prolongar a vida deles. Agarrou outra fada pelos ombros e começou a arrastá-la para junto da primeira.

Com um assentimento, Tamani se adiantou e fez a mesma coisa erguendo outro elfo e arrastando-o para longe da fumaça que se aproximava devagar, centímetro a centímetro, enquanto passava pela entrada do salão de jantar e penetrava mais no ambiente. Agora, a névoa também se derramava copiosamente pelas claraboias abertas e, logo, o chão seria um pântano vermelho mortal.

Chelsea e David puxaram outra fada para cima de uma mesa e outros começaram a agir, copiando as ações fúteis de Laurel, arrastando os feridos e os mortos para trás até que houvesse uma linha de pedra nua entre a fumaça e suas próximas vítimas.

Quando David começou a puxar outra fada, Tamani o deteve colocando a mão em seu peito.

—Você tem que mover a espada. —A fumaça estava apenas alguns centímetros de onde David a havia deixado, com a lâmina bem enterrada nas lajes de mármore. — Não podemos perdê-la.

David assentiu e se virou para apanhá-la. Seus olhos se arregalaram.

— Espere — disse ele, agarrando o braço de Tamani. — A espada. Laurel! Aonde dá aquele muro? — gritou David, apontando para o muro nos fundos do salão de jantar.

— Para fora — ofegou Laurel, sem parar de arrastar outra fada, de costas. — Para uns jardins.

— Só isso? — insistiu ele. — Não há... outras saliências, nem nada assim?

—As estufas ficam para lá — supriu Caelin, e Laurel ficou surpresa ao ver que ele falava diretamente com David.

— Perfeito — murmurou David, quase para si mesmo. — Elas vão nos esconder de quem estiver lá atrás.

— Mas *você* não tem como ir daqui até lá — argumentou Caelin. — Não há porta. Só há uma parede compartilhada.

— Obrigado — disse David, fechando o punho em volta da guarda de Excalibur e retirando-a de sua bainha provisória —, mas eu faço minhas próprias portas.

Laurel observou enquanto ele corria até a parede, inclinava a cabeça por um instante, como se rezasse, até que então ergueu a espada e a enterrou no muro de pedra. Lágrimas de esperança subiram aos olhos dela ao vê-lo cortar uma linha vertical comprida na rocha. Mais dois cortes nas laterais e Laurel pôde ver a luz penetrando através da parede.

— Me ajudem a empurrar! — gritou David e, logo, fadas e elfos se uniram à sua volta, abrindo caminho cuidadosamente entre as vítimas inconscientes que eles haviam reunido nos cantos do salão. Empurraram com todas as forças enquanto David cortava embaixo e, com um ruído alto e abrasivo, o painel cedeu e caiu ao chão, deixando a luz do sol poente entrar.

Os quinze minutos seguintes foram como um pesadelo em alta velocidade. Os braços de Laurel doíam, enquanto ela arrastava fada após fada pela passagem estreita que David abrira para uma das estufas. Suas pernas, já cansadas do longo dia fugindo dos trolls, ameaçavam ceder. Mas cada fada e cada elfo que eles tiravam do salão de jantar era um Misturador a mais que iria sobreviver.

Um instante de puro terror fez com que todos se detivessem, de repente, quando o veneno vermelho começou a se derramar do telhado do salão de jantar sobre o teto de vidro da estufa. Todos pareceram prender a respiração ao mesmo tempo conforme o teto inclinado se revestia de vermelho, mas a vedação resistiu; eles estavam a salvo.

O suor escorria do rosto daqueles que trabalhavam ao lado dela — quase que certamente uma experiência nova para a maioria das fadas e elfos de outono — mas o tempo estava correndo. No salão de jantar, o gás empoçado havia quase completamente enchido o ambiente e continuava a se derramar pelas claraboias abertas, não mais em forma de tentáculos, mas como ondas amplas como a própria claraboia.

— Precisamos parar — disse Yeardley, por fim.

— Mais um — disse Laurel, sem fôlego. — Posso trazer mais um.

Yeardley considerou aquilo pelo mais breve instante e assentiu:

— Todo mundo, mais um, depois temos que achar uma forma de vedar esse buraco ou todo o nosso trabalho terá sido em vão.

Laurel correu até o grupo mais próximo de caídos. Ela teria que arrastar por uns seis metros. Com os braços doendo, agarrou a primeira fada a seu alcance pelo peito, detestando que houvesse tantos outros perto o bastante para tocá-los... tantos que não podia ter a esperança de salvar.

Destinos 164

Quando se virou, uma nova onda de névoa caiu de uma claraboia acima, bloqueando sua visão da saída. Quando atingiu o chão de pedra, o veneno rubi se espalhou, minúsculos filetes rodopiando tão perto que Laurel teve de se jogar para fora do caminho, para não ser atingida.

Rangendo os dentes, Laurel içou o corpo um pouco mais. Precisava sair dali.

Arrastou a fada ao redor da cascata, suas pernas gritando em protesto. Olhou para a frente de novo e seu caminho estava aberto. Mais quatro metros. Três. Ia conseguir.

Então, suas pernas se enroscaram em algo no chão e ela caiu, sentindo a pele de seu cotovelo se rasgar ao bater no chão de pedra. Olhou para baixo, para o que a havia feito cair.

Era Mara.

Ela estivera trabalhando ali antes, mas devia ter desmaiado por causa do calor e da fumaça antes que as claraboias fossem abertas. Laurel olhou para trás. O gás rastejante estava a centímetros dos pés de Mara.

Eu não vou deixar você morrer.

Olhando mais uma vez para a saída, Laurel se virou e passou um braço em volta de Mara — tiraria a ambas; *tinha* de fazê-lo! Seus braços se rebelaram, tremendo de fadiga, conforme ela, desajeitadamente, arrastava-as por alguns metros. Mais alguns. Virou-se para conseguir agarrar melhor, enquanto cambaleava para trás; outras fadas e elfos — que não tinham passado o dia inteiro andando e correndo — passaram por ela com seus fardos. O peito e a garganta de Laurel ardiam da fumaça ainda no ar — ela estivera ali por tempo demais — e a névoa parecia segui-la agora, aproximando-se tão depressa quanto Laurel podia fugir.

É você ou ela. O pensamento veio sem querer e, embora desconfiasse que fosse verdade, balançou a cabeça, puxando as fadas mais um pouco.

Não consigo fazer isso. Sim, eu consigo! Olhou para a saída, atrás. Parecia tão próxima e, ao mesmo tempo, tão distante. Puxando com todas as suas forças, algo a fez olhar para cima bem a tempo de ver outra cascata de fumaça se derramar pela claraboia, espalhando-se no chão e lançando uma onda de veneno na direção dela.

Dez oito

TAMANI PRATICAMENTE JOGOU O ELFO INCONSCIENTE PELA ABERTURA À sua frente e cambaleou sobre a laje de pedra, ofegando. O corte na lateral de seu corpo estava vertendo seiva de novo e ele precisava se controlar para não se contorcer de dor. Nunca pusera seu corpo sob tanta tortura antes e não sabia bem como ainda estava em pé.

O que não me mata...

Em estado de choque, Tamani se endireitou e olhou ao redor. A estufa era enorme, pelo menos cinco vezes maior do que a casa de Laurel na Califórnia. E, pelas paredes de vidro, ele viu mais: uma longa fileira de estufas, exatamente como dissera o garoto Misturador. Tamani se lembrava vagamente das estufas dos dias em que vagava pela Academia, na infância, com Laurel e sua mãe, mas deduzira que elas só tinham parecido gigantescas em comparação ao seu tamanho pequeno. Ali era o lugar perfeito para abrigar os sobreviventes.

As fadas e os elfos haviam parado de emergir da fumaça, e Yeardley e alguns outros mais velhos estavam agachados junto ao buraco, chamando aqueles que ainda deviam estar lá dentro. Onde estava Laurel?

Seus olhos encontraram David, trabalhando em conjunto com vários outros para levantar o pedaço da parede de pedra, preparando-se para empurrá-la de volta a onde estivera. Chelsea estava ajoelhada ao lado de alguém que se encontrava no chão, tossindo, provavelmente, uma fada que inalara fumaça demais.

Mas não Laurel. Tamani esquadrinhou a multidão, uma e outra vez e ainda uma terceira, mas não conseguiu encontrá-la.

O medo tomou conta dele ao perceber que ela devia ainda estar lá dentro. Todos os pensamentos de cansaço o abandonaram e ele correu até o buraco que David havia aberto, acotovelando a multidão.

— Chega — disse um elfo mais velho, detendo-o com a mão em seu peito.

— Só preciso dar uma olhada — disse Tamani, afastando-o. — Preciso... — Mas ninguém estava ouvindo. Ele parou de falar e se concentrou em se aproximar um pouco mais da abertura, quando conseguiu dar uma olhada rápida por cima da cabeça de uma fada mais baixa.

Lá estava ela! A apenas três metros da saída, lutando para salvar um último elfo, as costas viradas para eles enquanto o puxava na direção da abertura.

— Deixe-o! — gritava Yeardley, mas a cabecinha loura se sacudia furiosamente.

Tamani amaldiçoou a teimosia de Laurel e tentou se mover adiante.

—Vou buscá-la — disse ele. Mas ninguém pareceu ouvir, as mãos empurrando-o com mais força, conforme todos começavam a entrar em pânico.

Por que ela não quer deixá-lo?

— Eu preciso... eu preciso ir. —Tamani continuou lutando contra eles, suas palavras não mais coerentes, só um pensamento na cabeça: *Preciso chegar até ela.*

Tamani prendeu a respiração quando Laurel cambaleou para trás, o peso do elfo que vinha arrastando caindo sobre suas pernas

Destinos 168

e prendendo-a. Ela estava tentando se livrar do peso, mas, de alguma forma, Tamani sabia que aqueles precisos segundos haviam diminuído as chances dela.

— Não! — gritou ele, atirando-se para a frente, mas avançando muito pouco, na estufa superlotada.

Ela o ouviu — ele podia ver; ela estava lutando para se apoiar nas mãos e nos joelhos, virando o rosto na direção da voz dele. Mas, então, ela convulsionou, silenciosamente, conforme os tentáculos róseos a dominaram, sua camisa cor-de-rosa parecendo brilhar no escuro quando a fumaça vermelha a engoliu.

Tudo se estilhaçou dentro de Tamani, em cacos afiados como navalhas que cortaram seu corpo todo por dentro.

— Isso é tudo — disse Yeardley, pesaroso, indicando com um gesto para que David e os demais se adiantassem com o quadrado de pedra. — Não podemos salvar mais ninguém. Bloqueie a passagem.

Os pés de Tamani pareciam ter se enraizado no chão.

— Não! — gritou ele, novamente. — Boa Deusa, não!

David empurrou a pesada pedra com toda a sua força.

Ele não deve ter percebido; ele jamais permitiria que eles abandonassem Laurel dessa maneira. Tamani abriu a boca para alertar David, mas sua garganta se fechou em volta das palavras desesperadas, bloqueando os últimos raios de esperança.

Ele não conseguia dizer as palavras.

Não conseguia dizer nada.

Não conseguia respirar.

Não conseguia ver.

Um negrume desceu sobre ele. Tinha que chegar até ela — não podia viver sem ela, não sabia como. Não sabia como respirar num mundo do qual ela não fizesse parte.

Mãos fortes o empurraram contra a parede e a dor de sua cabeça batendo na pedra trouxe de volta uma quantidade mínima de razão.

Suficiente para que pudesse piscar e clarear a visão, ver o rosto a centímetros de seu nariz. Ele não conhecia aquele elfo — era apenas outro Misturador —, mas a dor em seu olhar refletia a de Tamani.

— Você tem que deixá-la ir — disse ele. E Tamani soube que aquele elfo também fora obrigado a deixar partir alguém que amava.

— Esta batalha ainda não terminou — disse o elfo que o segurava. — Aquela fada rebelde ainda está lá fora e vamos precisar de você.

Klea.

Ela tinha tirado tudo — *tudo* — dele.

Agora, ela iria para o Palácio de Inverno. Era o único passo lógico

Não havia tempo para esperar os outros. Ele tinha que ir *agora*.

Dessa vez, ela iria matá-lo; ele sabia. Shar não estaria ali para salvá-lo.

Talvez ele pudesse retardá-la. *Daí* ela poderia matá-lo.

E, se a Deusa quisesse, ele estaria, então, com Laurel.

Obrigou-se a assentir, a respirar com calma. A parar de lutar contra o elfo que o segurava. Não queria esperar até que Chelsea descobrisse que Laurel havia partido; ou para ver David perceber o que havia feito. Não conseguiria suportar dividir sua dor com eles.

O elfo diante dele disse alguma coisa — era como se Tamani fosse surdo — e Tamani assentiu, encostando a testa na parede de vidro como se estivesse derrotado. Mas seus olhos percorreram o terreno lá fora, ainda um pouco visível na luz que enfraquecia. A inclinação acentuada do telhado da estufa fazia com que a fumaça vermelha deslizasse pelos lados. Isso deixava a porta da frente, logo abaixo do ápice do teto, livre. Ela não estava sendo vigiada — quem pensaria em protegê-la?

Só um louco iria querer sair naquele momento.

Tamani se aproximou lentamente da porta, tentando não atrair atenção para si mesmo, colocando mais e mais fileiras de plantas entre si e a multidão de Misturadores. Estava quase lá quando o elfo que havia falado com ele antes olhou para trás. Ele encontrou o olhar de Tamani, mas estava longe demais para fazer qualquer coisa. Tamani deslizou pela porta, a moldura de vidro se fechando atrás dele e interrompendo qualquer protesto.

Então, ele correu. Sentia-se leve, sem peso, quase como se pudesse voar, correndo sobre o lodo e a grama na direção da parede da Academia, sem nem sequer pensar nos comparsas de Klea que ainda pudessem estar vigiando.

Ele iria matar Klea.

Ou Klea iria matá-lo.

Naquele momento, não fazia diferença qual dos dois.

O corpo de Laurel doía e ela apertou seu peito com os braços. Mas havia conseguido puxar Mara para fora antes de colapsar no chão, num acesso de tosse. Então, Chelsea estava ali, inclinando-se sobre ela com o rosto cheio de preocupação.

— Está tudo bem — dizia Chelsea baixinho. — Você está bem.

Várias outras fadas se reuniam em volta dela e Laurel respirou fundo, enchendo o peito de ar.

— Estou bem agora — disse ela, depois de tossir mais algumas vezes. — Estou bem. — Mas não se levantou. Por alguns segundos, precisava apenas ficar ali deitada, concentrando-se em inalar e exalar. Só por um segundo.

Ela ouviu gritos vindos da parede da Academia, mas fechou os olhos com força e bloqueou os sons. Não queria vê-los colocarem novamente a parede cortada no lugar, nem saber quantos haviam sido deixados para morrer. Era demais até para pensar, então ficou ali deitada com os olhos fechados, tentando segurar as lágrimas até que a comoção diminuísse. Respirando fundo mais uma vez, ela se preparou e abriu os olhos, deixando a realidade voltar com tudo.

— Onde estão David e Tamani? — perguntou Laurel, forçando seu corpo dolorido a se levantar e afastando o cabelo do rosto.

— David está lá perto da parede — disse Chelsea, apontando. —
E não vejo Tamani no momento, mas ele saiu alguns segundos antes de
você, juro — acrescentou Chelsea. Ela devia ter visto o pânico começar
a surgir no olhar de Laurel.

— Está bem — disse Laurel, cuidadosamente. *Ele está aqui; eu vou
encontrá-lo.*

Na parede entre o salão de jantar e a estufa, eles estavam socando
lama tirada das floreiras nas fendas em volta do quadrado cortado, para
vedar contra a névoa venenosa. Alguns elfos tinham tirado a camisa e
abanavam com elas a pedra, não só para secar a lama, mas para dissipar
qualquer vestígio da fumaça tóxica que pudesse entrar.

Laurel olhou ao redor do jardim, para os sobreviventes, mais da
metade ferida ou inconsciente e todos cobertos de fuligem. Devia ficar
orgulhosa por haver, provavelmente, uns cem sobreviventes, mas tudo
em que podia pensar era nas centenas lá dentro. As centenas mortas.
Brotos, professores, colegas de classe, amigos. Todos mortos.

Amigos.

— Chelsea, cadê a Katya? — Os olhos de Laurel dardejavam pelo
jardim, procurando pelos cabelos louros e pela blusa cor-de-rosa igual
à sua. — Onde ela está? — Laurel ficou em pé, certa de que, se pudesse
ver melhor, encontraria a amiga.

— Eu... eu não a vi — disse Chelsea.

— Katya! — gritou Laurel, girando. — Katya!

— Laurel. — Mãos seguraram seus braços e a voz de Yeardley
alcançou seus ouvidos. — Ela não conseguiu escapar. Sinto muito.

Katya. Morta. Laurel escutou vagamente David chegar até ela e
sentiu a mão gentil em seu braço.

— Não — ela apenas sussurrou a palavra. Dizer em voz alta faria
com que fosse verdade.

— Sinto muito — disse Yeardley novamente. — Eu tentei... tentei
fazer com que ela salvasse a si mesma. Mas você conhece Katya; ela
não quis obedecer.

Destinos 172

Laurel tinha conseguido se segurar até aquele instante, mas com o rosto de Katya ainda tão fresco na memória — seu sorriso, sua determinação na sacada — foi demais. Ela desabou em cima de Yeardley e deixou as lágrimas caírem como chuva nos ombros dele, que a amparava.

— Ela vai fazer muita falta — murmurou Yeardley em seu ouvido.

Laurel ergueu o rosto.

— Eu vou matá-la — disse ela, a voz tão cheia de amargura que nem sequer parecia ter saído de sua garganta. Uma centelha de ódio se acendeu dentro dela e Laurel a deixou fumegar e ficar cada vez mais quente. Primeiro Shar, agora Katya... pela primeira vez na vida, Laurel percebeu que, genuinamente, queria a morte de alguém; queria tanto que iria estrangular Klea com suas próprias mãos, se necessário...

— Laurel.

A voz baixa e penetrante de Yeardley trouxe Laurel de volta a si. Ela olhou para o instrutor de noções básicas.

— Laurel, você não é uma guerreira.

Isso era verdade. Mas será que importava? O terreno da Academia estava praticamente atulhado de armas, no momento; tudo que precisava fazer era pegar uma e atirar em Klea pelas costas. Só precisava encontrá-la.

— Já vi seu trabalho. Você não é uma destruidora. Você é mais forte do que isso.

O que é mais forte do que a destruição? Laurel já vira força. Tamani era praticamente feito dela. Yuki era tão forte que quase matara todos eles. Klea era ainda mais forte — havia derrotado Shar, a quem Laurel achara indestrutível. Até Chelsea e David haviam ajudado a repelir uma invasão de milhares de trolls em uma tarde. Até agora, Laurel não fizera mais do que fugir.

— Você é uma curadora, Laurel, sempre foi. E, mesmo que esteja furiosa neste momento, você não tem essa característica.

— Eu poderia — insistiu Laurel. — Eu poderia fazê-lo!

— Não, não poderia — disse Yeardley calmamente. — Não assim. E isso não é uma fraqueza, Laurel. É um tipo específico de poder: o mesmo poder que faz de você uma Misturadora tão boa, o tipo de Misturadora que Callista jamais poderia ser. Qualquer um pode colher uma flor, Laurel. A força verdadeira está em saber dar-lhe vida.

Ele apertou algo na mão dela. Laurel olhou para a flor vermelha: *castilleja*. Sua mãe a chamava de pincel-indiano; era comum tanto ali quanto no mundo humano. Mas, quando preparada da forma certa, era uma das flores de maior poder curativo em Avalon.

A raiva de Laurel desapareceu, deixando no lugar uma dor oca e profunda. Mas tristeza era algo familiar; tristeza era controlável. Não a transformava, da forma como a raiva fazia. Ela podia ser ela mesma e ainda sentir aquela mágoa dolorida.

Com Chelsea e David a ladeando, com os braços em volta de seus ombros, Laurel reuniu coragem para olhar para a Academia — seu lar em Avalon. Na parte de trás, não podia ver chamas, mas o veneno vermelho de Klea estava fluindo sobre o salão de jantar e cobrindo a estufa inteira. Fumaça espessa negra ainda emanava da pedra, juntando-se a uma escuridão densa como nuvens pesadas de chuva que circulava acima de sua cabeça. Não tinha certeza se conseguiria olhar novamente para a Academia sem se lembrar daquela devastação.

— Seu amigo Tam ficou bastante abalado também — disse Yeardley, rompendo o silêncio. — Tentou nos impedir de fechar a parede, mas não podíamos fazer mais nada. Estavam todos mortos.

Laurel assentiu, lágrimas deslizando por seu rosto novamente enquanto desviava os olhos da construção.

— Ele odeia desistir — disse ela. — Onde ele está?

Como se em resposta à sua pergunta, um punhado de fadas veio correndo até Yeardley.

— O elfo de primavera, ele fugiu! — ofegou uma fada.

Destinos 174

— Fugiu? — perguntou Yeardley, parecendo realmente em pânico pela primeira vez.

— Quando vocês estavam fechando a parede, ele enlouqueceu — disse um dos elfos. — Nunca vi ninguém daquele jeito. Pensei que tivesse conseguido acalmá-lo, mas, no segundo em que tirei os olhos dele, ele fugiu. Saiu de fininho pela porta e pulou a cerca de um salto. — Ele fez uma pausa. — Acho que ele perdeu alguém lá dentro.

— Mas por que ele iria...? — Laurel baixou os olhos para sua blusa cor-de-rosa ensopada e a compreensão a atingiu, com uma força de tirar o fôlego. — Ele achou que Katya fosse eu — sussurrou ela.

— Ah, não — disse Chelsea, as mãos agarrando os braços de Laurel. — Ele foi atrás de Klea.

— Ele vai matá-la — disse Laurel.

— Ou ela vai matá-lo — disse Chelsea, o rosto pálido.

— Há um portão? — disse Laurel, olhando em volta do recinto.

— Naquele canto — disse Yeardley, apontando. — Mas, Laurel, eu a aconselho a não ir. O que você acha que vai fazer?

— Não sei — disse Laurel. — Alguma coisa. — Ela se virou para David. — Você vem comigo? — Ela não tinha nenhum direito de pedir aquilo, mas precisava dele. — A porta da frente ainda é segura... depois, eu... eu... não sei.

— É claro — disse David, apanhando imediatamente a espada de onde a havia enterrado no chão.

— Chelsea...

— Nem comece — disse Chelsea, erguendo a mão. — Eu vou junto.

Não havia tempo para discutir, principalmente contra algo que Laurel sabia que ela mesma faria... e fizera, com frequência, no lugar de Chelsea.

— Então, vamos — disse Laurel, assentindo. — Temos zero tempo.

Diminuindo a velocidade apenas o suficiente para mover-se entre as árvores em silêncio, Tamani seguiu pela floresta, aproximando-se rapidamente. Klea e sua comitiva tinham tomado o caminho que conduzia ao Palácio de Inverno, mas não chegariam lá antes que ele os alcançasse. Mais dez segundos e ele poderia atacar.

Nove.

Cinco.

Dois.

Um.

Tamani saltou de entre as árvores, brandindo sua lança, um grito primitivo que ele não reconheceu rasgando sua garganta. Dois elfos vestidos de negro caíram sob as lâminas cintilantes da lança; outro cambaleou e caiu. Com os guarda-costas mais próximos fora de operação, Tamani partiu para cima de Klea com sua lança. Com um grito de surpresa, ela levantou um braço para se defender; o couro grosso de seu traje negro absorvendo o impacto do golpe, mas ele pensou ter sentido algo se quebrar no antebraço dela.

Infelizmente, não era o braço direito.

Klea sacou uma pistola e mirou nele, mas Tamani estava preparado e um chute violento fez a arma sair voando. Nada de trapaças; seria habilidade contra habilidade desta vez.

— Tamani!

Em sua visão periférica, Tamani vislumbrou Yuki, parecendo quase humana, usando jeans e uma frente-única que deixava exposta a pequena flor em suas costas. Seu grito distraiu Tamani o suficiente para que Klea aplicasse um chute de ponteira de aço em seu queixo. Ele deu um pulo para trás, então agarrou as pernas de Klea e as puxou, fazendo-a perder o apoio. Erguendo a lança para atacar, Tamani levou outro chute, dessa vez na lateral do joelho. Ele estava insensível aos golpes dela, mas, ao fazê-lo recuar, ela ganhou tempo para se colocar em pé.

Destinos 176

Vários de seus guardas estavam seguindo a briga com o cano das armas; Tamani duvidava que eles se arriscassem a atirar nele enquanto estivesse tão perto de Klea. Alguns tentaram entrar na luta com facas, mas Tamani golpeou com a lança, atingindo um elfo que não recuou a tempo.

Embora Klea preferisse usar seu braço quebrado, era bastante rápida com o outro. Conseguiu sacar uma faca que se chocou contra a lança dele, quando ele tentou golpeá-la na garganta, mas ela só conseguiu desviar o golpe e a lâmina fez um corte profundo em seu ombro. Escorreu seiva da ferida, mas Klea nem prestou atenção.

— Yuki — chamou ela, a voz endurecida e áspera. — Faça alguma coisa!

Tamani viu Yuki levantar as mãos. Algumas raízes de árvores se elevaram do chão, da mesma forma como Jamison as havia comandado no Jardim do Portal. Os tentáculos grossos, sujos de terra, se lançaram na direção de Tamani e ele se preparou para o golpe lancinante, quase aceitando-o.

Mas o golpe nunca veio. As raízes pararam a centímetros de distância. Quando Tamani lançou um olhar para Yuki, seu rosto estava contorcido, como se tentasse impedir que as raízes atacassem a *ela*, em vez de estar no comando.

— Eu... não consigo! — gritou ela, as palavras cheias de remorso.

Klea praguejou e se atirou sobre Tamani com sua faca, mas teve que saltar para trás quando ele golpeou com a lança num arco amplo. Ele sentia como se estivesse assistindo a disputa de fora de seu corpo, observando uma força maior tomar conta de seus membros e jogá-lo contra o inimigo, com a lança à frente. Ele tinha sede de justiça; ele a faria pagar pelo que ela havia tomado. Alimentado pela raiva, ele era tão poderoso quanto qualquer Dobrador.

Sob o massacre de Tamani, Klea cedeu terreno; sua faca não era páreo para a lança dele. Ele lhe deu uma abertura para o centro de seu corpo, a qual ela não podia recusar; aquilo lhe custou um corte superficial em seu ombro ferido, mas também pôs o pescoço dela entre Tamani e a haste de sua lança. Agarrando-a com ambas as mãos, ele puxou Klea completamente contra si, pressionando a haste da lança contra a garganta dela. Automaticamente, ela largou a faca, erguendo as mãos para aliviar a pressão sobre sua faringe.

— Você — disse ele ofegante, as mãos tremendo, mas a mente repleta da mais negra clareza, com a necessidade de matar. — Você me tirou tudo e vai morrer por isso. — Klea emitiu apenas um ruído estrangulado e a mente dele mal registrou a centelha de medo que, pela primeira vez, surgiu nos olhos dela.

— Não! — o grito de Yuki rasgou o ar e o universo parou, de repente, quando um segundo grito se seguiu...

—Tamani!

Ele tentou respirar, mas seu corpo estava entorpecido, paralisado. Sua mente se recusava a acreditar.

— Não faça isso!

Agora mais perto. Ele precisava se mexer. Precisava ver.

Dezenove

— TAMANI, ESPERE! — GRITOU LAUREL, SEM SABER AO CERTO POR QUÊ. Depois de tudo que Klea fizera, ela, com certeza, merecia morrer... ou não?

Respostas, disse a si mesma. *Nós precisamos de respostas.*

Laurel mais sentiu do que viu David se aproximar por trás dela e, com os olhos arregalados, ver os guardas erguerem as armas e apontar para ela.

— Não! — o grito de Tamani ecoou em seus ouvidos, mas, quando os tiros soaram, David se jogou na frente dela. Laurel recuou, quase tropeçando em Chelsea, abrigada atrás de um grande tronco de carvalho. Laurel se juntou a ela enquanto os guardas continuaram salpicando David com balas, rasgando o ar parado com o som dos tiros. David nem sequer piscou; apenas baixou os olhos para as balas que caíam na terra.

Laurel se arriscou a dar uma olhada e viu Klea escapar de Tamani e pegar alguma coisa do chão. Ela se levantou, empunhando sua semiautomática típica ao nível do peito de David e Tamani aproveitou a oportunidade para correr até Laurel, escorregando no chão ao lado dela e agarrando-a junto ao peito, os dedos tremendo em suas costas.

— Imagino que o fato de você ter trazido sua namorada paı salvar a minha vida terá de compensar as extremas inconveniência que você tem me causado — disse Klea, seca, antes de descarregar un pente de balas em David, à queima-roupa.

Laurel e Chelsea cobriram os ouvidos com as mãos e Tamani tentou protegê-las, mas David estava começando a achar graça. Ele colocou a mão livre na cintura e olhou com descaramento para a pilha de balas se acumulando a seus pés.

Klea captou a ideia e parou de atirar, guardando tranquilamente a pistola no coldre na lateral de seu corpo.

— David Lawson — disse Klea devagar. — Vi seu carro lá em Orick e deduzi que Laurel o tivesse usado, mas, admito, estou surpresa em vê-lo aqui. Não se admitem humanos em Avalon há...

— Mil anos. Pois é, não param de me dizer isso.

— Sim, bem, provavelmente é outra das mentiras deles — disse Klea. — Quase tudo que dizem por aqui é mentira.

— Esta espada não é mentira — sugeriu David, adiantando-se novamente. — Você viu as balas caindo.

— E estou vendo você vir na minha direção e posso prever suas intenções. Mas, escute aqui, humano, eu sou a única razão pela qual Barnes não matou você e Laurel no outono passado e você me deve por isso.

— Devo? Você se lembra do que fez com Shar, quando ele disse aquelas palavras hoje de manhã?

Laurel sentiu o corpo de Tamani se enrijecer ao lado dela.

— Um desperdício trágico — disse Klea, sem nem sequer piscar. — Ele era, provavelmente, o guerreiro mais habilidoso que eu já conheci. Mas estava no lado errado da história, David. Esta ilha toda está no lado errado. Olhe ao seu redor! É um paraíso minúsculo, repleto de pessoas que não precisam se esforçar para serem lindas e que não carecem de nada, desperdiçando seu vasto potencial com diferenças sociais insig-nificantes.

Destinos 180

— Bem parecido com o ensino médio — retrucou David. Yuki riu, o som parecendo surpreendê-la, já que ela cobriu rapidamente a boca com a mão; mas Klea continuou:

— Pense no que este lugar poderia oferecer ao mundo, David. E se pergunte por que eles não o fazem. Eles se escondem, porque acham que são melhores, mais puros, superiores. E depois que este conflito tiver terminado e você devolver a espada, o que você vai ser? Um herói? Talvez voce queira acreditar nisso. Mas, no fundo do seu coração, você deve saber a verdade. Você voltará a ser um humano inferior, indigno da atenção deles. Depois de tudo que fez por eles... depois de todos os trolls que matou?

David tentou manter o rosto impassível, mas até mesmo Laurel pôde ver a dor em seus olhos.

— Você tem ideia de quantos anos de pesadelos você ganhou hoje? — disse Klea, sabendo claramente que jogava sal numa ferida. — E para quê? Por uma raça que vai jogar você fora assim que terminar de usá-lo.

Como David não respondeu, Klea continuou:

— Se você realmente quisesse ser um herói, o que deveria fazer é me ajudar a consertar este lugar. Avalon está danificada. Precisa de uma nova visão, uma nova liderança.

— Ele não vai engolir esse monte de bobagens, vai? — sussurrou Tamani, mas Chelsea apenas levantou a sobrancelha.

— Quem, *você*? Faça-me o favor — disse David.

Chelsea lançou um sorriso triunfante para Tamani.

Klea suspirou, mas parecia mais irritada do que decepcionada.

— Bem, não diga que eu não tentei. Aproveite seu momento ao sol, David; estará acabado antes que você possa perceber. Agora precisamos realmente ir. Como dizem os humanos, tenho mais o que fazer.

— Eu não vou deixar você passar — disse David, colocando-se na trilha em frente ao grupo, enquanto Tamani se levantava.

Klea empurrou os óculos para o alto da cabeça e correu os dedos pelos cabelos como se não tivesse nada melhor a fazer no mundo. Era estranho vê-la sem seus constantes óculos de sol — ver os olhos verde-claros contornados por cílios escuros e grossos que dava a seu rosto uma beleza e uma suavidade que contradiziam tudo mais acerca dela.

— David, você precisa jogar mais pôquer; você blefa como uma criança. Agora, já ouvi lendas sobre Excalibur, que é o que suponho que você tenha aí, e posso adivinhar, pela forma como você tem protelado, que alguma coisa nos encantamentos impede que você me machuque com ela. Portanto, vou passar por você agora. Detenha-me, se puder — disse ela ironicamente, virando-se na direção do Palácio de Inverno e sacando novamente sua arma.

Excalibur cintilou quando David a girou na direção de Klea. Ela nem sequer piscou.

Mas não era ela que ele estava visando.

Com um ruído, a espada atingiu a pistola, então David se virou e fez picadinho das armas de seus soldados também. Vários pularam para trás em surpresa, mas estavam ocupados demais protegendo a própria pele para perceber que eram suas *armas* que ele estava tentando atingir. Alguns tentaram atirar nele novamente, só para verem suas pistolas partidas ao meio. Canos, coronhas e molas logo se espalhavam pelo chão, juntamente com cápsulas descartadas e balas desviadas.

Tamani aproveitou a confusão para saltar da linha de árvores e torcer o braço de Klea às suas costas, voltando a lança à garganta dela, mas Klea chutou atrás de si e Tamani deu um grito, ao ser atingido no joelho pelo calcanhar dela. Laurel cerrou os punhos, frustrada, detestando não poder fazer *nada* sem atrapalhar.

— Parem! — gritou Yuki, apontando o braço para David, a palma virada para cima, os dedos estendidos. Ela flexionou a mão num punho e várias raízes de árvores, de diâmetro tão grande quanto o peito de David, rebentaram do chão numa explosão de terra e pedras. Elas voaram na direção dele, e Laurel ouviu um grito estrangulado de Chelsea; porém, assim que as raízes tocavam em David, ficavam inertes, retrocedendo para o chão.

Yuki abafou um grito e estendeu as mãos para a grama aos pés dele e as raízes foram sugadas novamente pelo solo, espalhando uma chuva de terra pela clareira. Ela olhou para Klea, mas Tamani a colocara de joelhos agora, e estava inclinado para a frente com a lança apertada em suas costas.

— Chelsea — sussurrou Laurel, sem tirar os olhos de Yuki —, fique aqui. Elemento surpresa. É a única coisa que nos resta. — Além de David, Chelsea era a única *capaz* de surpreender a fada de inverno, a única que Yuki não podia ver a distância. Eles haviam usado aquela vantagem para capturá-la depois do baile — *ontem à noite*, percebeu Laurel, embora parecesse séculos atrás —, talvez pudessem fazer algo semelhante agora.

Chelsea assentiu e Laurel se levantou.

—Yuki — disse Laurel, adiantando-se de forma hesitante, com as mãos levantadas à sua frente.

— Fique onde está, Laurel — exclamou Tamani, a voz tensa. Mas Laurel balançou a cabeça. Yuki era poderosa demais para que Tamani a combatesse sem a ajuda de Jamison. Talvez Laurel pudesse convencê-la a ceder.

— Por favor, você não pode realmente querer isso. Você esteve conosco... com todos nós, durante os últimos quatro meses. Nós nunca quisemos machucar ninguém, muito menos matar. Sim, Avalon tem seus problemas, mas será que justifica isto?

— Mate-a, Yuki — gritou Klea.

O queixo de Yuki tremeu.

— É uma sociedade construída sobre mentiras, Laurel. Você não sabe o que eles fazem em segredo. É para o bem maior, a longo prazo.

— Quem disse? — perguntou Laurel, áspera. — Ela? — perguntou, apontando para Klea, que ainda lutava para se livrar de Tamani.

—Já vi como ela trata você. Ela não é nobre e forte; é uma intimidadora assustada. Ela *matou* todas aquelas fadas e elfos na Academia. Eles estão *mortos*, Yuki.

Mas os olhos de Yuki se apertaram.

— Foi só um incêndio, Laurel.

— E o gás vermelho? Quase mil fadas e elfos de outono estão mortos por causa dela... sem falar naqueles que foram mortos pelos trolls.

— Eles não estão mortos... só estão dormindo.

Laurel ficou boquiaberta e girou para encarar Klea.

— Você não *contou* a ela?

— Não sei do que você está falando — disse Klea calmamente.

— A fumaça vermelha? Eu sei o que ela faz — disse Laurel. — Eles estavam mortos. Ela sabia; Klea sabia.

E Klea havia mentido a Yuki.

— Yuki, você tem que me ouvir. Não somos nós que estamos mentindo para você. É Klea. Depois do incêndio, ela mandou aquela coisa vermelha que *matou* todos em que tocou. Não estão dormindo: estão mortos. Ela não é o que você pensa. É uma assassina.

Yuki piscou, mas em seus olhos Laurel podia ver que a decisão estava tomada.

— Ela disse que você iria dizer isso — disse Yuki calmamente. Ela se virou e olhou para Tamani. Então, tão baixo que Laurel mal pôde ouvir, Yuki sussurrou: — Sinto muito.

Raízes irromperam novamente do solo, formando uma gaiola escura de musgo em volta de Laurel. Então, o chão ao redor de David recuou, retraído por um milhão de minúsculos filamentos de matéria vegetal, formando um fosso em forma de círculo à sua volta — amplo demais para que pudesse saltá-lo sem correr para pegar impulso e profundo demais para escalar com facilidade.

— Deixe-o pra lá! — gritou Klea. — Ele não pode fazer nada.

Yuki se virou e olhou para sua mentora e para Tamani e, após hesitar por um instante, fechou um punho.

Destinos 184

— Tamani! — gritou Laurel, mas raízes grossas saíram sob ele, derrubando sua lança e jogando-o de joelhos, atando seus pulsos ao chão.

— Não os machuque — disse Yuki, quando Klea tirou uma faca de uma bainha escondida. — Vamos embora.

Mas, da estrada, uma voz familiar entoou:

— Eu acho que vocês já foram longe demais.

Vinte

TODOS OS OLHARES SE DESVIARAM PARA A FIGURA QUE VINHA EM SUA direção, mancando pela trilha, apoiando-se numa bonita bengala de ébano.

— Jamison! — gritou Laurel.

Seu rosto estava emaciado e ele mais parecia se arrastar do que caminhar. Yuki e Klea ficaram aturdidas por um momento. O fosso que rodeava David se encheu sozinho e a gaiola de Laurel recuou para o chão, juntamente com as amarras de Tamani. Tamani agarrou Klea — seus guardas restantes estavam confusos e um deles tentava consertar a arma destruída, embora estivesse claramente além de qualquer reparo.

Laurel correu até Jamison e segurou seu braço antes que alguém pensasse em impedi-la.

— Você está acordado — disse ela, baixinho.

— Tanto quanto é possível no momento — disse ele com um sorriso cansado. Ele deu um tapinha no ombro dela. — Mas posso pedir para você se afastar um pouco?

Incerta, Laurel deu um passo para trás e Jamison levantou a mão, de forma quase casual; uma raiz grossa de carvalho veio parar em sua palma, com um ruído seco. Laurel se virou para Yuki, que estava com os braços estendidos, o corpo inteiro tremendo. Laurel não sabia se a expressão em seu rosto era de medo, fúria ou puro esforço. Talvez um pouco dos três.

Um farfalhar de folhas veio de onde Chelsea se encontrava escondida e Laurel sabia que ela estava prestes a sair.

— Já basta! — gritou Laurel o mais alto que podia e, embora ninguém recuasse, todos se imobilizaram. — Todos devem *ficar exatamente onde estão* — disse ela, dardejando um olhar para as árvores onde Chelsea, por sorte, ainda estava escondida. Mesmo com Jamison de volta, Laurel não estava preparada para abrir mão de sua única vantagem secreta, embora soubesse como devia ser difícil para Chelsea ficar apenas olhando, sem fazer nada.

O tempo necessário para pronunciar aquelas palavras foi tudo o que ela conseguiu. Klea soltou uma risada ao conseguir se soltar de Tamani e Yuki foi para cima de Jamison.

— Sempre foi meu destino enfrentar você — disse Yuki baixinho, enquanto David se aproximava de Laurel, colocando-se, com a espada em punho, entre ela e os guardas que avançavam.

— Muito astuto — sussurrou ele pelo canto da boca.

— Funcionou — retrucou Laurel, voltando sua atenção para Yuki, que se aproximava cada vez mais de Jamison.

— Me enfrentar? Que tipo de destino é esse? — perguntou Jamison com calma.

— Eu fui criada para vingar Klea — respondeu Yuki. — Sempre foi meu propósito.

—Você não acredita nisso — disse Jamison, e Laurel ficou maravilhada em ver como o velho elfo podia ser tão firme e, ainda assim, tão gentil com cada palavra.

— E por que não deveria? — indagou Yuki, as sobrancelhas franzidas. Ela estendeu as mãos para a frente e a terra sob Jamison se abriu numa fenda ampla, chegando muito perto de engolir Tamani e Klea, que lutavam para subjugar um ao outro.

187 APRILYNNE PIKE

Folhas de grama em forma de treliça sibilaram e seguraram Jamison antes que ele caísse sequer um centímetro, entrelaçando-se numa ponte inteiriça, impossivelmente sólida, sobre o fosso que Yuki abrira sob ele. A voz dele nem sequer vacilou.

— A vida de uma pessoa jamais deveria ser definida por um único propósito, principalmente um propósito que não foi ela que escolheu. Quem *você* é, Yuki?

Os olhos de Yuki voaram até Klea, mas ela havia sacado novamente a faca e estava ocupada atacando Tamani.

— Yuki, você...

Mas a faca de Klea tocou na garganta de Tamani, silenciando qualquer coisa que ele estivesse prestes a dizer.

— Você devia ter morrido no instante em que apareceu na frente da minha Dobradora — cuspiu Klea para Tamani, que lutava para impedir que a faca cortasse sua pele. — Yuki poderia ter matado você no mesmo instante.

— Eu decidi apostar nela — respondeu Tamani, desviando a faca e recuperando sua lança.

— Ela é uma aposta ruim. Você teve sorte. — A faca de Klea se encontrou novamente com a lança de Tamani, uma e outra vez, e Laurel percebeu que a outrora caçadora de trolls já não estava mais tentando matar Tamani; estava tentando *passar* por ele para atacar Jamison. Abruptamente, como se despertassem de um sonho, seus guardas viraram a cabeça num só movimento e se desviaram de David e Laurel para ir ajudar sua líder.

— Detenha-os, David! — gritou Laurel.

— Não posso feri-los — disse David.

— Eu... acho que eles não sabem disso — sussurrou Laurel. Havia algo muito errado com aqueles guardas. David se colocou na frente deles, segurando a espada numa postura ameaçadora. Eles hesitaram e Laurel captou outro fragmento da conversa entre Jamison e Yuki.

— Não finja que se *importa* comigo, Dobrador — zombou Yuki, agitando a mão acima de sua cabeça num círculo. — Você fingiu se importar com Klea e eu sei como isso terminou. — Ela abaixou o braço, apontando para ele, e alguma coisa zuniu no ar na direção de Jamison.

— Sabe mesmo? — perguntou Jamison, passando a mão na frente do rosto distraidamente, como se espantasse uma mosca. Mas com seu movimento uma centena de farpas agudas de madeira caiu inofensivamente a seus pés. — Porque eu estaria muito interessado em saber o que Callista lhe contou.

— Cale-se, velho! — gritou Klea, e Tamani grunhiu quando a base da mão dela o atingiu no rosto, reabrindo o corte que ela lhe fizera naquela manhã. Ele golpeou com a lança o pulso quebrado dela, provocando um grito de dor.

— Ela não é mais Callista — disse Yuki, calmamente, mal lhes dirigindo um olhar, sua atenção cravada em Jamison.

Enquanto David mantinha os guardas de Klea a distância, Laurel olhou para as costas de Yuki e, por um instante, cogitou se conseguiria atacá-la por trás. Olhou rapidamente para Jamison, mas ele balançou a cabeça de forma quase imperceptível.

— Ela sempre será Callista para mim. Sabe por quê? — disse Jamison, os olhos novamente em Yuki.

Yuki hesitou, mas Jamison não esperou por sua resposta.

— Porque Callista era cheia de boas intenções, de esperanças e sonhos e, acima de tudo, era *brilhante* — disse Jamison. — E eu quero me lembrar disso... não da criatura que ela se tornou.

— Você fez essa criatura. E essa criatura fez a *mim*. — Uma das árvores que margeava a estrada, por sorte não a que escondia Chelsea, dobrou-se em duas, quebrando-se com um ruído estrondoso e caindo, de forma estranhamente rápida, sobre Jamison.

— Obrigado, querida — disse Jamison com um suspiro, enquanto o tronco flutuava acima de sua cabeça. — Estou mesmo precisando me sentar. — O enorme tronco tombou sobre o que restava da estrada para o palácio, antes de parar precisamente atrás dos joelhos de Jamison. Ele se sentou sobre ele com um grunhido baixo. — Confesso, Laurel e Rhoslyn conseguiram eliminar apenas uma fração mínima do efeito da poção. Estou consciente, mas é por pouco.

O rosto de Yuki se franziu em fúria e ela abriu amplamente os braços, levando-os depois à frente. Laurel teve de se agarrar a uma das árvores próximas para não ser varrida pelo tornado de vida vegetal que rodopiou loucamente ao redor da fada e do elfo de inverno, isolando-os.

Laurel semicerrou os olhos contra a nuvem de ramos e folhas, mas não podia ver nada em meio à tempestade artificial. O vento do ciclone obrigou Tamani e Klea a se jogarem no chão; Tamani parecia ter perdido novamente a lança e, agora, os dois estavam se engalfinhando, desarmados. Na verdade, Laurel não sabia dizer se ainda estavam lutando ou apenas usando um ao outro como contrapeso no vendaval. David continuava em pé, ancorado contra o vento; os detritos que ricocheteavam inofensivamente contra ele espalharam os guardas estúpidos de Klea pelo gramado. David precisou recuar e gesticular com a espada para que eles se reunissem novamente, agindo como alguém que tenta arrebanhar gatos.

O redemoinho parou tão de repente quanto havia começado e nem Jamison nem Yuki pareciam ter sido afetados por ele. Com um grito estrangulado, Yuki agitou os braços novamente à frente e, mais uma vez, um emaranhado de raízes irrompeu do chão, lançando-se num ataque a Jamison.

Mas Jamison apenas fixou o olhar no chão e as raízes retrocederam.

— Eu queria que Callista ficasse... que transformasse sua paixão e seu intelecto numa força poderosa para o bem de Avalon.

— O *bem* de Avalon? Você a teria transformado num fantoche!

— Em vez disso, ela transformou *você* em um.

Yuki ofegou, a boca se abrindo e fechando por alguns segundos antes que dissesse:

— Não sou um fantoche — disse ela, mas sua voz traiu um leve tremor.

— Não é? — perguntou ele. — Então, pare com isso. Abandone essa luta sem sentido. Vá até Tamani e diga a ele que o ama. Afinal, não é isso que você *realmente* quer fazer?

A cabeça de Tamani se virou, com surpresa, e Klea aproveitou a oportunidade para torcer seu braço machucado às costas. Ele gritou de dor, mas chutou para trás com os dois pés, fazendo com que ambos fossem para o chão.

O queixo de Yuki tremeu diante das palavras de Jamison e lágrimas cintilaram em seus olhos.

— Um verdadeiro herói coloca os outros em primeiro lugar — disse ela, engasgando.

— Um verdadeiro herói sabe que o amor é mais forte que o ódio.

Ela balançou a cabeça.

— Eu amo Klea... ela é minha mãe.

— Você não *ama* Klea; você tem medo dela — disse Jamison. — E ela não é sua mãe.

— Ela me fez.

— O fato de ter feito você não a torna sua mãe. A mãe de Laurel não a fez... mas ela a ama.

Laurel sentiu uma onda de orgulho por seus pais humanos.

— Klea ama *você*? — perguntou Jamison, tão baixinho que Laurel mal distinguiu as palavras.

— Yuki! — gritou Klea desesperadamente, mas Tamani tapou sua boca com o braço. A julgar pela expressão de dor no rosto dele, ela o mordera em retaliação.

— É claro — disse Yuki, um tremor na voz.

— Se você se afastasse de mim, abandonasse o plano de Klea, abandonasse tudo, agora mesmo... Klea ainda iria amar você?

Em resposta, Yuki ergueu as duas mãos e as estendeu para a frente como se empurrasse uma barreira invisível, e uma onda de grama e terra se moveu para esmagar Jamison onde ele estava sentado.

O rosto de Jamison estava emaciado e exausto, ao olhar para a onda de terra, fazendo-a parar com o mais mínimo dos gestos.

Yuki gritou, um grito amargo, frustrado, que atravessou o ar da noite. A onda se moveu novamente, devagar... muito devagar.

Depois, mais depressa.

Então, passou a rolar como uma onda do oceano e Laurel ofegou de medo quando ela atingiu o tronco em que Jamison estava sentado.

A onda de terra e grama se dividiu, passando por Jamison, mastigando ambas as extremidades do tronco caído. Jamison continuou sentado no que restava do tronco de carvalho, respirando com dificuldade, mas ileso.

— Eu agi mal com Callista, mas não da forma que ela acredita.

— E como pode haver outra forma? — perguntou Yuki. — Você mentiu para ela, fez com que ela acreditasse em você e prometeu que iria defendê-la. Mas não o fez. Você a traiu e votou para que ela fosse exilada.

Klea ergueu a cabeça num movimento rápido e, ao ouvir aquelas palavras, parou, deixando de lutar nos braços de Tamani, onde ele a havia imobilizado numa chave de braço.

Laurel prendeu a respiração, esperando pela resposta de Jamison.

— Não votei — disse Jamison, em voz alta, as palavras quase ecoando nas árvores.

— Você mente! — gritou Yuki.

Ondas de terra vieram rapidamente, emanando de Yuki em círculos que atiraram torrões de terra pelo ar e derrubaram Laurel no chão, onde ela se agarrou na grama para não ser varrida. Até Tamani teve de soltar Klea para não ser atirado longe.

— Yuki, pare! — disse Jamison com severidade, e a terra parou. Agora, Jamison estava em pé, apoiando-se pesadamente em sua bengala de ébano, encarando Yuki de cima, com fogo nos olhos. — Eu *não* votei para que Callista fosse exilada.

— Eles me disseram que a votação foi unânime — gritou Klea, levantando-se de joelhos antes que Tamani pudesse agarrá-la, o rosto distorcido de fúria. — Você sabia que eu não era uma Unseelie... você *sabia*! E ainda assim votou para permitir que eles me esterilizassem e me atirassem para fora do portal.

Laurel trincou os dentes. Não podia imaginar por que Klea mentiria sobre aquilo, mas Laurel detestava ouvir que Jamison votara em apoio a algo assim; Jamison, que sempre apoiara tanto ela quanto Tamani, que recebera tão bem seus amigos humanos em Avalon e sempre tratara Tamani, um elfo de primavera, com dignidade e respeito.

— *Todas* as votações do Conselho são unânimes — disse Jamison baixinho, virando-se para Klea. — É um dos segredos do nosso poder; nossa frente unida. Por trás de portas fechadas, a maioria vence. Mas depois disso, nosso voto é declarado unânime. Eu lutei contra Cora e contra a jovem Marion durante *horas*.

Mas Klea balançava a cabeça, movendo-se lentamente na direção dele.

— Não acredito em você.

— O fato de você não acreditar não muda a verdade.

— De qualquer forma, não importa — disse Klea, sacando outra faca de seu estoque aparentemente infinito e apontando-a de forma acusadora para Jamison. — Tenha ou não votado, você ficou parado e *deixou que acontecesse.*

— E me arrependo disso todos os dias da minha vida — sussurrou ele. — Eu sinto muito.

Yuki arregalou os olhos e o tempo pareceu parar enquanto Jamison e Klea se encaravam, agora quase próximos o bastante para se tocarem. Laurel prendeu a respiração, observando-os, esperando... nem mesmo sabia o quê. Ao lado dela, David baixou Excalibur. Até mesmo os subalternos de Klea pareciam petrificados pela cena.

— É tarde demais para isso — disse Klea, enfim, e levantou a mão para golpear. Enquanto Tamani se movia para agarrá-la, Laurel sentiu as mãos fortes de um dos guardas de Klea erguê-la e soltou um grito, surpresa, o som fazendo Jamison desviar sua atenção de Yuki por um brevíssimo instante.

Não! Laurel controlou o grito, mas era tarde demais. O tronco em que Jamison estivera sentado corcoveou e girou, atirando-o no chão. Laurel se encolheu quando a cabeça dele bateu num galho. Que o jogou para a lateral da estrada. Ele não se levantou.

Tamani se soltou de Klea e atingiu o guarda que segurava Laurel em cheio no rosto; o elfo vestido de negro a soltou facilmente. Mas o estrago estava feito — Jamison jazia na grama, indefeso, o corpo preso por uma rede de raízes. Laurel escorregou para o chão e tentou arrancar suas amarras com as unhas, mas elas só pareceram se apertar ainda mais.

— Agora, acabamos com ele! — gritou Klea para Yuki, um braço encolhido junto ao corpo e o outro brandindo a faca.

Yuki levantou as mãos, mas Laurel pôde vê-las tremendo. O peito da jovem fada arfava e sua respiração estava ruidosa e difícil, enquanto ela tentava se obrigar a agir. Laurel se atirou de forma protetora sobre o corpo caído de Jamison, embora soubesse que não adiantaria muito contra Yuki.

Tamani se atirou na frente de Klea enquanto Yuki parecia reunir coragem.

— Yuki, não faça isso, por favor! — ofegou Tamani.

Klea saltou sobre Tamani, cheia de uma fúria louca. Ele segurou seu braço com a faca e tentou atirá-la no chão, mas ela usou o impulso para reverter o movimento e derrubá-lo. A ponta de sua faca entrou diretamente no peito dele.

— Não! — gritou Yuki, e a terra entre Klea e Tamani corcoveou para cima e afastou um do outro, jogando Tamani no chão e fazendo chover terra sobre Laurel e David. —Você prometeu! Você disse que ele não seria machucado. Você jurou!

— Cale a boca, menina! — sibilou Klea. — Existem coisas mais importantes em jogo do que suas paixonites insignificantes! Matem todos eles! — gritou ela.

Ao comando dado em voz alta, os soldados de Klea entraram novamente em ação, os rostos impassíveis recuperando vida a um só tempo.

— Não! — gritou Yuki novamente. Dessa vez, ela estendeu o braço no ar, na direção dos homens que estavam tentando pegar Tamani. Num flash de verde e marrom, trepadeiras grossas e folhosas explodiram da terra, enrolando-se nos soldados de Klea, do tornozelo até o pescoço.

— Eu fiz tudo que você me pediu para fazer e essa é a *única* coisa que lhe pedi em troca e *você vai ter que me dar.*

Laurel observou, aturdida, incerta de como interpretar a súbita mudança em Yuki, enquanto a jovem fada de inverno corria até Tamani, que conseguira se levantar de joelhos. Ela pousou as mãos nos ombros dele.

—Tam, ele estava certo, eu...

— Sua peste *ingrata!*

David se atirou para desarmar Klea, mas sua lâmina deslizou por ela quando ela mergulhou a faca longa e afiada no centro da flor branca amarrotada nas costas de Yuki.

— Yuki! — gritou Laurel, horrorizada, tentando se levantar, mas David se pôs na frente dela.

— Fique longe — sussurrou ele.

Tamani atacou Klea quando Yuki desabou no chão, com um grito de dor. Klea tentou golpear o peito de Tamani com a faca; ele desviou e pegou seu braço quebrado, forçando-a a se aproximar dele com um gritinho abafado. Então, ele a girou, levantando a mão que empunhava a faca e pressionando-a contra o pescoço dela.

— Desista. — As palavras dele cortaram o ar noturno.

A estrada estava em silêncio a não ser pelo choro abafado de Yuki. Laurel mal podia respirar.

Klea se deixou tombar contra Tamani, derrotada.

— Largue a faca.

A mão de Klea se moveu e, por um instante, Laurel achou que ela fosse obedecer. Mas com um grito sem palavras, Klea dirigiu a faca para a lateral de seu pescoço, rasgando sua própria pele e enterrando quase três centímetros da lâmina na camiseta e no ombro ferido de Tamani. Este a soltou com a surpresa e deu um passo atrás enquanto Klea se afastava, cambaleando, soltando a faca e apertando sua ferida aberta com a mão.

Uma única raiz delgada saiu deslizando do chão e se enrolou no tornozelo de Klea, fazendo-a cair. Laurel se virou e viu as mãos de Yuki movendo-se levemente. Ela ainda estava viva!

Klea deu uma risada aguda, quase fúnebre, de onde estava esparramada na grama.

— Bem, agora podemos morrer todos juntos.

— Você, talvez — disse Tamani com frieza.

— Olhe para o seu corte — disse Klea.

Tamani hesitou, mas, quando o olhar de Klea endureceu, ele apertou os lábios e puxou a gola da camiseta para expor o ombro.

— Olho de Hécate — sussurrou ele.

As bordas da ferida estavam enegrecidas, com filamentos negros irradiando a partir do corte.

Vinte e Um

— DEIXE-ME VER — DISSE LAUREL, CORRENDO ATÉ TAMANI E TENTANDO tocá-lo.

— Não toque nele — disse Yuki, a voz baixa, mas autoritária. — Vai se espalhar por você também. — Ela estava apoiada nas mãos e nos joelhos, com linhas negras irradiando do centro de sua flor e seiva pingando pelas pétalas.

Klea olhou com fúria para Yuki.

— Anos de condicionamento desfeitos por um *Traente* idiota.

Laurel olhou, horrorizada, para os tentáculos negros contornando a ferida de Tamani. Não sabia o que era, mas parecia incrivelmente tóxico — não muito diferente da fumaça vermelha que Klea lançara na Academia. Mais uma razão para ficar feliz por Chelsea ainda estar em segurança, fora de alcance. Jamison também, embora sua *segurança* ainda fosse incerta.

— Um preparado do qual particularmente me orgulho — disse Klea, vendo a expressão atônita de Laurel. — Meio que um último recurso, mas esta parecia ser uma ocasião especial. Você deveria se sentir honrada.

— O que é? — perguntou Tamani, olhando com raiva para Klea.

— É como a coisa vermelha da Academia? — indagou Laurel, a voz trêmula.

— Por favor — disse Klea com ironia —, aquela poção é brincadeira de criança, comparada a isto. Eu não me agitaria muito, se fosse você — acrescentou ela, erguendo a sobrancelha ao olhar para Tamani com um vestígio de sorriso. — Sente-se e relaxe, ou vai se espalhar mais rapidamente ainda.

— Você também foi atingida. — Laurel podia ver a escuridão se espalhando do corte superficial no pescoço de Klea.

Um sorriso astuto se espalhou no rosto da outra.

— Mas, ao contrário de você, *eu* tenho a cura.

A esperança adquiriu vida no peito de Laurel quando Klea estendeu a mão, dois frascos de vidro de açúcar cheios de soro na palma aberta. Laurel se atirou para a frente, tentando pegar.

— Não tão depressa — disse Klea, tirando os frascos do alcance de Laurel e fechando a mão. — Quero que você me escute. E não pense que pode sair dessa fazendo você mesma o remédio — acrescentou. — Nada menos que a poção de *viridefaeco* pode salvá-los desta toxina. E isso está *tão* além da sua capacidade — riu Klea. — Tão além da capacidade de qualquer um na Academia.

Viridefaeco. Era uma palavra que Laurel conhecia de seu primeiro dia de aula na Academia, dois verões antes. Desde então, ela havia aprendido que era uma poção de cura que ninguém mais sabia como fazer — nem mesmo Yeardley.

— O que você quer? — perguntou Laurel.

— Quero que você se una a mim — disse Klea, a voz quase casual, enquanto girava os frascos engenhosamente nos dedos ágeis. — Seja minha embaixadora.

— Por que eu faria isso? — cuspiu Laurel. Klea havia *perdido*! Ela estava morrendo! Como ainda podia agir como se tudo estivesse acontecendo de acordo com seu plano?

Destinos 198

— Você quer dizer, além de salvá-lo? — Sua cabeça se inclinou com ironia para indicar Tamani. — Porque, no fundo, no fundo, nós duas queremos a mesma coisa.

Laurel estreitou os olhos e cruzou os braços.

— Não vejo como isso pode ser verdade.

— Isso é porque você é uma criança superficial, crédula — disse Klea, rindo com desdém. —Você só vê o que está na superfície; é por isso que tem sido tão fácil de manipular, ao longo dos anos. Para mim e para eles. — Klea acenou indicando Jamison, ainda prostrado na grama ao lado da estrada.

Laurel apertou os lábios em reação ao insulto.

— Eu, por outro lado, sou a Misturadora mais talentosa que Avalon já viu. Nem você pode negar isso. Fiz coisas além dos sonhos mais imaginativos daqueles puxa-sacos enfadonhos da Academia. Às vezes, coisas que eles não queriam ver. Venenos, como este aqui — disse ela, apontando para o próprio pescoço. — O que eles nunca entenderam é que só conhecendo bem os venenos é que podemos fazer os melhores antídotos. É verdade — disse Klea quando Laurel ergueu as sobrancelhas. —Você pode dizer o que quiser sobre o veneno que eles me mandaram preparar para a sua mãe, mas aquela linha de pesquisa me levou a algumas fórmulas que poderiam fazer pelos humanos o que já fazemos pelas fadas e elfos: tratar qualquer doença, curar qualquer ferimento, até reverter a velhice! Avalon se esqueceu de quanto os humanos têm a oferecer e preferiria se esquecer até mesmo de que eles existem; certamente, ninguém está interessado em fazer poções para *ajudá-los.*

"O Conselho ficou furioso. Eles me disseram que eu estava *ultra-passando meus limites.* Eles me chamaram de Unseelie e me exilaram." — Ela se inclinou à frente. — Eles fazem esse tipo de coisa o tempo todo. Mentiras, dois pesos, duas medidas. Avalon está construída com base em fraudes; fraudes e preconceitos.

Mas Laurel se recusava a ser manipulada por palavras inteligentes e meias-verdades; ainda que Klea tivesse sido legitimamente injustiçada, nada podia justificar a destruição que causara.

— Portanto, você decidiu matar todo mundo? Em que sentido isso é melhor? Todos aqueles soldados no portal, todos aqueles na Academia. — *Tamani, Yuki*, ela acrescentou mentalmente, então teve que afastar o pensamento antes que o desespero tomasse conta dela. Laurel precisava manter Klea falando. Precisava pôr as mãos naquele antídoto.

—Você é sensível demais.

Laurel pensou nas palavras de Yeardley e na florzinha vermelha em seu bolso.

— Não sou mais sensível do que deveria ser... do que *qualquer* fada de outono deveria ser.

— Irracional, então. Você acha que eu sou um monstro, não acha? Que eu simplesmente saio por aí matando gente, pensando: *Oba, morte!* — Ela balançou a cabeça com um sorriso. — Nunca sacrifiquei alguma coisa por nada. As fadas e os elfos de outono teriam sido os mais resistentes à mudança. Eles não se sentem oprimidos e trabalham por seus postos elevados. Eles se sentem *merecidamente* elevados. Mas com a maioria deles mortos, Avalon precisará de mim, por minhas habilidades, e os de primavera e de verão serão mais capazes de aceitar a mudança que está vindo.

—Você destruiu a Academia, os laboratórios, os jardins cheios de espécimes; suas habilidades como Misturadora não valem muito sem tudo isso.

—Você realmente acha que sou idiota, não acha?

Laurel se controlou para não dizer nada.

— Uma das minhas especialidades é efeito retardado. Fui capaz de esconder minha pesquisa durante anos produzindo poções que não tinham efeitos aparentes; então, mais tarde, quando elas agirem, os efeitos serão atribuídos à falha de outra Mistura. A névoa que lancei na torre é de curto prazo; está se neutralizando precisamente neste momento. As paredes corta-fogo preservarão a maior parte da estrutura, sem falar dos componentes. O dano causado pela fumaça será extenso, admito, mas os laboratórios estarão completamente utilizáveis dentro de quinze minutos. Terei tudo de que preciso para reconstruir Avalon.

— E os milhares que você matou? — inquiriu Laurel.

— Mesmo com as mortes, no saldo eu fiz um favor imenso a Avalon. Graças ao meu soro e ao meu recrutamento, a partir de hoje os trolls estão efetivamente extintos em toda Margem do Pacífico.

— Foi a sua vacina — compreendeu Laurel, lembrando-se da forma como os trolls haviam caído subitamente, mortos. — Foi isso que os matou.

— Como eu disse — ronronou Klea com um sorriso. — Efeito retardado.

— Por que matá-los tão cedo? Por que não mantê-los por aqui para ajudar você na sua *tomada de poder*?

— Confiar em trolls? — riu Klea. — Aqueles animais imundos só queriam saquear Avalon. Eles acharam que estavam me usando para entrar aqui e pretendiam me matar do mesmo jeito que eu pretendia que eles morressem. No instante em que os trolls passassem pelo portal, eu não poderia mais convencê-los a me proteger de uma fada *criança*, quanto mais de uma Dobradora. A escolha do momento certo foi algo bem delicado e quase se arruinou por causa daquele seu baile escolar idiota, mas, no fim, eles tinham que morrer; esse *sempre* foi o plano.

— Isso é horrível — disse Laurel.

Klea deu de ombros.

— Bem, não se pode fazer omelete sem quebrar alguns ovos.

— E as sentinelas foram alguns dos seus *ovos*? — indagou Tamani —Você tem ideia de quantas fadas e elfos morreram hoje?

— Milhares — disse Klea, a voz mortalmente séria. — E seu martírio é a fundação sobre a qual construirei uma nova ordem. — Ela hesitou. — Admito que as coisas poderiam ter ido melhor. Nunca esperei ver Excalibur... principalmente com Marion no controle, então, tive que mudar as coisas e usar um pouco de névoa sonífera no portal.

Seria *arrependimento* aquilo que ouvia em sua voz? Por causa de uma *mudança de planos*? A mulher estava completamente louca.

— Mas o que está feito está feito. E não tenho tempo para reminiscências. A fumaça do incêndio na Academia vai manter a atenção dos Cintilantes e dos Traentes longe da nossa festinha aqui, mas também é provável que faça os Dobradores saírem antes que eu esteja pronta. Laurel, olhe aqui — disse Klea, abrindo a mão e revelando os dois frascos novamente: um contendo uma solução verde-escura e o outro, roxo-escura. — Um destes é somente um frasco do soro que eu injetei nos trolls. O outro é *viridefaeco*. Faça o que digo e lhe darei a poção. Recuse e... — ela apertou os punhos, mas não o bastante para quebrar os frascos — os soros irão se misturar, os componentes neutralizarão um ao outro e o remédio será inútil.

Laurel hesitou. Mas, àquela altura, não fazia mal algum pelo menos descobrir quais eram os termos de Klea.

— O que você quer que eu faça? — perguntou ela.

— Não importa, Laurel. Não a ajude! — gritou Tamani, a voz cheia de desespero.

— Você acha que é somente a sua vida que está em jogo aqui, Traente? — retrucou Klea para Tamani. — Enquanto estamos aqui sentados, parecendo tão inocentes e patéticos na grama, essa toxina está se espalhando para fora da sua pele, para a grama onde você está sentado, para as raízes que Yuki tão gentilmente enrolou em mim. Para as árvores e para a floresta, para Jamison deitado ali, à beira da morte, de qualquer forma. Não vai parar. Com o tempo, transformará Avalon numa rocha estéril. E, sem mim, você *jamais* conseguirá fazer o antídoto a tempo.

Klea voltou a olhar para Laurel.

— Vá procurar Marion e Yasmine — disse ela, calmamente.

— Como você sabe sobre Yasmine? — perguntou Laurel. — Ela brotou depois que você foi exilada.

— Quantas vezes você falou dela quando achava que estava sozinha?

Laurel fechou a boca.

— Você conseguirá passar pelas sentinelas — continuou Klea como se Laurel não tivesse falado nada. — Conte a elas sobre o meu veneno, que Avalon inteira vai morrer. Elas podem salvar sua preciosa ilha vindo até aqui e dando sua vida em troca da minha ajuda para curar tudo e todos.

— E se elas aceitarem? — perguntou Laurel.

— Então, serão executadas na Praça da Primavera... um exemplo público declarando o fim da patética dinastia dos Dobradores. Avalon viverá e eu assumirei o controle.

— Yasmine é apenas uma criança — disse Laurel, o estômago se contorcendo com a brutalidade de Klea.

— Sacrifícios, Laurel. Todos temos que fazê-los.

— E Jamison?

— Preciso que *todos* os Dobradores morram.

Laurel prendeu a respiração, mas Klea prosseguiu, com tranquilidade.

— Você sabe que Marion não é uma boa rainha. Duvido seriamente que uma criança treinada por ela possa ser melhor. Os Dobradores precisam ir. Avalon precisa de uma mudança. Com a sua ajuda, ainda posso fazer isso acontecer. Traga-as e eu darei a você o remédio para Tamani.

Laurel não achava possível que houvesse espaço em seu corpo para o ódio que sentia daquela fada presunçosa.

— Não só isso, mas prepararei mais; e, como prova de boa-fé, vou ensinar a você como fazê-lo. Porque você vai precisar. Este frasco — disse ela, levantando a mão — irá curar, no máximo, duas pessoas.

— E se eu escolher usá-lo com eles? — perguntou Laurel, apontando para Tamani e Yuki. — E então? Você morrerá.

— Então, quem irá ensiná-la a fazer o antídoto para salvar o restante deles?

Laurel queria gritar. Independentemente do que escolhesse, alguém iria morrer.

—Você mataria Avalon inteira, só para conseguir o que quer? — perguntou Laurel, a voz trêmula.

— Não é minha escolha, Laurel. É sua. *Você* matará Avalon inteira só para conseguir o que *você* quer?

Laurel se forçou a continuar respirando. Agora realmente não havia saída. Não por Yeardley nem por Jamison. Se ela não fizesse o que Klea pedia, Tamani iria morrer.

E, lentamente, todos os demais.

Se entregasse Marion e Yasmine para Klea, Tamani viveria.

Todos os demais viveriam.

Três vidas por toda Avalon.

E por Tamani.

Só havia uma coisa a fazer.

— Está bem — disse Laurel devagar, olhando diretamente nos olhos de Klea. — Trarei as fadas de inverno.

— Laurel, não! — disse Tamani, apoiando-se num joelho para ficar em pé.

— Não se mexa — disse Laurel a Tamani, ouvindo o desespero em sua própria voz ao ir na direção dele. — Preciso que você esteja vivo quando eu voltar!

— Não faça isso — implorou ele. — Eu preferiria morrer a viver sob o comando dela.

— Mas não é só você — sussurrou Laurel. — É todo mundo.

— Mas... Klea? — disse Tamani, levantando a mão automaticamente para pegar a dela, antes de apertar o punho e deixá-la cair ao lado do corpo.

Laurel balançou a cabeça.

Destinos 204

— Impossível ficar de lado e deixar todos morrerem quando posso fazer algo a respeito. — Ela percebeu que estava falando alto, quase gritando, e respirou fundo, tentando permanecer calma. Então, uma voz que não parecia ser sua disse: — Não posso e não vou.

— Laurel.

A voz de David fez Laurel parar.

— Vou com você.

— Não tão depressa — disse Klea. — Ela vai sozinha, ou eu esmago os frascos e *todo mundo* morre.

— Fique aqui — disse Laurel, estendendo uma mão que deslizou pelo braço de David. — Caso as coisas deem errado. Ajude Jamison. Faça o que puder por ele. — Ela levantou um pouco a voz. — Vou subir pela estrada... aquela que leva ao palácio.

Olhou com intensidade para David, esperando que ele confiasse nela só mais uma vez e, depois de um momento, ele assentiu.

— É melhor se apressar — disse Klea. — Não dá para saber quanto tempo vai demorar até que os Traentes e os Cintilantes nos encontrem e venham investigar; sem falar que vão pisotear tudo e se infectar. Eu diria que seus amigos aqui têm, no máximo, uma hora. Provavelmente, menos. E, é claro, você vai querer voltar antes que eu morra — disse Klea com um sorriso astuto que fez Laurel ter vontade de estapeá-la. — Suponho que você seja capaz de convencer duas Dobradoras assustadas em menos tempo que isso, não?

Sem uma palavra, Laurel foi até os comparsas cativos de Klea. Eles estavam notavelmente dóceis; nenhum protestou quando ela examinou seus cintos, encontrando uma lâmina de quinze centímetros no terceiro deles.

— O que você pensa que está fazendo? — perguntou Klea.

Laurel olhou para ela, os olhos arregalados e inocentes.

— Tenho que convencer uma rainha — disse, simplesmente. — Vou precisar de uma faca.

Antes que alguém pudesse reagir, Laurel se virou e se pôs na trilha longa e íngreme que levava até o Palácio de Inverno.

Vinte e Dois

DEPOIS DE OBSERVAR LAUREL DESAPARECER ENTRE AS ÁRVORES, TAMANI voltou sua atenção para Klea. Estava se controlando para não pegar a lança e acabar logo com ela, ali mesmo. Mas ela os havia acuado e parecia saber disso. Estava deitada de costas, a mão sob a cabeça, dando a impressão de estar completamente alheia a tudo e a todos, exceto pelo punho cerrado que mantinha sobre o peito. Nem sequer tentava escapar das raízes que, Tamani ficou satisfeito em ver, ainda a prendiam.

Ajoelhado ao lado de Jamison, David tentava movê-lo para que ficasse mais naturalmente acomodado. Ele fizera um sinal com o polegar para Tamani, depois de verificar sua respiração, mas nem a confirmação de que o elfo de inverno estava vivo foi capaz de penetrar as trevas da situação desesperadora em que se encontravam.

Tamani não tirou os olhos de Klea, com medo de que ela tomasse a poção de *viridefaeco* no instante em que virasse as costas. Mas ela parecia satisfeita em esperar.

De fato, suas fadas e seus elfos soldados estavam ainda mais dóceis do que a comandante. A expressão no rosto deles era de calma, e pareciam relaxados em suas amarras. Aquelas estranhas criaturas haviam-no incomodado desde a primeira vez que as vira.

Destinos 206

Tamani olhou para Klea.

— O que há de errado com eles? — perguntou com rigidez.

Klea ergueu os olhos e um sorrisinho brincou nos cantos de sua boca.

— Não há nada de errado com eles. São perfeitos.

— Não são pessoas — disse Tamani, conseguindo finalmente dar uma definição. — São cascas vazias.

— Como eu disse, perfeitos.

—Você *fez* isso com eles?

— Genética, Tamani. É uma área fascinante. — Então, ela se virou, claramente pondo um fim na conversa.

— Não importa quando Laurel vai conseguir voltar — disse David baixinho, aproximando-se de Tamani, agora que Jamison já fora cuidado. David apontou para o chão, onde a faca de Klea havia caído; o veneno que restara na lâmina havia enegrecido a grama, e o negrume se espalhava em forma de raios em volta dela.

— Se não detivermos isso, talvez nem o remédio de Klea seja suficiente.

— Eu não sei o que fazer — disse Tamani, baixando os olhos para o chão. Ele lutava contra a necessidade de se levantar e correr atrás de Laurel. Porém, mesmo que Klea não o tivesse transformado num portador de pestilência, o que ele iria conseguir com aquilo? Laurel certamente não pretendia ajudar Klea, pretendia?

Não, é claro que não. Ela iria fazer a coisa certa.

Supondo que houvesse uma coisa certa.

Tamani levantou os olhos quando David enterrou Excalibur no chão, afundando-a até o punho a alguns metros de distância dele. Então, começou a arrastar a espada pela terra como se fosse um arado.

— O que você está fazendo? — perguntou Tamani.

— Cavando um fosso — respondeu David.

— Um fosso? — perguntou Tamani, perdido.

— Não vai deter o veneno — disse David, ainda cavando —, mas, ao menos, ele terá que descer até a raiz da grama antes de se espalhar mais. Com isso, ganhamos um pouco de tempo.

Tamani se permitiu um sorriso, ainda que tênue.

— Brilhante.

David lhe devolveu o sorriso e voltou à sua tarefa.

— Tam?

A voz de Yuki foi baixa e rouca. Ela havia se levantado com um esforço visível, mas, depois de apenas alguns passos, suas pernas cederam. Tamani rolou em sua direção para apanhá-la, puxando-a para si para amortecer a queda. Ficou surpreso pela quantidade de energia necessária para baixá-la lentamente até o chão e pela forma como a simples ação o deixou sem fôlego.

Esse veneno não é brincadeira. E ele mal fora exposto; o ferimento de Yuki era sério, potencialmente mortal por si só.

— Tam, eu sinto muito. Por tudo isso. — Uma única lágrima, cintilando à luz da lua, deslizou por sua face de porcelana. Ela fungou e desviou o olhar com timidez, respirando de forma entrecortada. — Eu não sabia. — Ela hesitou. — Eu não entendia exatamente quanto ela...

— Yuki...

— Quando vi as chamas na Academia, pensei... fiquei com tanto medo...

— Yuki, por favor. — Ele não podia suportar reviver tudo, o medo que havia sentido naquele momento.

— Eu só... não quero morrer com você me odiando.

— Psiu — disse Tamani, tocando em seu rosto, enxugando a lágrima e deixando um leve traço de pólen cintilante. — Eu não odeio você, Yuki. Eu... — Ele vacilou, sem saber direito o que dizer.

— Você se lembra, depois do baile? Quando você me levou para o seu apartamento?

Destinos 208

Tamani quis fechar os olhos com força. Quando havia mentido para ela? Traindo-a da forma mais profunda possível? Ah, sim, ele se lembrava.

— Eu ia confessar tudo. Ia me unir a você e lutar contra Klea. Você estava certo: eu sempre tive medo dela. Mas, naquela noite, você fez com que eu me sentisse forte. Como se pudesse fazer qualquer coisa. E eu ia fazer. Ia tentar.

— Eu sei — disse Tamani baixinho. Ele estendeu os braços para ela, atraindo-a para si da forma que fizera no baile de inverno, na noite anterior. Mas, dessa vez, ele estava sendo sincero.

— Eu sinto muito por não ter deixado você fazer isso.

— Você estava apenas fazendo seu trabalho — sussurrou Yuki. — Quando David me colocou naquele círculo, fiquei tão furiosa... devia ter simplesmente feito o que iria fazer. Cooperado com vocês. Mesmo quando estava no círculo, eu podia ter conversado com você. Mas não o fiz porque estava furiosa.

— Você tinha todo o direito de estar — disse Tamani. — Eu sabia que você estava se apaixonando por mim e usei isso contra você. Foi a coisa mais terrível que já fiz na vida.

— Psiu — disse Yuki, pressionando um dedo nos lábios dele. — Não quero ouvir as suas desculpas. — Sua voz parecia ficar mais baixa a cada minuto e Tamani se perguntou se ela estaria tentando conservar as energias ou se era tudo o que tinha. — Só quero ficar aqui deitada e fingir que fiz tudo certo na primeira vez. Que confiei em você e fui para o seu lado antes que tudo isso acontecesse. Quero imaginar que centenas de fadas e elfos não morreram só porque não fui forte o bastante para enfrentar Klea. Que... que você e eu tivemos uma chance.

Tamani encobriu seus protestos ao mesmo tempo que cobria com a mão os lustrosos cabelos negros de Yuki. Mesmo com Yuki nos braços, era Laurel que estava em sua mente. Ele se perguntou se voltaria a vê-la novamente... se iriam se beijar e acariciar como haviam feito naquele dia na cabana. Mas, não, ainda que ele vivesse até ela voltar, jamais tocaria nela de novo.

Ele não tinha percebido que estava cantarolando baixinho até que Yuki recuou e falou.

— O que é isso?

— O quê? Ah, é uma... canção de ninar. Minha mãe costumava cantar para mim; era sua favorita.

— Uma canção de ninar das fadas?

— Eu achava que sim — disse Tamani, sorrindo com tristeza.

— Cante para mim — disse Yuki, enroscando-se nos braços dele.

Na escuridão da noite, David, Klea e seus soldados pareceram desaparecer enquanto Tamani cantava, baixinho, de forma entrecortada, uma canção de Camelot que havia aprendido no colo de sua mãe. Ele sabia as palavras de cor, mas, ao cantá-las, sentia como se as estivesse ouvindo pela primeira vez.

"E sob a lua o ceifeiro cansado
Empilhando feixes em regos arejados
Escutando, murmura: 'É a fada
A Senhora de Shalot.'"

Ele encontrou os olhos verde-claros de Yuki, novamente cheios de lágrimas, seu queixo tremendo tanto de dor quanto de arrependimento. Tamani sabia exatamente como ela estava se sentindo. Ele queria que a canção a fizesse dormir; que sua vida se esvaísse enquanto ela estivesse sonhando, em algum lugar onde a dor não pudesse atingi-la. A morte não lhe era estranha, mas, embora tivesse visto amigos seus morrerem — mais vezes do que gostaria de se lembrar —, nunca havia segurado alguém enquanto a vida se esvaía de seus olhos. Agora, estava assustado por fazer aquilo.

Mas não iria abandoná-la para que sofresse sozinha.

"Mas Lancelot refletiu por um tempo
E disse: 'Tem uma face agradável;
Deus, na Sua misericórdia, deu-lhe graça,
À Senhora de Shalot.'"

— Alfred, Lorde Tennyson — disse Klea quando Tamani terminou de cantar, e Tamani levantou rapidamente a cabeça, como se ela houvesse rompido um encanto. Até David tinha parado de cavar para ouvir a canção, e olhou feio para Klea antes de voltar a seu fosso. — Plagiado por algum autorzinho Cintilante, sem dúvida — completou ela, inexpressiva.

Se Yuki tinha ouvido o comentário ácido de Klea, não deu qualquer indicação. Seus olhos estavam fechados, os dedos relaxados no braço de Tamani.

— Tam?

— Sim?

— Existe alguma chance de que isso termine bem?

— Sempre há uma chance — ele se obrigou a dizer. Mas não via como ele ou Yuki podiam viver para contemplar outro dia. O veneno era simplesmente forte demais.

Yuki deu um sorriso fraco, então olhou na direção de Klea, que voltara a sua indiferença. Tamani podia sentir o medo que ainda tomava conta de Yuki ao ver a mentora.

— Não quero que ela vença. E posso garantir que ela não vença nunca mais.

— Você não pode matar Klea — disse Tamani, embora se sentisse tentado a deixá-la fazer exatamente isso. Mas se forçou a confiar em Laurel. A deixar que ela tomasse essa decisão.

Mas Yuki já estava balançando a cabeça.

— O plano dela não pode funcionar a não ser que ela controle as fadas e elfos de inverno. Quando eu morrer, ela vai matar os outros e todos ficarão aqui à disposição dela. E mesmo que Laurel encontre uma maneira...Vocês sempre ficarão dependentes delas. Não é justo. Eu... eu deveria ter feito alguma coisa... antes. Mas talvez isso possa compensar. — Seus olhos pareceram focar em um ponto distante, então voltaram quando ela olhou para Tamani. —Você tem alguma coisa... de metal?

— Metal? — perguntou ele, confuso.

— Tem que ser do mesmo material — disse ela, como se isso esclarecesse tudo.

— Hã... talvez. — Puxando-a contra si com uma das mãos, ele levantou a barra de sua calça e sacou da bainha, presa à perna, uma faquinha de atirar. — Isto serve?

Yuki tirou a faca da mão dele.

— Perfeito. — A respiração dela estava superficial, rápida; lágrimas escorriam por seu rosto e sua voz tremia ao falar. — Isso vai tirar muita energia de mim. Eu... não sei se vou durar muito mais, quando tiver terminado.

— Não fale assim — sussurrou Tamani.

— Não, eu sei. Posso sentir. — Seu corpo tremia e ela apertou os dentes para não soluçar. — Por favor, não me abandone. Me abrace até eu partir.

— O que você vai...

— *Shokuzai* — disse Yuki, fechando as mãos em volta da pequena faca. — Expiação. — Uma luz cálida começou a emanar de entre seus dedos e Tamani olhou para Klea, que os observava com olhos semicerrados. Tamani tinha quase certeza de que seu corpo estava num ângulo tal que bloqueava sua visão, mas cobriu a mão de Yuki com a sua mesmo assim, tapando completamente a estranha luz.

Yuki inspirou profundamente e Tamani encostou a testa na têmpora dela quando ela franziu o cenho e apertou as mãos ainda mais. Tamani se sentiu como se estivesse novamente nos aposentos superiores do palácio, tão tangível era o poder que pulsava de Yuki. Sua reação física era de se levantar de um pulo e fugir correndo, mas ele se controlou

Destinos 212

até que a sensação começou a diminuir, a luz reduzindo de intensidade até ser ultrapassada pela luz das estrelas.

Tamani recuou e olhou para Yuki; seus olhos estavam fechados e seu rosto, pálido. Sentiu medo de que ela já houvesse partido, mas devagar, com muito esforço, ela abriu os olhos.

— Me dê as suas mãos.

Tamani obedeceu ao seu sussurro ínfimo e, embora conseguisse não estremecer, por dentro estava tremendo de medo. O que Yuki tinha feito?

Ela colocou algo morno em sua mão — o que quer que fosse, não era mais uma faca. Tamani contemplou o objeto, cuidando para mantê-lo escondido de Klea. Não sabia ao certo o que estava vendo.

— Não estou entendendo.

Levando os dedos leves ao rosto dele, Yuki puxou sua cabeça para perto, sussurrando instruções de como usar o objeto que havia acabado de fazer. Quando ele compreendeu a total extensão das possibilidades, ofegou e fechou os dedos sobre aquele presente infinitamente precioso.

Então, o desespero tomou conta dele e ele balançou a cabeça.

— Não vou conseguir usá-lo — disse, apertando a mão dela. — Estarei morto dentro de uma hora.

Mas Yuki negou com a cabeça.

— Laurel vai salvar você — disse com firmeza, em meio às lágrimas. — Sou eu quem não tem mais tempo.

— Aguente — disse Tamani, apertando-a mais, desejando poder acreditar em seu próprio futuro tanto quanto ela.

— Não — disse Yuki, um sorriso triste cruzando seu rosto. — Não tenho nada pelo que viver. Você tem.

— Não faça... — *Não faça o quê?* Tamani nem sequer sabia como terminar a frase, compreendendo pela primeira vez como as palavras podiam ser tão absolutamente inadequadas.

— *Aishiteru* — suspirou ela, as palavras deslizaram de seus lábios, seu peito tombou e, então, ela ficou imóvel.

— Yuki. Yuki!

Mas Yuki não reagiu.

Com uma pontada de medo, Tamani desviou os olhos para Klea e para os soldados cativos, esperando ver suas amarras caírem, agora que Yuki não as estava mais controlando. Mas nada aconteceu. Yuki tinha feito... alguma coisa... para garantir que, mesmo depois de sua morte, Tamani ficasse em segurança. Ele estava começando a achar que ela era tão calculista quanto Klea, à sua maneira.

Deixou, então, o corpo dela escorregar até que sua cabeça estivesse no colo dele. Não havia razão para movê-la mais. Ele não tinha aonde ir nem o que fazer até que Laurel voltasse. Supondo que vivesse até lá.

Será que aguentaria tanto tempo? Tinha que tentar.

A toxina havia matado Yuki, no fim? Ou aquele fora seu ato final como fada de inverno — a criação de uma obra de arte à altura dos portais dourados que Oberon sacrificara a própria vida para forjar? De qualquer forma, Tamani sabia que seu tempo era curto. Sempre pensara que sua vida terminaria numa batalha — à ponta da lâmina de um inimigo. Ou, se ele durasse o bastante, unindo-se a seu pai na Árvore do Mundo. Não sentado futilmente na grama, esperando que a morte se aproximasse.

Mas lá estava ele, sentado sob uma lasca de lua, com o corpo inerte de Yuki deitado em seu colo e afagando distraidamente seus cabelos enquanto observava David, quase na metade de sua trincheira, a qual rodearia todas as fadas e todos os elfos envenenados.

Cuidadosamente — sem atrair qualquer atenção — Tamani enfiou a mão no bolso e empurrou o presente de Yuki o mais profundamente possível. Não podia perdê-lo; não podia dizer a mais ninguém o que era.

Porque não havia nenhum artefato, nenhum item em Avalon inteira — incluindo a espada com a qual David estava cavando — tão perigoso quanto aquele que Yuki acabara de lhe dar.

Vinte e Três

As janelas do Palácio de Inverno estavam tão escuras quanto o céu noturno e, ao se aproximar, Laurel fechou os olhos, esperando de todo o coração que seu plano tivesse funcionado.

— Laurel! — o sussurro de Chelsea veio de um arbusto de madressilvas.

— Eu sabia que você iria entender — disse Laurel, abraçando a amiga quando esta saiu do esconderijo.

— O que você está fazendo? Você não vai realmente fazer o que Klea disse, vai?

— Não se eu puder evitar — disse Laurel, séria.

— O que eu posso fazer?

— Preciso que você vá até o Palácio de Inverno. Diga às sentinelas que Marion e Yasmine ainda estão em perigo e que elas *não* devem deixá-las sair até que você lhes diga pessoalmente que está tudo bem. Klea não pode vê-las.

— Mas...

— Nem os poderes de inverno podem fazer nada porque precisamos de Klea viva e cooperativa. Precisamos do que está na cabeça dela.

— Jamison não pode ler os pensamentos dela? — perguntou Chelsea. — Se ele estiver bem, quero dizer — acrescentou, quando um lampejo de medo passou pelo rosto de Laurel.

—Talvez — disse Laurel, afastando seus pensamentos sombrios.— Mas acho que não.Yuki demorou bastante tempo só para ler a localização do portal na minha mente. Além disso, ainda que ele conseguisse tirar uma receita da cabeça dela, não seria suficiente. — Laurel hesitou. Ela tinha levado muito tempo para entender o que Yeardley quisera dizer quando lhe ensinara sobre o processo de Mistura: *O ingrediente mais essencial em qualquer Mistura é você.*

— É difícil explicar, mas é assim que funciona o trabalho de Mistura. Acho que Marion pode matá-la por princípio e não podemos deixar que isso aconteça... só por precaução. Depois disso, preciso que você corra até a Academia e conte a Yeardley tudo que Klea disse sobre seus venenos, principalmente a fumaça vermelha. Pode ser que precisemos voltar à Academia, então eles vão querer saber que o veneno se neutralizou sozinho. Diga a ele que estou tentando encontrar uma solução e também diga... diga a ele para estar preparado.

— Preparado para quê? O que você vai fazer?

Laurel suspirou.

— Não sei — confessou. — Mas garanto que vou precisar de ajuda.

— Aonde você vai?

Laurel olhou para o topo de uma colina distante.

— Ao único lugar que resta — disse.

Chelsea assentiu, então saiu correndo, seguindo ao longo da parede de trás em direção à arcada em ruínas pela que haviam passado naquele dia, mais cedo. Parecia ter sido há uma eternidade. Laurel a observou por alguns momentos antes de se virar e começar sua própria jornada.

Será que Tamani iria aguentar mais uma hora? Ela conseguiria fazer aquilo a tempo? A energia de Laurel já estava baixa, mas ela

Destinos 216

se esforçou para correr mais depressa, apesar de doer para respirar, e chegou ao fundo do vale entre ela e seu destino.

Mais uma colina a subir. O pensamento foi suficiente para provocar lágrimas, pois a exaustão ameaçava fazê-la desmoronar. O ar da noite estava frio, mas suas pernas queimavam enquanto subia a colina.

Quando chegou ao topo, permitiu-se um momento para recuperar o fôlego antes de entrar sob a ampla copa da Árvore do Mundo.

Não tinha mais vindo ali desde que Tamani a trouxera, quase um ano e meio atrás. Havia considerado fazer uma visita no verão passado, quando ainda não sabia onde Tamani estava ou se o veria novamente, mas a lembrança daquele dia tinha sido dolorosa demais para encarar. Então, inclinou a cabeça com reverência quando o poder da árvore a envolveu.

Chegara a hora de fazer sua pergunta.

Tamani lhe contara que a árvore era feita de fadas e elfos — os Silenciosos. Seu próprio pai havia se unido a eles não muito tempo atrás. A sabedoria combinada de todos eles estava à disposição de qualquer um que tivesse paciência suficiente para recebê-la, mas obter uma resposta da árvore podia levar horas, até mesmo dias, dependendo de quem perguntava. Ela não tinha aquele tempo todo.

Lembrou-se de quando Tamani a havia beijado, depois de morder a própria língua — as sensações que a haviam engolfado, as ideias que inundaram sua consciência. Não funcionara da forma como havia esperado e, em vez de aprender uma maneira de testar os poderes de Yuki, Laurel descobrira o segredo de Klea: que poções podiam ser feitas com fadas e elfos da mesma forma como se faziam com qualquer outra planta. Mas Yeardley lhe ensinara que ela podia fazer mais do que alterar os componentes segundo sua vontade. Que podia liberar seu potencial se conseguisse sentir sua essência.

Pensando em Tamani, nas linhas negras serpenteando de seu ferimento, na expressão de seu rosto que lhe dizia que ele se resignara à morte, Laurel se fortaleceu para o sacrilégio que estava prestes a cometer. Foi até o tronco da árvore e colocou a mão na casca áspera, sentindo a corrente de vida que fluía por ela.

— Isto vai machucar a mim muito mais do que a vocês — murmurou baixinho. Então, após um momento, acrescentou: — Sinto muito. — Levantou sua faca e cortou o tronco da velha e retorcida árvore até que aparecesse um pouco de fibra verde. Ao ver as gotas de seiva começando a verter do tronco ferido, Laurel sabia que não seria suficiente. *Vocês dão, eu dou*, pensou ela. Apoiando o gume da faca na palma de sua mão, ela trincou os dentes e cortou a própria pele.

Laurel pressionou o corte que acabara de fazer à polpa exposta da árvore.

Foi como se colocar sob uma avalanche de vozes, uma saraivada de conhecimentos sussurrados que caíam sobre sua cabeça a cada segundo, choviam sobre seus ombros, ameaçando levá-la para o abismo e enterrá-la viva. Ela cambaleou sob o peso da investida, recusando-a a ser arrastada.

E esforçou-se para submeter sua consciência à árvore, e a avalanche se transformou numa cachoeira, então numa torrente e, finalmente, numa parte dela, fluindo com gentileza por sua mente, passando por sua vida e suas memórias. Ela quase rompeu o contato diante daquela intrusão, mas tentou respirar calmamente e se concentrar no que precisava saber.

Imaginou Tamani, reviveu a cena que havia levado ao envenenamento dele. Relembrou a explicação de Klea e a escolha impossível que ela colocara diante de Laurel. No fluxo do pensamento, lançou a ameaça final de Klea: que a toxina iria destruir Avalon inteira, inclusive a Árvore do Mundo.

Mais uma vez, o rio de vida se transformou numa tempestade de almas, mas dessa vez Laurel estava calma, envolta pelo silêncio. Um calor subiu por seus braços e preencheu seu corpo, dos pés à cabeça.

E, então, a árvore falou. Laurel sentiu, mais do que ouviu, uma única voz atravessar o silêncio inúmero, informe.

Se você pode pensar como a Caçadora, pode fazer como ela fez.

O que significa isso? Implorou Laurel, ao mesmo tempo que guardava as palavras na memória. Mas o calor já estava retrocedendo de sua cabeça, acumulando-se em seu peito, deslizando por seus braços.

— Não! — gritou Laurel, a voz soando áspera no silêncio. — Não sei o que isso significa! Por favor, me ajude. Não tenho mais a quem recorrer!

A presença estranha estava se esvaindo por suas mãos e o clamor de vida sob seus dedos aumentava novamente, mais suave, agora que não estava dentro de sua cabeça. Quando as pontas de seus dedos formigaram e ficaram frias, houve um impulso final da tempestade, e um sussurro quase familiar de alguma forma se fez ouvir acima dos outros.

Salve meu filho.

Então, todo o calor desapareceu. Os sussurros desapareceram.

— Não, não, não, não! — Laurel pressionou a mão à árvore com mais força, a dor se projetando pela palma, mas sabia que era inútil. A Árvore do Mundo havia falado.

Laurel caiu de joelhos, arranhando-os na casca áspera das raízes da árvore que se espalhavam ao redor, e deixou as lágrimas correrem. Havia apostado tudo e perdera. A Árvore do Mundo — sua única e última esperança — não tinha funcionado. Avalon iria morrer. Fosse pela toxina de Klea ou sob seu comando, praticamente não importava.

Se Laurel apenas tivesse se interessado mais pela poção de *viridefaeco*! Uma de suas colegas de classe vinha trabalhando obsessivamente nela há anos; por que Laurel não havia estudado com ela? Agora, não sabia por onde começar! Nem conseguia se lembrar do nome da fada.

Klea sabia. Era de enlouquecer, ter o conhecimento tão perto e, no entanto, completamente inacessível. Outro beco sem saída. Como poderia pensar como Klea? A simples ideia era angustiante; Klea era uma assassina. Uma manipuladora. Uma maliciosa, furtiva, venenosa...

Venenosa. A palavra fluiu pela mente de Laurel enquanto as lágrimas escorriam por seu rosto.

Só conhecendo bem os venenos é que podemos fazer os melhores antídotos. Palavras de Klea, menos de uma hora atrás.

Mas aquele era um beco sem saída; Mara, a especialista da Academia em venenos, fora proibida de continuar estudando-os. E o que ela poderia ensinar a Laurel em tão pouco tempo, ainda que fosse possível?

Laurel se encostou à Árvore do Mundo, perguntando-se se havia algum sentido em voltar até Klea. Para ver Tamani morrer? No momento, não queria nada além de segurá-lo nos braços, ainda que fosse pela última vez. Não sabia se se importava que a toxina a contaminasse. Será que sua vida valia a pena, sem Tamani? Será que valia a pena se arriscar por um último beijo? Um último abraço? É claro, então *ela* iria morrer sozinha, envenenada e intocável. Mas...

Só conhecendo bem os venenos é que podemos fazer os melhores antídotos.

Uma ideia começou a se formar na cabeça de Laurel. Tentou visualizar uma Klea jovem, empolgada — Callista —, trabalhando sozinha na sala de aula, em segredo. Ela teria precisado de cobaias para seus venenos tanto quanto para seus remédios.

Quem mais ela poderia ter usado?

Se você pode pensar como a Caçadora, pode fazer como ela fez.

Laurel já se pusera em pé e começou a correr quase antes mesmo que pudesse perceber.

As estrelas haviam surgido completamente, visíveis entre a copa das árvores, depois preenchendo o céu onde a trilha atravessava uma clareira. O fogo parecia ter sido extinto na Academia, que estava coberta por uma escuridão nevoenta, mas se podiam ver outras luzes no Verão e na Primavera; Laurel tentou não pensar em como aqueles setores haviam enfrentado os ataques, antes que os trolls finalmente colapsassem. Se ela falhasse agora, nada disso importaria.

Destinos 220

Cambaleou algumas vezes no escuro, mas logo se viu aproximando-se dos soldados estranhos e dóceis, e David vinha de braços estendidos em sua direção, impedindo-a de cair no fosso enorme que havia cavado. Ela piscou na escuridão e, após alguns segundos, percebeu o que ele tinha feito por Avalon. Laurel atirou os braços em volta dele.

— Obrigada — sussurrou ela. Antes de se afastar, ela perguntou baixinho: — Jamison? — sem querer chamar a atenção de Klea.

— Vivo — murmurou David.

Laurel assentiu antes de tomar impulso na beira do círculo e, então, pular para dentro.

Demorou um momento para distinguir Klea, deitada imóvel nas sombras, e Tamani, que estava sentado no meio do círculo com a cabeça de Yuki no colo. Ele ergueu os olhos aterrorizados para Laurel.

Laurel olhou para a fada que jazia imóvel.

— Ela está...?

— Não vejo a Rainha — resmungou Klea, desviando a atenção de Laurel.

Mas Laurel deu a ela apenas um instante. Virou-lhe as costas e, em vez disso, agachou-se ao lado de Tamani e Yuki, que parecia estar dormindo, mas suas feições estavam pálidas como cera e ela não respirava. Laurel sentiu uma pontada de tristeza e um lampejo de pânico; se Yuki já estava morta, quanto tempo restava a Tamani?

— Tire sua camisa — ordenou.

Tamani obedeceu.

Laurel quase engasgou diante da visão que a recebeu. Do pequeno arranhão perto do colarinho, as linhas negras se estendiam por seus ombros e subiam pelo pescoço. Das feridas em seu abdômen manava seiva esverdeada — um sinal claro de que a toxina infecciosa de Klea estava se espalhando também internamente. Ele não tinha muito tempo.

—Você falhou, não foi? — disse Klea, ainda sem se mover, a apenas alguns metros de distância. —Você falhou e agora Avalon vai morrer por sua causa.

— Eu não falhei — cuspiu Laurel. — Nunca fui ao palácio. Você realmente achou que eu iria ajudá-la? Jamison tinha razão ao enviar você para os Unseelie. — Laurel fez uma pausa, fuzilando Klea com os olhos. — Eu preferiria morrer a viver no seu mundo perfeito.

Laurel ouviu algo sendo triturado quando Klea cerrou o punho e gotas oleosas escorreram por seus dedos, pingando na camisa preta.

— Desejo atendido. É uma pena você ter a necessidade de levar todo mundo junto.

— Não mesmo — sussurrou Laurel baixinho.

É agora ou nunca.

Suas intenções deviam estar escritas em seu rosto, pois Tamani recuou de leve.

— Não faça isso!

Mas ela já pressionava a palma de sua mão à pele enegrecida dele, com os dedos abertos e os olhos fechados. Podia sentir a vida sob sua pele, senti-la lutando; podia sentir o veneno contra o qual se esforçava. A toxina de Klea não se parecia a nenhuma poção que Laurel já houvesse encontrado, ainda mais complicada e estranha do que o pó que Klea usara para esconder os locais em que baseara os trolls. Laurel tinha conseguido reverter com sucesso aquele pó, mas fora necessário muito tempo e uma grande quantidade de sorte.

Felizmente, fora também uma experiência de aprendizado.

Quando ela se afastou, Tamani olhou para ela com lágrimas nos olhos.

— Por que você fez isso? — perguntou ele, levando as mãos a seu rosto. — Supostamente, eu é que devo proteger *você*.

—Você é o melhor protetor que uma garota poderia desejar — disse Laurel, inclinando-se à frente, pressionando os lábios aos dele com suavidade. — Mas agora é a minha vez.

Destinos 222

Ela podia sentir o veneno de Klea atuando em seus dedos e lábios, rompendo a clorofila e as paredes de suas células, sequestrando sua energia e fazendo-a agir contra ela. Teria que agir rápido, mas o veneno estava falando com ela e ela estava preparada para ouvir.

— Ah — disse ela, pondo-se em pé. — Seu pai mandou dizer olá.

Sem esperar para ver a expressão no rosto de Tamani, Laurel fechou os olhos, repetindo as palavras da Árvore do Mundo em sua mente: *Se você pode pensar como a Caçadora, pode fazer como ela fez.*

— Volto logo — disse ela, saltando novamente sobre a trincheira.

— Laurel — disse David, detendo-a. — Aonde você foi?

— Fui até a Árvore do Mundo — respondeu ela, sentindo o tempo se esvaindo em sua cabeça.

— A árvore que conversa com vocês?

Laurel assentiu.

— O que ela disse?

— Ela me disse para salvar Avalon.

Vinte e Quatro

O JARDIM ATRÁS DA ACADEMIA ESTAVA LEVEMENTE ILUMINADO, QUANDO Laurel chegou ao alto da colina e entrou na estufa. As fadas e os elfos sobreviventes estavam sentados em meio a seus camaradas caídos, que começavam a despertar. O som de tosse e de respiração áspera era alto, assim como os murmúrios dos Misturadores acalmando e consolando os amigos.

Laurel notou que haviam retirado o painel de pedra entre a estufa e o salão de jantar, mas parecia que poucos Misturadores tinham tido coragem suficiente para voltar para a Academia.

Andando entre fadas e elfos, Laurel procurava Yeardley e tomava cuidado para não raspar de leve em alguém. Não sabia ao certo se a toxina viral já a havia dominado o suficiente para ser contagiosa, mas não queria correr nenhum risco. Finalmente, vislumbrou o instrutor de noções básicas perto do centro da estufa e ficou aliviada, ainda que surpresa, em ver Chelsea parada ao lado dele.

— Laurel! — disse Chelsea quando Yeardley estendeu a mão para agarrar seu ombro.

— Não me toque — advertiu Laurel, levantando as mãos à sua frente. — Estou contaminada com a toxina de Klea.

— Por que *você* está contaminada? — perguntou Chelsea.

Destinos 224

— É uma longa história — disse Laurel. — Mas não se preocupe; não pode atingir você, somente fadas e elfos — acrescentou. Sua mente era bombardeada pelas sensações de como o veneno a estava matando, e todas elas tinham a ver com clorofila. Tanto Chelsea quanto David ficariam bem.

Ela se voltou para o professor.

— Preciso da sua ajuda e não tenho muito tempo.

— É claro — disse Yeardley.

— Dois verões atrás, havia uma fada... acho que ela era um pouco mais nova do que eu, de cabelos castanho-escuros, que estava trabalhando numa poção de *viridefaeco*. Você sabe quem é?

Yeardley suspirou.

— Fiona. Ela é tão determinada, mas não fez nenhum progresso real desde então. Ela decantou uma base promissora com a ajuda de alguns registros antigos e, admito, todos nós estávamos muito esperançosos. Mas, até agora, nada.

— Ela está aqui? — perguntou Laurel, esperando de todo o coração que a jovem fada não tivesse sido uma das muitas vítimas de Klea. Pensar da mesma forma que Klea poderia salvar Avalon, mas, se o *viridefaeco* exigisse uma fermentação demorada ou métodos exóticos de conservação, Tamani não viveria o suficiente para vê-lo pronto.

O rosto de Yeardley murchou, e Laurel quase não conseguiu respirar.

— Ela está viva — disse ele baixinho. — Inalou muita fumaça e, sinceramente, não está nada bem. Mas ainda está consciente. Eu mesmo estou cuidando dela. Por aqui.

Laurel quase desmaiou de alívio. Seguiu Yeardley até o outro lado da estufa, onde a reconheceu pelos cachos castanhos, e se ajoelhou ao lado da pequena fada, encostada numa floreira de madeira, de olhos fechados.

— Fiona — disse Yeardley baixinho, agachando-se a seu lado.

Fiona abriu os olhos e, vendo que Laurel e Chelsea também a encaravam, esforçou-se para se sentar um pouco mais ereta.

— Como você está se sentindo? — perguntou Yeardley.

— A poção de *viridefaeco* — disse Laurel, interrompendo antes que Fiona pudesse responder. Não tinha tempo para delicadezas. — Você tem uma base pronta?

— Eu... eu... tinha — gaguejou ela.

— Como assim, "tinha"? — perguntou Laurel, temendo a resposta.

— Eu estava no laboratório quando os trolls atacaram. Não sei se minhas bases sobreviveram.

Laurel tentou permanecer calma e fria. Klea não perdia a cabeça quando a pressão aumentava. Ao contrário, ela sempre se mostrava à altura dos acontecimentos. Laurel precisava manter o mesmo controle.

— Precisamos ir ao laboratório imediatamente. Você consegue andar?

Yeardley ajudou Fiona a se levantar. Ela estava um pouco vacilante, mas logo se reequilibrou.

— Você pode ajudá-la? — perguntou Laurel a Chelsea. — Por favor? Eu não posso.

— É claro — murmurou Chelsea, abaixando-se sob o braço da fada e ajudando a apoiá-la enquanto Yeardley as conduzia.

Quando se aproximaram da entrada que David cortara havia apenas algumas horas, Fiona recuou.

— Está tudo bem, o fogo se apagou e a toxina já desapareceu — tranquilizou-a Chelsea e, então, acrescentou: — E eu estou bem aqui com você.

A jovem fada assentiu e respirou fundo antes de mergulhar novamente na escuridão quente e fuliginosa.

Percorrer os corredores escuros da Academia apenas com uma flor fosforescente era como andar por uma cova coletiva. Os corredores estavam queimados e destruídos e havia corpos por toda parte, alguns inteiros, alguns queimados, outros desfigurados pela primeira onda de trolls. Laurel sentiu a garganta palpitar de pânico; restaria alguma coisa com que trabalhar no laboratório? Quando viraram no último corredor, Laurel ficou aliviada ao ver que, pelo menos, a porta estava intacta.

Após um momento de hesitação, Yeardley empurrou a porta, deixando uma marca grande de mão na cinza negra. Ao passarem pela soleira, Laurel ouviu Fiona reprimir um grito. A sala parecia ter sido sacudida por alguém. O chão estava forrado de cacos de vidro, vasos de plantas tinham sido revirados e, em vez de móveis, só havia pilhas de madeira lascada. Em cima de tudo, uma fina camada de fuligem.

Laurel tentou não olhar para as fadas e os elfos caídos no chão nem para o troll morto nos fundos da sala. A expressão de Yeardley era estoica, seu maxilar estava rígido e o rosto de Chelsea, um pouco pálido. Fiona até que estava lidando bem com a situação, concentrando-se na tarefa à mão como uma típica fada de outono.

— Minha bancada de trabalho é... era... por aqui — disse ela, levantando a saia longa ao passar por cima da destruição. O chão estava repleto de instrumentos quebrados e estilhaços de frascos que, deduziu Laurel, antes haviam coberto a bancada; ficou aliviada, portanto, quando Fiona se inclinou para abrir um armário embaixo da mesa. Vários béqueres grandes estavam guardados ali, em segurança.

— Um caiu e rachou, mas ainda restam dois — disse Fiona, emergindo do armário com dois frascos de uma solução transparente, da consistência de mel fresco.

— Perfeito — disse Laurel, apoiando-se com cansaço na beira da mesa, cuidando para que apenas sua saia, e nada de sua pele, entrasse em contato com a superfície. Era tarde, ela estava exausta e a toxina fazia efeito. Olhou em volta da sala de aula semidestruída. —Você acha que poderemos encontrar tudo de que precisamos? — perguntou, não muito convencida.

— Por aqui. — Laurel se sobressaltou com a voz de Yeardley e virou-se, vendo-o a limpar com um lenço um pedaço de uma das mesas. —Vocês duas discutem sobre a base — disse Yeardley. — Eu vou apanhar tudo que conseguir encontrar. Os espécimes nas prateleiras ainda devem estar limpos. — Laurel assentiu, e Yeardley começou a vasculhar nos armários.

Fiona colocou os dois frascos na parte limpa da mesa diante delas e explicou a Laurel como havia chegado à base. Era praticamente a mesma explicação que ela dera na aula na primeira vez que Laurel estivera em Avalon, mas, depois de dois verões de estudos, Laurel pôde entender de fato muito do que ela dizia. Fiona recitou uma lista de ingredientes que havia encontrado num texto antigo: urtigas de árvore de Josué em conserva, sementes mistas de fícus e pepino, extrato de maracujá. A lista era extensa e, depois de alguns minutos de leitura, Laurel a deteve.

— Preciso *senti-la.* Você pode pingar umas gotas num pratinho para mim? Se eu tocar a base no frasco, pode ser que a toxina a destrua completamente. — Ela olhou para Chelsea. —Vou precisar de vocês duas, para serem minhas mãos.

Chelsea olhou em volta e encontrou um pratinho raso, enquanto Fiona abria cuidadosamente a tampa de um dos frascos. Ela pingou algumas gotas, e Chelsea entregou o prato a Laurel.

— Eu sei que fiz corretamente a base até este ponto — disse Fiona, balançando a cabeça. — O texto era bem claro, e tudo correu perfeitamente bem. Mas o resto das instruções tinha sido removido e, por mais que eu tentasse, nada parecia completá-la. Tem alguma coisa em que estou errando, mas não faço ideia do que é. — Ela suspirou. — Tentei cada coisa! Chega a ser ridículo.

Enquanto Fiona descrevia seus experimentos e falhas, Laurel passou o dedo pela solução no pratinho à sua frente. As pontas de seus dedos estavam negras e um pouco inchadas, e ela se concentrou na forma como a mistura de Fiona reagia à toxina em seu corpo e em como

Destinos 228

a toxina reagia à base de *viridefaeco*. Sentiu o potencial dos ingredientes secundários e como eles eram contidos pelos principais. Havia vários ingredientes que ela não teria pensado em combinar; assim como o pó de invisibilidade de Klea, a base de *viridefaeco* era um tumulto de tensão. O que ela precisava era de um escape. E, em alguma parte da mente de Laurel, ela sentiu que já havia encontrado o elemento adequado antes, em algum lugar.

Era a mesma sensação que tivera na primeira vez que analisara o pó que Klea fizera com sua própria flor amputada — não que o ingrediente que faltava fosse parte de uma fada, nesse caso. Ela se lembrou daquele dia com Tamani, sentindo as coisas que poderia fazer a partir dele: toxinas, bloqueadores de fotossíntese, venenos. O soro que Klea tinha feito para defender os trolls da magia das fadas... ele também continha flores de fada. Poções que usavam flores de fada não eram para ajudar fadas e elfos, e sim para machucá-los. Não era disso que precisavam para fazer o antídoto.

Yeardley lhe dissera, na primeira vez que viera à Academia, que o conhecimento era a essência de sua magia — a fonte da qual sua intuição tirava poder. O componente que faltava era algo que ela conhecia, algo com que tivera contato muitas vezes antes... algo que não havia reconhecido como um elemento útil, talvez algo com que Fiona jamais houvesse se deparado. Isso parecia apontar para um ingrediente que não era comum em Avalon.

— Muito bem — disse Laurel. — Acho que você estava no caminho certo com o germe de trigo. Existem outras variedades que você normalmente não usa? Talvez alguma que tenham que trazer da Mansão? Vamos pensar nessa direção.

Yeardley reuniu mais ervas e materiais do que Laurel pensou que pudessem ter sobrevivido ao incêndio. Mas ela não questionou nada; simplesmente se pôs a trabalhar, orientando Fiona e Chelsea a juntar e preparar aditivos, deixando que elas fizessem o trabalho em si e testando amostras conforme a poção ia progredindo.

— Está tão perto. Tudo está aqui — disse Laurel depois de acrescentar uma quantidade mínima de água de rosas, a única outra coisa que sentia que pudesse ser necessária. Passou o dedo por mais uma amostra.

— Está pronta, só não é suficiente. A toxina ainda a está dominando. É como... como se os ingredientes estivessem inertes e precisassem de algo que os ativasse. — Ela inalou uma golfada de ar. Fazia sentido. — Um catalisador — disse baixinho. — Algo que libere seu potencial. — *Mas o quê?*

Fiona balançou a cabeça.

— Foi por isso que tive que passar para outros projetos. Eu tive até a mesma ideia que você: viajei até a Mansão. Eles me disseram que os humanos levaram muitas plantas à extinção ao longo dos últimos séculos. O ingrediente final deve ser um desses.

— Não — insistiu Laurel. — Não, eu conheço o ingrediente final. Está na ponta da minha língua. O que cresce na Califórnia que não cresce em Avalon?

— Laurel — disse Chelsea, hesitante. — Seu rosto... tem pontos escuros nele.

Laurel ergueu as mãos para tocar no rosto, lembrando-se da forma como Tamani fizera a mesma coisa. Há quanto tempo fora aquilo? Não importava... não podia pensar naquilo agora.

Se você pode pensar como a Caçadora, pode fazer como ela fez.

A poção de *viridefaeco* estivera perdida por séculos. Mas Klea tinha decifrado como fazê-la novamente. O que a tornava tão especial? Ela estava sempre disposta a expandir as fronteiras. Provavelmente, havia testado tanto as toxinas quanto os antídotos em si mesma, arriscando tudo por seu trabalho. E Laurel também não fizera aquilo? Não havia absorvido o veneno para melhor compreendê-lo? Mas, quanto mais compreendia o veneno que percorria seu corpo, mais temia não conseguir vencê-lo no final. Laurel pegou uma amostra nova da base

Destinos 230

e fechou os olhos, passando o dedo pela solução e repetindo o mantra em sua mente: *Pense como Klea, pense como Klea.*

Avalon se esqueceu de quanto os humanos têm a oferecer.

Os olhos de Laurel se abriram de repente quando as palavras de Klea ecoaram em sua cabeça.

— Chelsea — disse baixinho. — Preciso de Chelsea!

— O quê? — disse Chelsea. — Do que você precisa?

— Preciso de *você*. Um pouco de cabelo, de saliva... não, é melhor que seja sangue. DNA humano. — Ela vasculhou entre os materiais que Yeardley tinha coletado. — A poção de *viridefaeco* foi perdida depois que os portais foram selados... depois que toda interação com os humanos foi interrompida, certo? — perguntou ela, virando-se para Fiona, que assentiu. — Isso não é coincidência; é a *razão* pela qual foi esquecida; a razão pela qual eles destruíram a segunda parte das instruções. O catalisador dessa poção é DNA humano. Chelsea — disse ela, voltando-se para a amiga com uma pequena lâmina de preparação —, posso?

Chelsea assentiu sem hesitar, estendendo a mão.

Laurel segurou a faca junto à ponta do dedo de Chelsea. *É só um furinho*, disse a si mesma, mas, mesmo assim, foi difícil encostar a lâmina na pele da amiga e pressionar o suficiente para cortá-la.

— Quer que eu faça essa parte? — perguntou Fiona baixinho.

Laurel balançou a cabeça.

— Não, eu tenho que fazer — disse, com uma estranha certeza. Ela apanhou o frasco grande à sua frente, tocando nele pela primeira vez. Uma gotinha escarlate se acumulara no dedo de Chelsea; ela parecia ainda mais exausta do que Laurel, mas excitada demais para ver o que aconteceria em seguida para sentir muita dor.

— A última chance de Avalon — disse Laurel, num sussurro. *E de Tamani*, acrescentou para si mesma. Então, inclinou o dedo de Chelsea e, cuidadosamente, deixou que uma gota de sangue caísse no frasco, mesclando-o com uma colher de bambu de cabo comprido.

Assim que o sangue atingiu a solução, esta *mudou*. Laurel continuou mexendo, e uma sensação de euforia se espalhou por ela conforme a mistura transparente adquiria uma tonalidade púrpura igual à do frasco que Laurel vira tão rapidamente na mão de Klea. Estava funcionando! Todos os ingredientes pareceram despertar ao mesmo tempo e a potência da base se multiplicou por dez... por mil! Uma risadinha explodiu da garganta de Laurel, e Chelsea agarrou seu braço.

— Funcionou?

Laurel estava tão confiante que colocou o dedo dentro da solução. A toxina não teve a menor chance.

— Funcionou. Funcionou, ah, Chelsea, funcionou! — Laurel ficou zonza de alívio. — Por favor — disse ela, virando-se para Fiona —, preciso de frascos. Agora!

Precisava ir até Tamani.

Quando Laurel saiu da linha de árvores, o círculo parcamente iluminado estava tão quieto que ela não sabia ao certo se havia *alguém* vivo.

A cabeça de Tamani estava apoiada no colo de David.

— Acho que ele ainda está respirando — disse David quando Laurel saltou sobre a trincheira e se ajoelhou ao lado do corpo de Tamani. — Mas ele parou de abrir os olhos há uns cinco minutos.

Tamani permanecia sem camisa, e seu peito e ombros estavam estriados de negro. Laurel segurou seu rosto, sentindo a toxina dentro dele tentar atacá-la; mas o *viridefaeco* que Chelsea insistira que ela engolisse antes de sair da Academia a repeliu com facilidade.

— Voltou... para dizer... adeus? — perguntou Klea, com uma risada rouca. Mesmo inchada pela infecção, pendendo à beira da morte, ela continuava sendo uma bruxa amargurada.

— Por favor, viva — suplicou Laurel baixinho ao derramar a poção na boca de Tamani e fechar seus lábios.

Destinos 232

Ela aguardou enquanto os segundos se arrastavam, os olhos cheios de lágrimas ao se agarrar ao braço de Tamani, motivando-o a despertar. O *viridefaeco* havia começado a curá-la de forma quase instantânea... por que não estava funcionando agora? Um minuto se passou. Dois.

David tocou em seu braço.

— Laurel, eu não...

— Não! — gritou ela, empurrando sua mão. — Vai funcionar. *Tem* que funcionar. Tamani, por favor! — Ela se inclinou sobre ele, pressionando o rosto em seu peito, escondendo as lágrimas, desejando que elfos tivessem algo parecido às batidas do coração para lhe garantir que ele estivesse vivo. Ele *tinha* que estar vivo. Não sabia se conseguiria viver nem mais um momento se ele não estivesse com ela. Que importância teria tudo aquilo se, no fim, fosse tarde demais para salvar Tamani? Ela se endireitou, buscando em seu rosto algum sinal de consciência. Uma mecha do cabelo dele pendia parcialmente sobre um olho, e ela estendeu a mão, pesada de aflição, para afastá-la de sua fronte.

A meio caminho, deteve o movimento. Os minúsculos tentáculos negros que haviam começado a cruzar o rosto de Tamani estavam recuando. Ela franziu os olhos para ver melhor; teria imaginado? Seria uma ilusão criada pelo escuro? Não, aquela linha passava de um lado a outro de suas sobrancelhas; agora só ia até a metade. Ela prendeu a respiração, mal se atrevendo a mover-se, enquanto observava a risca clarear e desaparecer. O peito dele se inflou — muito de leve — e baixou novamente.

— Respire de novo — ordenou Laurel num sussurro que mal se ouvia.

Nada se mexeu.

— De novo! — exigiu Laurel.

Seu peito se inflou uma vez mais. Dessa vez, ele engasgou e tossiu o *viridefaeco* parado em sua garganta, engolindo com dificuldade.

Laurel soltou um grito de alegria e envolveu o pescoço dele com os braços, puxando-o para si com euforia. A respiração dele ainda estava um pouco fraca, mas regular e, alguns segundos depois, ele abriu os olhos — aqueles lindos olhos verdes que ela temera que nunca mais olhariam para ela.

— Laurel — disse ele, a voz entrecortada.

Lágrimas escorriam pelo rosto dela, mas dessa vez eram de alegria, e ela riu, a voz ecoando pelo bosque como se as árvores exultassem com ela.

Tamani sorriu fracamente.

—Você conseguiu.

—Tive ajuda.

— Mesmo assim.

Laurel assentiu e passou os dedos pelos cabelos dele; ele fechou os olhos, com um suspiro satisfeito.

Mas Laurel ainda não havia terminado.

Soltando Tamani, ela se levantou e foi até Klea. O rosto dela estava negro e inchado, mas seus olhos verde-claros chamejavam de maldade. Ela devia ter ouvido tudo; devia saber que seu plano fracassara de forma definitiva.

— *Viridefaeco* — sussurrou Klea. Sua respiração era irregular, e ela ainda jazia de costas, na mesma posição de uma hora atrás. Laurel se perguntou se ela ainda conseguiria se mover. — Bem, você não é... você não é uma *coisa* mesmo? Aposto que se acha muito... esperta.

— Eu acho que *você* é esperta — disse Laurel calmamente. Era uma verdade estranha de se pronunciar. — Abra a boca — disse ela, segurando o segundo frasco.

— Não! — rosnou Klea, com mais ardor do que Laurel teria acreditado possível, vindo de uma fada à beira da morte.

— Como assim, não? — perguntou Laurel. — A toxina está prestes a matar você.

Klea revirou os olhos para Laurel.

— Eu prefiro... morrer... a viver no seu *mundo perfeito.*

Laurel sentiu seu maxilar se enrijecer.

— Isto não é uma competição... tome a poção! — Quando Klea virou o rosto e fechou os lábios com força, Laurel decidiu simplesmente jogar a poção em seu rosto; devia ser suficientemente potente.

Com reflexos rápidos como um raio, Klea agarrou o pulso de Laurel. Sua mão parecia feita de aço e ela se esforçou para sentar-se, enquanto Laurel lutava para se soltar. De onde Klea tinha tirado tanta força?

— Laurel! — David deu um passo, hesitante, na direção delas e, então, parou, olhando para sua espada mágica e franzindo o cenho com irritação.

— Essa vitória... será... minha! — disse Klea, cada palavra um sibilar entre dentes cerrados. Com um puxão forte, ela esmagou a mão de Laurel no chão, estilhaçando o frasco de vidro de açúcar e derramando o soro pegajoso na grama enegrecida. Desdenhosamente, Klea empurrou o braço de Laurel para longe, voltando a cair no chão. —Vá...

Laurel estava paralisada de choque.

— ... para...

O *viridefaeco* pingando da mão de Laurel poderia ser suficiente. Se apenas conseguisse...

— ... o *inferno!*

A expressão que congelou o rosto enegrecido e inchado de Klea não era de raiva nem de desdém. Era da mais pura e maligna aversão.

Entorpecida, Laurel voltou cambaleando até Tamani, caindo no chão ao lado dele. David se uniu a eles, enterrando Excalibur no solo e sentando-se de pernas cruzadas ao lado de Laurel. Os olhos de Tamani se abriram novamente e ele ergueu a mão para agarrar a mão de David.

— Obrigado por ficar comigo, cara.

— Não tinha mais nenhum compromisso hoje — disse David baixinho, com um sorriso.

Laurel deixou sua cabeça cair no ombro de David e entrelaçou os dedos aos de Tamani. Havia muito trabalho à frente, para eles: recuperar-se, fazer soro de *viridefaeco*, prantear os amigos perdidos e reconstruir a Academia. Mas, por esta noite, estava tudo terminado. Avalon estava em segurança, David era um herói e Tamani estava vivo.

E Klea jamais poderia machucá-la novamente.

Vinte e Cinco

— LAUREL?

Os olhos de Laurel se abriram à luz mortiça de antes do amanhecer. Sua cabeça estava pousada no peito de Tamani e o braço de David pendia sobre sua barriga. Ela não sabia bem quanto tempo havia passado, aconchegada na segurança dos braços de seus amigos; deixara o mundo girar à sua volta, totalmente despreocupada, num descanso dos horrores das últimas vinte e quatro horas, mas, com o crepúsculo começando a anunciar a chegada do sol, não podia ter sido muito tempo.

— Laurel?

Levou alguns momentos para focalizar em meio à luz tênue da manhã e conseguir ver de onde vinha aquela voz.

— Jamison — sussurrou ela. Trazendo a mão de Tamani até seu rosto, Laurel olhou em seus olhos e beijou-lhe de leve as juntas dos dedos antes de se afastar e ir lentamente até onde estava Jamison.

Apesar dos cuidados atenciosos de David, Laurel estava preocupada por Jamison ter ficado tanto tempo desacordado. Ele estava fora do círculo feito por David e parecia ter sido poupado da toxina, mas, ainda assim, Laurel examinou delicadamente sua cabeça no ponto em que o tronco de árvore o havia atingido, depois segurou suas mãos, tentando sentir qualquer indicação de que o veneno houvesse chegado até suas células.

— Infelizmente, acho que decepcionei você — disse ele, a voz permeada de tristeza.

— Não — disse Laurel, permitindo-se sorrir ao não sentir vestígios do veneno. — Está tudo bem. — *Ou tanto quanto seja possível, no fim de uma guerra.*

—Yuki...?

Laurel abaixou a cabeça.

— Não consegui voltar a tempo — sussurrou, e ficou surpresa ao ver lágrimas cintilando nos olhos de Jamison.

— Callista também?

Laurel assentiu em silêncio, e a frustração que sentira nos momentos finais de Klea voltou a tomá-la de tristeza.

— Mas Avalon está em segurança — anunciou ele, sem traços de dúvida na voz.

Laurel não se sentia vitoriosa.

— O que aconteceu?

Laurel contou a história toda o mais rapidamente, tentando não sobrecarregar demais o cansado elfo, e desejou que tivesse um final mais feliz.

— Estou orgulhoso de você — disse Jamison quando ela terminou, mas a voz dele soava tão derrotada quanto ela se sentia. Sim, os trolls haviam sido derrotados e, sim, Klea e sua toxina tinham sido detidas, mas o preço fora quase incompreensível. Centenas de fadas e elfos de primavera e de verão mortos, talvez mais de mil. E quanto aos de outono? Era doloroso sequer pensar. A população da Academia fora reduzida a menos de uma centena. Levaria décadas para restaurar os números. Tantos mortos, e para quê? Para que Avalon voltasse a seu estado arruinado.

Destinos 238

Laurel ouviu um grito e ruído de passos, e ela e Jamison se viraram na direção do som.

— Eu não vou esperar! — A voz da Rainha foi ouvida claramente acima dos argumentos de seus *Am Fear-faire* conforme ela vinha se aproximando pela trilha, com Yasmine seguindo-a, mais calma, a uma curta distância.

As mãos de Jamison se enrijeceram sob as de Laurel ao ver sua monarca se aproximar, mas um sorrisinho tocou seus lábios quando Yasmine o viu e começou a correr.

— Espere! — Todos os olhos se desviaram da Rainha e de seu séquito quando Chelsea e Fiona saíram dentre as árvores, espalhando folhas por todo lado.

— Não. Toque. Em. Nada — disse Fiona, ofegante, os braços segurando um frasco grande de vidro.

— Graças a Deus! — disse Chelsea, contornando Fiona para agarrar Laurel e Jamison num abraço exuberante. — Aquela Rainha não ouve ninguém? — sussurrou Chelsea, e Jamison deu uma risadinha baixa. — Nós os vimos vindo pela trilha justamente quando estávamos terminando outra leva de poção e corremos o mais rápido que pudemos.

— Pelo menos, as sentinelas puderam mantê-la afastada até agora — disse Laurel, com uma sobrancelha erguida.

— Espere, Yasmine, por favor! — exclamou Fiona, tentando impedir que a jovem fada de inverno se aproximasse de Jamison.

— Está tudo bem — disse Laurel. — Jamison está limpo.

Com relutância, Fiona a deixou passar.

A Rainha Marion parou à beira da trincheira de David e olhou para eles, furiosa, com os braços cruzados sobre o peito. Laurel ignorou a expressão tempestuosa e pegou a mão de Chelsea, puxando a amiga sobre a trincheira rasa e levando-a até onde David estava ajoelhado, segurando Excalibur, ao lado de Tamani, que conseguira se erguer um pouco. Seu peito ainda estava acinzentado como se houvesse nele um grande hematoma, mas também já estava clareando.

— Não importa o que venha a acontecer — sussurrou Laurel —, estamos nisso juntos. — Ela fitou cada um de seus amigos nos olhos por vários segundos e todos assentiram. — E, David, não solte essa espada de jeito nenhum. — Ela olhou rapidamente para a Rainha. — Não estou certa se já terminamos de lutar contra o inimigo — completou, sombria.

—Venham aqui, todos vocês — ordenou Marion.

— Deixe-me neutralizá-los primeiro — disse Fiona, e Laurel se virou e viu que ela se inclinara diante da Rainha, segurando o frasco de vidro. Ela havia anexado um bocal de spray no alto. — Só por segurança — acrescentou, os olhos se desviando rapidamente para a mancha ainda visível no peito de Tamani.

Laurel assentiu e Fiona saltou sobre o fosso.

— Prenda a respiração. — Fiona borrifou uma leve camada de *viridefaeco* sobre eles. —Vocês vão ficar um pouquinho molhados, infelizmente.

Laurel dispensou sua preocupação com um gesto e se virou para ajudar Tamani a se levantar.

—Você consegue andar? — sussurrou ela.

Ele trincou o maxilar algumas vezes, mas acabou negando com a cabeça.

— Não sem ajuda — admitiu.

—Venha — disse Laurel. Ela passou o braço dele por cima de seus ombros e Chelsea se apressou a fazer o mesmo no outro lado.

Embora a Rainha estivesse a apenas metros de distância, Laurel e Chelsea levaram Tamani até o lado oposto do círculo, onde estavam Jamison e Yasmine; David transpôs o vão e, cuidadosamente, ajudou Tamani a passar, para que todos pudessem se sentar juntos.

—Vamos conversar aqui — disse Laurel para a Rainha.

Marion franziu os lábios e, por um instante, Laurel achou que ela fosse se recusar a vir. Mas ela devia ter percebido que não havia mais nada que pudesse fazer. Acompanhada por seus *Am Fear-faire*, ela circulou a trincheira e ficou diante deles, olhando de cima para o grupo que, em outras circunstâncias, pareceria confortavelmente à vontade.

A Rainha fingiu contá-los uma vez e, então, repetir a contagem.

— Bem, Jamison, dois humanos, uma fada de outono e um elfo de primavera. Onde está a fada de inverno da qual você me falou? — perguntou Marion. — Ou será que era um produto da imaginação hiperativa de uma certa sentinela? — Seu olhar recaiu acusadoramente sobre Tamani.

— É a fada mais jovem que você está vendo morta no círculo — disse Jamison, apontando.

Marion olhou naquela direção e seus olhos se arregalaram, percebendo pela primeira vez que as formas negras grotescamente enrugadas no círculo de grama seca eram, de fato, fadas.

— Você a matou — disse ela, baixinho.

— Não matei — disse Jamison. — Yuki traiu Callista quando ficou claro que ela não passava de um peão nos planos da Misturadora. Callista a matou.

— Um peão? — perguntou a Rainha com escárnio, claramente incapaz de levar a sério a ideia de uma fada de inverno como peão de alguém.

— Assim como os trolls — disse Jamison lenta e deliberadamente.

Por um instante, a Rainha parecia ter sido estapeada por alguém — como se achasse aquela comparação uma afronta pessoal. Sua expressão lentamente se transformou em incerteza.

— Acho que é melhor você começar do começo.

Devagar, e com muitas interrupções, Laurel compartilhou com todo mundo a história do que eles haviam feito. Quando chegou à parte sobre como descobrira o ingrediente final da poção de *viride-faeco*, Jamison sorriu com orgulho e a Rainha pareceu ficar um tanto nauseada.

Quando Laurel terminou, a clareira foi tomada por um silêncio cheio de tensão. Marion olhou para o círculo onde Klea e Yuki haviam morrido. A grama estava enegrecida, além de qualquer recuperação, mas Fiona e duas outras fadas de outono cobertas de fuligem estavam borrifando soro de *viridefaeco*, detendo por fim o progresso do veneno que se espalhava.

— Jamison — falou Marion, enfim, parecendo cansada —, você obviamente precisa descansar. Sugiro que se recolha no palácio e mostre também a estes dois humanos onde eles podem se alojar.

— Concordo. Acho que seria melhor David devolver a espada antes que o recompensemos por seu valor e o acompanhemos, juntamente com seus amigos, para fora de Avalon. Imagino que estejam todos ansiosos por voltar para casa.

— Não seja tolo — disse a Rainha, rejeitando a distorção que Jamison fizera de sua ordem. — Não podemos, de forma alguma, permitir que os humanos saiam daqui.

Chelsea emitiu um ruído baixo em sua garganta; Tamani estendeu a mão e apertou a mão dela de forma tranquilizadora.

—Você sabe tão bem quanto eu que essa regra não é imutável.

— Ele usou a espada, Jamison.

— Só porque foi feito antes, não quer dizer que deva ser feito agora. As circunstâncias eram muito diferentes — disse Jamison, a voz calma.

— Não vejo como.

— Artur não tinha nada para que retornar. Sua vida e seu reino estavam destruídos. Este garoto tem um futuro à sua frente. Eu não vou ser responsável por aprisioná-lo aqui.

— Como assim, me aprisionar aqui? — disse David.

Jamison olhou para David.

— O Rei Artur não partiu de Avalon. Nunca. E pode não ter sido inteiramente por vontade própria.

Destinos 242

— Uma espada invencível é um segredo grande demais — disse a Rainha, num tom de voz condescendente, mas com um quê de pena. —Você certamente consegue entender isso.

— Eu posso guardar um segredo — disse David. — Sou muito bom com segredos.

— Não desse tipo.

— Guardei segredo sobre a verdadeira natureza de Laurel por mais de dois anos. Para não falar da localização do portal.

A Rainha não pareceu impressionada.

— Ou seja, são duas coisas que deveriam ter sido apagadas da sua memória, se o *Fear-gleidhidh* de Laurel d'Avalon estivesse fazendo direito seu trabalho. Por favor, não pense que somos ingratos. É uma questão de diligência. Os líderes do seu mundo, humanos ou não, matariam muitos para obter essa arma.

— Eu sei disso.

— Então você entende que é por sua própria segurança que você deve permanecer aqui.

— Eu tenho família. Chelsea também. Não vamos abandoná-las.

— Não é uma escolha sua — disse a Rainha severamente. — Não somos monstros; você será bem cuidado. Mas não pode partir.

—A escolha não é *sua* — retrucou David, antes que alguém mais pudesse falar. —Você não pode me manter aqui.

Os olhos da Rainha se estreitaram.

— Não vejo por que não.

— Eu tenho Excalibur.

— E pode carregá-la por Avalon até morrer, pelo que me diz respeito — disse ela, seu tom pondo um fim à conversa.

— O que você quer apostar que esta espada pode cortar as barras daqueles portais? — disse David, a voz baixa, mas penetrante.

A respiração de Laurel ficou presa na garganta; David certamente não pretendia destruir a defesa mais importante de Avalon... pretendia?

— Artur nunca destruiu os portais — retrucou Marion, mas havia incerteza em seu olhar.

— Talvez ele não quisesse realmente partir.

— Talvez não — respondeu Marion. — Ou talvez ele tenha percebido o perigo que uma ação tão drástica significaria para Avalon. Talvez ele fosse nobre demais para fazer isso.

David lhe dirigiu um olhar furioso, ao qual a Rainha Marion respondeu na mesma medida.

— Eu não vou ajudá-la a aprisioná-lo — disse Jamison, interrompendo a luta de poder entre os dois. — Se eles me pedirem para abrir o portal, eu abrirei.

— Então você será executado por traição — disse Marion sem hesitar. — Podemos formar um Conselho, *mas eu ainda sou a Rainha.*

— Não! — gritou Yasmine, agarrando o braço de Jamison, sua voz jovem soando estranhamente descabida em meio àquela conversa em particular.

— Yasmine, o mesmo se aplica a você — disse Marion, sem corresponder a seu olhar.

— Isso não é justo! — disse Chelsea, pondo-se em pé, com os punhos cerrados. — Ela não fez nada.

— A escolha pertence ao humano — disse Marion, encarando David com firmeza. — Seria uma pena se, depois de todo o trabalho que fez, você decidisse expor Avalon a um perigo ainda maior.

David ficou imóvel e em silêncio, as juntas dos dedos brancas contra o punho da espada. Será que realmente poderia destruir o portal? Será que o *faria?*

David girou nos calcanhares e deu as costas para a Rainha. Sem uma palavra, saltou sobre a trincheira e contemplou os corpos que o rodeavam. Klea, Yuki, os guerreiros insensíveis de Klea, a grama ainda enegrecida que preenchia o círculo. Então, ele se virou e, olhando nos olhos da Rainha, enterrou a espada no chão, quase até o punho.

Mas não a soltou.

Destinos 244

Apenas se agachou ali, olhando furiosamente para a Rainha por quase um minuto. Tudo mais estava em silêncio.

Em seguida, ele soltou o punho da espada, um dedo de cada vez, até seu braço cair e ele se levantar e se afastar.

Quando voltou até eles, David passou os braços em volta de Chelsea e enterrou o rosto no pescoço dela, o corpo inteiro tremendo.

— Sinto muito — sussurrou ele. — Sinto muito, muito. Depois de tudo que eles passaram, eu não posso... sinto muito.

— Eu sei — disse Chelsea, abraçando-o. Ela fechou os olhos com força e sua voz tremeu quando falou: — Você fez a coisa certa. E, olha, há lugares piores onde viver, certo?

Laurel passou os braços em volta dos dois; atrás dela, Tamani se esforçou para ficar em pé e se juntou a eles, apoiando-se pesadamente no ombro dela.

— Pessoal, eu posso... — ele começou a sussurrar.

— Não vou ficar quieto e deixar isso acontecer.

Todos se viraram e viram Jamison de pé, com Yasmine sob seu braço, dando-lhe apoio. — Vou abrir o portal para eles. E, depois, aceitarei minha punição.

— Jamison, não — disse Tamani baixinho.

— Tenho pouco tempo de vida mesmo... seria uma honra — disse Jamison, o queixo erguido.

Mas Tamani já estava negando com a cabeça.

— Ninguém vai se sacrificar hoje. Nem mesmo você.

Jamison olhou para Tamani de forma apreciativa, mas, após um instante, eles pareceram chegar a uma espécie de entendimento que Laurel não podia compreender, e Jamison deu um passo atrás, em silêncio.

Tamani se voltou para Laurel, David e Chelsea.

— Vou ajeitar as coisas — disse ele, baixinho.

— Como? — perguntou Laurel. — Não podemos simplesmente...

— Se vocês algum dia confiaram em mim, confiem novamente agora — sussurrou ele ao olhar ao redor do círculo e a todos nos olhos. Todos assentiram.

Com um esforço visível, Tamani se endireitou, falando alto o bastante para que todos o ouvissem:

— Tenho algumas coisas a fazer. Laurel — disse Tamani, virando-se para ela —, você pode ajudar Jamison a ir até o Jardim do Portal?

— Você não pode permitir que ele faça isso por nós — disse Laurel, em voz baixa.

— Por favor? — retrucou Tamani.

Ela concordara em confiar nele. Assentiu devagar.

— Chelsea? Você vem me ajudar?

Chelsea conseguiu dar um sorriso.

— É claro.

— Uma hora... quero todo mundo junto no Jardim do Portal. — Tamani ergueu os olhos e encontrou o olhar da Rainha. — Você também deveria estar lá.

— Não estou acostumada a receber ordens como uma...

— Você vai querer me deter se eu for melhor do que você acha que sou, não? — interrompeu Tamani com uma sobrancelha erguida. Nunca antes ele parecera tanto um pupilo de Shar. Laurel se lembrou de como ele havia, uma vez, tremido na presença de fadas de outono, como havia se encolhido sob o olhar da Rainha; era como se um elfo diferente estivesse agora diante dela.

Marion ficou em silêncio e Laurel percebeu que Tamani a havia apanhado numa armadilha. Se ela não fosse, Tamani poderia ter êxito. Mas se fosse, provaria que ela tinha medo.

Controle ou aparência?

A Rainha Marion se virou decididamente e partiu sem uma palavra sequer. Mas Laurel desconfiava que, no fim, a monarca de Avalon iria acatar o pedido.

Vinte e Seis

LAUREL VIU TAMANI CAMINHANDO LETARGICAMENTE PELA ESTRADA EM direção ao setor de Primavera, apoiando-se com um braço em volta dos ombros de Chelsea. Ele estava se fortalecendo mais a cada minuto, mas o soro que limpava o veneno de seu corpo não mudava o fato de ele estar claramente exausto.

Todos estavam. Círculos escuros contornavam os olhos de Chelsea e de David, e o corpo de Tamani já fora bem surrado antes mesmo de Klea tê-lo envenenado. Mas Chelsea cuidaria dele; Laurel sabia, sem sombra de dúvida, que podia contar com a amiga para isso.

— Aquele garoto tem alguma ideia em mente — disse Jamison, com um brilho nos olhos. — E estou muito ansioso para ver o que é.

Laurel assentiu, embora o que sentisse, na verdade, fosse medo. Tamani já havia provado sua disposição de se sacrificar por ela, e Laurel só podia esperar que não fosse isso que ele estivesse planejando agora. Não que pudesse ver de que forma aquilo mudaria alguma coisa. Ajudou Jamison a se levantar e pegou um de seus braços, enquanto Yasmine pegava o outro.

David ficou de lado, hesitante, então se juntou a eles, passando o braço pelo de Laurel.

— É estranho que Klea esteja morta — admitiu Laurel enquanto seguiam vagarosamente pela trilha. — Tenho a sensação de vir tentando entendê-la e me manter longe dela durante cada minuto de cada dia por... mais de um ano, acho.

— Eu realmente gostaria que as coisas tivessem terminado de forma diferente para ela — admitiu Jamison.

— Eu não gostei de ter me colocado na cabeça dela, mas foi a única forma de descobrir aquele ingrediente final — disse Laurel.

— É porque ela tinha uma mente brilhante. E, talvez, o mais importante: ela tinha a mente *aberta*. Estava disposta a fazer perguntas e buscar respostas de formas que outras fadas simplesmente não conseguiam entender. No fim, isso foi sua ruína, mas também foi sua salvação.

— Você me disse, uma vez, que eu poderia ser tão boa quanto alguém, mas não disse quem. Estava se referindo a ela?

— Estava, sim. Tenho pensado nela com frequência nos últimos cinquenta anos e em quanto Avalon perdeu quando desistimos dela.

Laurel hesitou; então, deixou escapar:

— Como você pode se lembrar do potencial dela depois de tudo que ela fez? Quando penso em Klea, só vejo miséria e morte.

David apertou seu braço, solidário.

— Então, tente se lembrar de quantas vezes ela salvou a sua família e seus amigos.

— Nunca estivemos realmente em perigo — argumentou Laurel, lembrando-se da primeira noite em que haviam se encontrado com Klea. A primeira vez em que ela os havia "salvado". — Ela mandou aqueles trolls atrás de nós, para começo de conversa. Não é a mesma coisa. Mesmo quando ela nos salvou de Barnes, foi só porque *ela* havia perdido o controle sobre ele.

— Ah, mas você mesma falou que ela disse que fazia as melhores toxinas e antídotos. Acredito que o tônico de cura que lhe dei salvou o seu pai, e também foi ministrado a seus amigos humanos algumas vezes.

Laurel inalou, pensando no frasquinho azul que tinha guardado em seu kit em casa.

— Foi ela que fez?

Jamison assentiu.

— Encontrei pouquíssimas sementes realmente ruins na minha vida. Mesmo as pessoas que se flagram agindo por inveja, ou ganância, ou orgulho egoísta, não perdem a capacidade de agir por amor. No final, até Yuki encontrou seu caminho de volta. Sinto muito por Callista não ter sido capaz de fazer o mesmo, mas ainda acredito que, em algum momento, ela teve bondade dentro de si.

— Sim — disse Laurel, mas não estava muito convencida. Depois de ver Tamani quase morrer, não estava inclinada a pensar coisas boas sobre Klea.

Jamison ficou em silêncio por um momento; então, disse:

— Não sei se ainda estarei aqui na próxima vez que você vier a Avalon.

— Jamison...

— Por favor — interrompeu Jamison, a expressão quase desconhecida de tão séria. — Isso é importante. Muito, muito importante. — Ele fez uma pausa e olhou ao redor de forma conspiradora; então, tomou as mãos de Laurel nas suas e olhou em seus olhos. — Já se passaram mais de cinquenta anos desde que decidimos colocar um enxerto no mundo humano e começamos a colocar nosso plano em ação. Eu estava relutante. Não achava que o momento fosse certo. Cora estava começando a definhar e eu podia ver que tipo de rainha seria Marion. Mas fui derrotado na votação. Então, um dia, muitos anos depois, eles nos trouxeram uma nova fada de inverno, recém-brotada.

Jamison pousou um braço de forma paternal em volta de Yasmine e ela sorriu para ele.

— Eu olhei para essa pequena fada de inverno, destinada a nunca governar por estar tão próxima em idade de Marion, e pensei em todo o seu potencial que seria desperdiçado. Assim como Callista. E eu soube, naquele momento, que não poderia deixar que aquilo se repetisse. Dias depois, eles trouxeram as duas candidatas finais para o enxerto humano.

— Mara e eu? — perguntou Laurel, e Jamison assentiu.

— Eu me dei conta de que conhecia uma das jovens Misturadoras. Vira-a várias vezes quando fora à Academia para observar a Jardineira cuidando da muda de inverno. Essa pequena Misturadora era a melhor amiga do filho da Jardineira.

— Tamani — sussurrou Laurel.

— E percebi que, talvez, essa fosse a resposta. Um enxerto bom e gentil, com alguém em Avalon que a amasse, amasse *de verdade*, alguém que pudesse ser sua âncora, que pudesse fazer com que ela voltasse ao nosso reino.

"Mas não de mãos vazias. Eu precisava de um enxerto que não menosprezasse os humanos, mas que os amasse... um enxerto que rejeitasse tradições e preconceitos tão difíceis de desaprender que eu não pudesse nem sequer confiar num elixir de memória para apagá-los. E se esse enxerto pudesse mostrar ao povo das fadas que existe outro modo de vida? Seria ela capaz de se mostrar uma conselheira digna para o trono? Seria possível realizar uma revolução pacífica... para trazer uma nova era de glória, uma nova forma de vida para o nosso reino?"

— Jamison! — ofegou Laurel.

— E enquanto esse enxerto estivesse aprendendo outros caminhos, *eu* poderia ensinar aquela fadinha de inverno a respeitar *todos* os indivíduos em Avalon, não só aqueles com poder. E talvez, quem sabe, quando o momento fosse certo, ela *teria* uma chance de governar... uma chance de transformar Avalon no lugar que eu sempre sonhei secretamente que pudesse ser.

Destinos 250

— Você planejou isso! — disse Laurel, sem fôlego, tentando compreender a dimensão do envolvimento de Jamison. — Você me escolheu, você ajudou Tamani, você planejou *tudo*!

— Não tudo. Não isto — disse Jamison, indicando as evidências da destruição que os rodeava. — Nunca isto. Mas depois que Callista foi exilada, eu tinha que fazer alguma coisa. *Tinha* que começar uma mudança. É nosso segredo — disse Jamison, ficando sério ao olhar para Yasmine, depois novamente para Laurel. — E agora é seu segredo também. Vá devagar, meu brotinho já não tão pequeno. As melhores, e mais duradouras mudanças, são aquelas que acontecem de forma gradual; para atingir grandes alturas, uma árvore deve primeiro criar raízes profundas. Mas lhe prometo uma coisa: quando chegar a hora, quando Avalon estiver preparada e quando você estiver disposta a se unir a nós aqui, Yasmine estará pronta. Então poderemos ter uma revolução verdadeira. Pacífica; com o apoio de todo o povo de Avalon. E com você e Yasmine trabalhando juntas, Avalon poderá finalmente ser tudo que sempre tivemos esperanças de que fosse.

Com os olhos arregalados, Laurel olhou para Yasmine, vendo toda a bondade que sempre amara em Jamison brilhando nos olhos da jovem fadinha.

O futuro de Avalon, compreendeu Laurel, e seu rosto irrompeu num sorriso. Ela olhou para os dois e assentiu, unindo-se silenciosamente à sua cruzada secreta.

Começaram a andar novamente enquanto Laurel tentava entender tudo que Jamison fizera: as sementes que plantara, literal e figurativamente, e a colheita que planejara mesmo sabendo que não viveria para vê-la. Quando chegaram ao portal, Laurel, entorpecida, ajudou Jamison a se sentar no pequeno banco de pedra no lado de dentro das portas destruídas do Jardim, com Yasmine a seu lado, seus *Am Fear-faire* em posição de sentido à sua volta.

— Eu... volto logo — murmurou Laurel, precisando de alguns minutos para digerir tudo aquilo.

Com David em seus calcanhares, Laurel voltou pela entrada do Jardim e caminhou um pouco antes de se encostar à parede de pedra e escorregar até o chão.

— Não posso acreditar que ele tinha tudo planejado — disse ela, baixinho.

— E agora ele vai morrer para levar o plano a cabo — disse David, juntando-se a ela no chão. — Para garantir que nós possamos sair daqui.

Mas Laurel balançou a cabeça.

—Tamani vai pensar em alguma coisa.

— Espero que sim.

Ficaram em silêncio por um longo tempo, enquanto o sol começava a surgir no horizonte e uma brisa fresca despenteava os cabelos de Laurel. Ela pigarreou e disse:

— Eu sinto muito que a espada tenha sobrado para você.

— Eu não.

— Bem, então sinto muito por você ter sido colocado numa posição em que teve que matar tantos trolls.

Ele não respondeu, mas ela sabia como ele devia estar atormentado, por dentro.

— Foi... foi maravilhoso, no entanto. Você realmente salvou a pátria. Você é o meu herói — acrescentou ela, esperando que ele se animasse com o elogio.

Mas David nem sequer sorriu.

—Você não imagina a sensação de segurar aquela espada. — Ele deu de ombros. — Na verdade, talvez sim. Talvez seja essa a sensação, quando você faz alguma magia.

— Acredite, fazer Misturas não é muito diferente da aula de artesanato na escola.

—Você a toca — prosseguiu David, como se ela não tivesse dito nada, e Laurel fechou a boca e o deixou falar. Estava claro que ele precisava desabafar. — E essa onda de poder simplesmente toma conta de você. E não vai embora enquanto você estiver segurando a espada.

Laurel pensou na Árvore do Mundo e se perguntou se seria parecido àquilo.

— E é a sensação mais incrível do mundo, e você não pode evitar acreditar que... que é capaz de qualquer coisa. — Ele baixou os olhos para as próprias mãos, entrelaçadas no colo. — Mas nem mesmo a espada invencível pode me dar aquilo que realmente quero.

Ele hesitou e Laurel sabia o que viria a seguir.

— Não vamos ficar juntos novamente, vamos?

Laurel baixou os olhos para seus pés e fez que não com a cabeça. Ela viu o rosto dele murchar, mas ele não disse nada.

— Eu gostaria — começou Laurel, hesitante — ... eu gostaria que houvesse uma forma de ninguém se machucar nessa história toda. E detesto o fato de que sou eu a responsável.

— No entanto, eu acho sempre melhor saber — disse David.

— Eu não sabia — disse Laurel. — Não com certeza. Não até que quase o perdi.

— Bem, encarar a morte tende a pôr as coisas em perspectiva — disse David, reclinando-se contra a parede.

— David — disse Laurel, tentando encontrar as palavras certas. — Não quero que você pense que fez algo de errado, ou que não foi bom o suficiente. Você foi o namorado perfeito. Sempre. Você teria feito qualquer coisa por mim e eu *sabia* disso.

David manteve a pose, mas não olhou em seus olhos.

— E eu não sei — continuou Laurel — se isso melhora ou piora a situação, mas você precisa saber quanto o amei... quanto *precisei* de você. Você foi a melhor coisa que poderia ter me acontecido no colégio. Não sei o que teria feito sem você.

— Obrigado por isso — disse David, parecendo sincero. — E não é como se eu não soubesse. Quer dizer, eu tinha esperanças de que não, mas...

Laurel desviou os olhos.

— Acho que Tam é a única pessoa no mundo que poderia amar você tanto quanto eu — disse David com relutância.

Laurel assentiu, mas continuou em silêncio.

— Então, você vai ficar aqui com ele?

— Não — disse Laurel com firmeza, e David levantou os olhos, surpreso. — Não pertenço a este lugar, David. Ainda não. Talvez algum dia. Se... *quando* Yasmine se tornar Rainha, ela irá precisar de mim, mas por enquanto, o que Avalon realmente precisa é de alguém no mundo humano, exatamente como Jamison disse. Alguém para lembrá-los de como os humanos são realmente maravilhosos. Como *você* é realmente maravilhoso — acrescentou. — E eu pretendo fazer isso.

— Laurel?

Havia um toque de desespero na voz dele, uma tristeza profunda que ela sabia que *ela* havia causado.

— Sim?

Ele ficou quieto por um bom tempo, e Laurel se perguntou se ele teria mudado de ideia quando ouviu:

— Nós poderíamos ter conseguido. Se não fosse por... por ele, nós teríamos vivido a coisa real. Pela vida inteira. Eu verdadeiramente acredito nisso.

Laurel sorriu com tristeza.

— Eu também. — Ela se atirou nos braços de David, pressionando o rosto em seu peito caloroso da mesma forma que o abraçara incontáveis vezes antes. Mas havia algo mais, dessa vez, quando ele passou os braços em volta dela e retribuiu o abraço. E ela soube que, a despeito do fato de que provavelmente fosse vê-lo todos os dias desde aquele momento até a formatura, aquilo era um adeus.

— Obrigada — sussurrou ela. — Por tudo.

Um movimento no canto do olho atraiu sua atenção; ele estava longe, mas ela o reconheceu no mesmo instante. Tamani estava vindo sozinho pela trilha, com dificuldade, mal conseguindo pôr um pé na frente do outro. Enquanto ela o observava, ele tropeçou e mal conseguiu se reequilibrar.

Laurel ofegou e se pôs de pé no mesmo instante.

— Preciso ir ajudá-lo — disse.

David olhou em seus olhos e sustentou o olhar por vários segundos antes de baixá-lo e assentir.

— Vá — disse. — Ele precisa de você.

— David? — disse Laurel. — Às vezes... — Ela tentou se lembrar de como Chelsea havia explicado aquilo para ela uma vez. — Às vezes, estamos tão ocupados olhando para uma coisa, uma... pessoa... que não conseguimos ver mais nada. Talvez... talvez seja hora de você abrir os olhos e olhar em volta.

Tendo entregue aquela mensagem, Laurel rodopiou e se dirigiu até Tamani sem olhar para trás.

Vinte e Sete

—TAMANI! — GRITOU LAUREL, CORRENDO ATÉ ELE.

Ele ergueu os olhos e, por um segundo, Laurel viu neles alegria. Mas, então, a escuridão nublou seu rosto. Ele piscou e olhou para o chão, passando os dedos pelos cabelos de forma quase nervosa.

Laurel se colocou sob seu braço são, querendo censurá-lo por tentar fazer demais. Sob seus dedos, Laurel não pôde sentir nenhum vestígio da toxina virulenta de Klea, o que era animador, mas seus ferimentos eram graves o bastante por si sós.

—Você está bem?

Ele negou com a cabeça, e seu olhar estava assustado de uma maneira que ela jamais vira. No dia anterior, estivera marginalmente ciente de que ele deixava suas emoções de lado para cumprir as tarefas à mão. Mas ali, sem ninguém por perto, além de Laurel, ele abandonara todas as defesas e se permitira *sentir* de verdade. E se percebia.

— Não — disse ele, a voz trêmula —, não estou bem. E não acho que vá ficar bem por um longo tempo. Mas vou viver — acrescentou, após uma breve pausa.

— Sente-se — disse Laurel, afastando-o da trilha até um trecho gramado onde um grande pinheiro os protegia não somente do sol

Destinos 256

nascente, mas também de olhares curiosos. Apenas por um momento, ela o queria apenas para si. — Onde está Chelsea?

— Ela chegará logo — disse ele, cansado.

— Onde você estava? — perguntou ela.

Ele ficou em silêncio por um instante.

— Na casa de Shar — disse, finalmente, a voz entrecortada.

— Oh, Tam — suspirou Laurel, agarrando seus ombros com as mãos.

— Foi o último pedido dele — disse Tamani, uma lágrima silenciosa riscando seu rosto por um instante, antes que ele desviasse o olhar e a limpasse com a manga da camisa.

Laurel queria passar os braços em volta dele, oferecer seu ombro para que ele pudesse chorar, apagar aquelas linhas terríveis em sua fronte, mas não sabia por onde começar.

— Tamani, o que está acontecendo?

Tamani engoliu em seco, então balançou a cabeça.

— Vou levar vocês de volta para a Califórnia... você vai ver. Você, Chelsea e David.

— Mas...

— Mas eu não vou com vocês.

— Você... Você precisa ir — disse Laurel, mas Tamani já balançava a cabeça.

— Vou dizer a Jamison que não posso mais manter meu juramento perpétuo. Ele irá me ajudar, de alguma forma. Vou arrumar para você o melhor protetor de Avalon, prometo, mas... não serei mais eu.

— Não quero outro protetor — disse Laurel, em pânico, sentindo um vazio no peito.

— Você não entende — disse Tamani, sem olhar para ela. — Não tem a ver conosco; eu não posso ser seu *Fear-gleidhidh*... eficazmente. Em retrospecto, eu nunca deveria ter tentado; se eu estivesse fazendo meu trabalho direito, nada disso teria acontecido. Quando eu... quando pensei que você estava morta, enlouqueci. Sinceramente, não me reconhecia. Tive *medo* de quem eu havia me tornado. Não posso viver sempre pensando que poderei perder você a qualquer momento; que poderei me sentir daquele jeito novamente. — Ele hesitou. — É difícil demais.

— Não, não, Tam — disse ela, acariciando seus cabelos, afagando seu rosto. — Você não pode, não agora, não...

— Não sou tão bom quanto você pensa, Laurel — protestou ele, a voz repleta de desespero. — Não confio mais em mim para proteger você.

— Então encontre alguém para cumprir esse papel, se for preciso — disse ela, o maxilar rígido —, mas não me deixe! — Ela se aproximou rapidamente e tomou seu rosto nas mãos, esperando até que ele reunisse coragem para erguer os olhos e olhar para ela. — Aonde quer que a gente vá hoje, quero você comigo e quero que nunca mais saia de perto de mim. — A respiração irregular dele tocava em seu rosto, o corpo dela estava apertado contra seu peito, sentindo a essência dele atraí-la como um ímã. — Não me importa se você vai me vigiar e proteger; só me importa que você me *ame*. Quero que você me dê um beijo de boa-noite antes que eu vá dormir e me dê bom-dia no momento em que eu desperte. E não só hoje; amanhã e no dia seguinte e em todos os dias pelo resto da minha vida. Você virá comigo, Tamani? *Ficará* comigo?

Laurel ergueu o queixo dele até seu rosto ficar na altura do dela. Tamani fechou os olhos e ela pôde sentir seu maxilar tremendo sob suas mãos. Ela beijou seus lábios de leve, deliciando-se com a suavidade de veludo de sua boca. Quando ele não se afastou, ela pressionou mais, sabendo, de alguma forma, que teria de ir devagar, convencer sua alma em farrapos, muito cuidadosamente, de que falava sério cada palavra.

Destinos 258

— Eu amo você. E estou lhe pedindo... — Ela abriu a boca levemente e, com gentileza, raspou os dentes no lábio inferior dele, sentindo todo o seu corpo estremecer. — Não — corrigiu ela —, estou lhe *implorando* para vir e ficar comigo. — E pressionou a boca contra a dele, murmurando em seus lábios. — Para sempre.

Por alguns segundos, ele não respondeu.

Então, um gemido escapou de sua garganta e ele enterrou os dedos nos cabelos dela, puxando sua boca de volta à dele com voracidade.

— Me beije — sussurrou ela. — E não pare.

Sua boca cobriu a dela novamente e eles compartilharam a doçura da ambrosia enquanto ele acariciava suas pálpebras, suas orelhas, seu pescoço, e Laurel se maravilhou diante da estranheza do mundo. Ela o amava, sempre o amara. Até mesmo soubera, de alguma forma.

— Tem certeza? — murmurou Tamani, os lábios raspando em sua orelha.

— Tenho *muita* certeza — disse Laurel, agarrando com as mãos a frente da camisa dele.

— O que mudou? — Ele afastou os cabelos do rosto dela, os dedos se demorando em suas têmporas, tocando de leve em seus cílios.

Laurel ficou séria.

— Quando eu trouxe a poção para você, pensei que fosse tarde demais. E eu tinha acabado de tomá-la. E tudo que eu queria, naquele exato instante, era me livrar da minha cura. Morrer com você.

Tamani pressionou a testa na dela e levantou a mão para acariciar seu rosto.

— Eu amo você há muito tempo — disse ela. — Mas sempre houve alguma coisa me segurando. Talvez eu tivesse medo de uma emoção tão intensa. Ainda me assusta — admitiu, num sussurro.

Tamani riu baixinho.

— Se faz com que você se sinta melhor, também me assusta pra caramba, o tempo todo. — Ele a encheu novamente de beijos, apertando suas costas e sua cintura, e Laurel percebeu que o peito dele tremia de forma convulsiva.

— O que foi? — perguntou ela, afastando-se. — Qual é o problema?

Mas ele não estava soluçando; estava rindo!

— A Árvore do Mundo — disse ele. — Estava certa o tempo todo.

— No dia em que você obteve sua resposta?

Ele assentiu.

— Você disse que me contaria algum dia o que ela disse. Vai me contar agora?

— Comprometa-se.

— O quê?

— A árvore disse apenas: *Comprometa-se.* — Ele correu os dedos pelos cabelos, sorrindo um pouco.

— Não estou entendendo — disse Laurel.

— Nem eu entendi. Eu já era seu *Fear-gleidhidh*; havia comprometido minha vida à sua proteção. Quando a árvore me disse aquilo, pensei que você já fosse praticamente minha. Fácil.

— E, então, mandei você embora — sussurrou Laurel, triste com a lembrança no fundo de seu íntimo.

— Eu entendo por que você fez aquilo — disse Tamani, entrelaçando os dedos aos dela. — E, no fim, foi provavelmente melhor para nós dois. Mas doeu.

— Sinto muito.

— Não sinta. Eu estava dando ouvidos à árvore e a meus próprios desejos egoístas, quando deveria estar ouvindo *você*. Acho que agora sei o que a árvore quis dizer — disse ele, a voz vibrando em seu ouvido. — Eu precisava comprometer minha vida a você; não a guiá-la ou protegê-la, apenas a *você*, completamente, no meu íntimo. Precisava

Destinos 260

parar de me preocupar se você iria algum dia fazer o mesmo por mim. De certa forma, acho que foi o resultado de ter ido ao mundo humano; e, também, a razão pela qual eu não tinha certeza se conseguiria voltar para lá. — Ele correu o dedo pelo rosto dela. — Antes, eu estava comprometido a uma ideia: o amor que eu sentia por você. Mas não a *você*. E acho que você sentiu essa mudança ou teria me rejeitado.

— Talvez — disse Laurel, embora naquele momento não pudesse cogitar a ideia de rejeitá-lo por qualquer razão que fosse.

Os dedos dele tocaram seu queixo, erguendo-o para que pudesse olhar em seus olhos.

— Obrigado — disse ele baixinho.

— Não — disse ela, correndo um dedo pelo lábio inferior dele —, eu é que agradeço a *você*. — Então, ela puxou seu rosto para baixo, seus lábios se encontrando, novamente se fundindo. Ela desejou que pudessem ficar ali o dia todo, o ano todo, a eternidade toda, mas a realidade voltou a se intrometer lentamente.

— Você ainda não me contou o que está tramando — disse ela, por fim.

— Mais um minuto — disse Tamani, sorrindo contra seus lábios.

— Não precisamos de minutos — disse Laurel. — Temos para sempre.

Tamani se afastou para olhar para ela, os olhos brilhando de admiração.

— Para sempre — sussurrou ele, antes de puxá-la para outro longo beijo.

— Então, isso quer dizer que estamos entrelaçados? — perguntou Laurel, com uma pontada de tristeza em sua alegria ao repetir o termo que Katya usara, havia tanto tempo, para se referir a casais comprometidos do povo das fadas.

— Acredito que sim — disse Tamani, radiante. Ele se inclinou mais perto, tocando o nariz no dela. — Uma sentinela e uma Misturadora? Seremos um escândalo e tanto.

Laurel sorriu.

— Amo um bom escândalo.

— E eu amo *você* — sussurrou Tamani.

— Eu também amo você — respondeu Laurel, saboreando as palavras conforme as dizia. E, com elas, o mundo era novo e luminoso; havia esperança. Havia sonhos.

Mas, acima de tudo, havia Tamani.

Vinte e Oito

DESDE O SAMHAIN QUE LAUREL NÃO VIA TANTAS FADAS E ELFOS REUNIDOS num só lugar. Enquanto ela se ocupara com Tamani, eles haviam lotado o Jardim do Portal, se enfileirado nos muros, se aglomerado em volta das entradas e se espalhado até as árvores, onde os trolls tinham rompido as muralhas. A maioria usava as roupas simples e práticas da primavera, mas chamativos verões e até mesmo alguns outonos estavam entremeados pela multidão. Na verdade, o único grupo que Laurel não viu representado na multidão foi o das sentinelas uniformizadas, cujo trabalho teria sido provavelmente o de livrar o Jardim da plebe. Com tristeza, ela se perguntou se alguma das sentinelas do Jardim teria sobrevivido.

David não se movera de onde ela o havia deixado; ele se levantou quando Laurel e Tamani se aproximaram, e Laurel tentou não ver a tristeza em seus olhos. Ela não podia protegê-lo daquilo e se incomodava profundamente por ter provocado um ferimento que não podia curar. Mas, pelo menos, ao perceber que chegara o momento de deixá-lo ir, ela não o machucaria ainda mais.

— Ela já deveria estar aqui — disse Tamani baixinho.

— Quem?

— Chelsea... ah! Aí está.

Laurel se virou e viu Chelsea vindo pela trilha, com mais fadas e elfos de primavera e de verão a reboque.

—Tamani — pediu Laurel, sentindo uma risada nervosa surgir no fundo da garganta. — É sério, você tem que me contar! O que você fez?

— Pedi para Chelsea contar aos Traentes e aos Cintilantes que Marion estava prestes a aprisionar seu herói para sempre em Avalon ou executar Jamison, e que todos deveriam vir... hã... *assistir*.

—Você não fez isso! — gritou Laurel, deliciada.

—Acredite — disse Tamani, tristemente —, o que está a ponto de acontecer deveria ser testemunhado pelo maior número possível de fadas e elfos.

Quando Chelsea os alcançou, Tamani a puxou para perto, plantando um beijo carinhoso em sua testa.

— Obrigado. E não apenas por isso — disse Tamani, indicando com um gesto a multidão ao redor. — Por tudo.

Chelsea ficou radiante, e Laurel se virou para chamar David. Juntos, os quatro passaram pelas portas destruídas do Jardim; a multidão se dividiu para admiti-los com sorrisos e palavras de agradecimento, alguns acrescentando advertências sussurradas de que as fadas de inverno estavam esperando nos portais.

Ao atravessarem a área murada e completamente lotada, com suas trilhas de terra fértil e enormes árvores cobertas de musgo, Laurel ficou espantada por ver que *tão pouco* havia mudado, a despeito das batalhas do dia anterior. A grama estava pisoteada e várias árvores pareciam ter sido apanhadas num tempestade de granizo; mas os corpos tinham sido recolhidos, as armas descartadas. Avalon sofrera um ferimento muito sério, mas, assim como Tamani, já estava se recuperando.

Como Laurel suspeitara, as duas fadas e o elfo de inverno estavam esperando no banco de mármore, perto dos portais, rodeados por um grupo de *Am Fear-faire* — a Rainha Marion, incapaz de renunciar a seu controle ferrenho. Lembrando-se de sua conversa com Jamison, Laurel sorriu por dentro. Ainda iria demorar, mas Laurel mal podia esperar pelo dia inevitável em que ela e Yasmine... bem, que Avalon inteira, na verdade, pudesse tirar aquele controle das mãos dela.

Em toda a sua volta, havia muitas fadas e elfos de primavera e de verão, alguns envoltos em ataduras ou exibindo cortes e arranhões das batalhas do dia anterior, e mesmo ali, alguns Misturadores seguiam fazendo seu trabalho, tratando dos feridos que precisavam de cuidados, mas que haviam supostamente se recusado a perder o espetáculo. Um murmúrio de conversas que era ao mesmo tempo animado e irritado zumbia pelo Jardim do Portal e eletrizava o ar.

No centro de tudo, cintilava o portal dourado de quatro lados, com suas flores diminutas faiscando calorosamente à luz da manhã.

— Vamos partir — disse Tamani a Jamison, sem nem sequer reconhecer a presença da Rainha.

— Acho que não — disse Marion, pondo-se de pé. — Já emiti meu decreto; se Jamison ou Yasmine abrirem esse portal, será um ato de traição punível com morte.

As fadas e os elfos ao redor soltaram uma exclamação coletiva.

—Você reuniu uma multidão e tanto — acrescentou Marion. — Pensou em me intimidar com a presença deles?

— De forma alguma — disse Tamani. Seu tom foi casual, mas Laurel podia sentir que seu corpo estava tenso. — Eu queria que todos ouvissem pessoalmente as palavras de sua Rainha com relação a este assunto.

— Não estou acostumada a fazer aparições públicas para o seu *divertimento* — ralhou Marion. — Guardas do portal, façam seu trabalho. Esvaziem o Jardim; esta audiência está terminada.

De algum lugar, na multidão, a capitã da guarda do portal emergiu com mais quatro sentinelas. Elas pareciam ter se arrastado de corpo inteiro pelo inferno; ainda vestiam a mesma armadura do dia anterior e havia sangue seco em suas mãos. Laurel percebeu que *elas* haviam recolhido os trolls mortos — e também seus amigos caídos — do Jardim. Deviam ter trabalhado naquilo a noite inteira.

— Peço desculpas, Majestade — disse a capitã, a voz rouca. — Somos muito poucas.

Marion arregalou os olhos, chocada. Por um momento, Laurel se perguntou se a Rainha podia, de fato, ignorar o número de sentinelas que haviam morrido protegendo os portais.

—Você fará o que eu mandar ou irei demovê-la de suas funções — disse ela finalmente, e Laurel percebeu que o que a havia realmente surpreendido fora o fato de alguém lhe dizer não.

Com uma mesura, a capitã do portal sacou uma espada reluzente de cabo comprido da bainha em sua cintura. As sentinelas atrás dela fizeram a mesma coisa e, por um instante, Laurel temeu que elas fossem virar as armas contra a plateia reunida ali. Sentiu seus dedos se afundarem no braço de Tamani; não achava que fosse capaz de enfrentar mais um dia de luta.

A capitã ergueu sua espada, atravessada diante do rosto de Laurel, e encarou o olhar de Tamani — olhares de aço cruzando-se na mesma intensidade.

Então, ela jogou sua espada no chão e estendeu o braço, acenando para que eles passassem. O restante das sentinelas recuou um passo, alinhando-se, e também soltou as armas.

Marion estava furiosa demais para falar, mas isso mal importava; qualquer coisa que pudesse ter dito teria sido abafada pela cacofonia de gritos animados da multidão. Quando, finalmente, ela recuperou a fala, dirigiu-se a Jamison e Yasmine.

— Detenha-os — disse ela. — Eu estou mandando. Prenda-os.

— Não — disse Yasmine, levantando-se.

— Como é? — disse Marion, virando-se para encarar a jovem fada cuja cabeça mal chegava à altura de seu ombro.

Destinos 266

Yasmine ergueu uma sobrancelha e subiu no banco de pedra para que seus olhos ficassem na mesma altura dos da Rainha.

— Eu disse não — repetiu Yasmine, mas alto o bastante para que as legiões de fadas e elfos "inferiores" reunidos ali pudessem ouvi-la. — Se você quiser detê-los, terá que fazê-lo sozinha e, de alguma forma, não acho que isso irá lhe conquistar nenhum partidário aqui hoje.

— Tam — disse Jamison, adiantando-se. — Deixe-me fazer essa gentileza final a vocês. Não me importo de morrer, não por seres tão nobres quanto qualquer um de vocês, muito menos por todos os quatro.

— Não — disse Tamani com firmeza. — Você já fez o suficiente. Mais do que suficiente. — Ele levantou a voz e se dirigiu à multidão. — Já houve morte demais aqui em Avalon. Ninguém mais vai morrer por mim. — Ele olhou, furioso, para Marion. — Não hoje.

— Você vai preservar a vida de Jamison em troca da sua liberdade? — perguntou Marion, mas parecia desconfiada.

Antes que Jamison pudesse responder, Tamani se inclinou diante do velho elfo de inverno.

— Acho que chegou a hora de assumir completamente o meu papel como *Fear-gleidhidh* de Laurel e renunciar ao meu posto no portal como sentinela.

Jamison assentiu, mas olhou para Tamani com cautela.

Tamani correspondeu ao olhar inquisitivo de Jamison por vários segundos, antes de tomar o velho elfo num abraço.

— Sei que é provavelmente adeus — disse Tamani. — Portanto, obrigado, por tudo.

Chelsea ainda segurava o braço de David a um lado e o de Laurel no outro, mas Laurel se soltou para se aproximar e também abraçar Jamison, começando a acreditar que poderia realmente não vê-lo mais; qualquer que fosse o truque que Tamani tivesse escondido na manga, ele parecia estar bem seguro. Ela tentou falar, mas as palavras não vinham. Não importava. Jamison entendia.

— Quanto a você — disse Tamani, olhando para Marion, que estava parada ali, com veneno no olhar —, desconfio que seus dias como Rainha estejam contados.

Marion abriu a boca, mas Tamani deu meia-volta, conduzindo Laurel, David e Chelsea até o portal.

— Eu não terminei — disse Marion com a voz aguda, perdendo seu controle férreo.

— Ah, terminou, sim — disse Tamani sem se virar.

Eles tinham dado três passos quando ouviram o grunhido de raiva de Marion, e Laurel se virou vendo enormes galhos de árvore voando na direção deles como lanças mortais.

— Tam! — gritou Laurel, e ele cobriu com os braços tanto ela quanto Chelsea, abaixando-se no chão.

Ouviram-se ruídos ocos ao redor de Laurel e, após alguns segundos, ela levantou a cabeça. Todas as sentinelas do portal haviam levantado o escudo e se colocado na frente dos galhos, recebendo o impacto do ataque. Embora não parecesse possível, os gritos da multidão ficaram ainda mais fortes quando Tamani se levantou e, ereto, encarou Marion, cujas mãos permaneciam levantadas, prontas para comandar a natureza.

Depois de um momento, suas mãos caíram ao lado do corpo.

Mas eles ainda não haviam vencido.

— Você realmente pode nos tirar daqui sem ajuda? — perguntou Chelsea quando eles chegaram ao portal dourado e ornamentado, olhando para a escuridão do outro lado.

Tamani assentiu.

— Acredito que sim.

— Por que não nos contou isso antes? — perguntou David.

Tamani encarou o olhar de David sem vacilar.

— Eu queria ver você se recusar a destruir os portais... sabendo o que iria lhe custar.

Destinos 268

David engoliu em seco.

—Você duvidava de mim?

Tamani balançou a cabeça.

— Nem por um *segundo*. Aproximem-se — disse ele baixinho. — Não quero que mais ninguém veja esta parte.

Laurel, David e Chelsea formaram um semicírculo em volta de Tamani, que fechou os olhos e inalou profundamente. Então, ele enterrou a mão no bolso e tirou uma pesada chave dourada, cravejada com minúsculos diamantes como aqueles no miolo das flores que adornavam os portais. Quando ele a estendeu na direção das barras douradas reluzentes que se encontravam entre eles e a Califórnia, o trinco cintilou e tremulou como uma miragem.

E onde jamais houvera uma fechadura antes, uma apareceu.

Laurel observou, espantada, Tamani inserir a chave e girar. Com as mãos visivelmente trêmulas, ele empurrou o portão dourado.

Este se abriu e toda a multidão do Jardim arfou ao mesmo tempo.

— Onde você conseguiu isto? — arquejou Laurel.

— Yuki a fez para mim — disse Tamani simplesmente, guardando-a novamente no bolso e segurando o portão aberto para todos eles. —Venham. Vamos para casa.

Laurel fez uma pausa. Então, pegou a mão de David e envolveu com ela a de Chelsea. Após um longo momento, ele assentiu e conduziu Chelsea pelo portal, para fora de Avalon. Laurel deu uma olhada para trás antes de segui-los. Viu Marion, o rosto uma máscara de choque; Jamison, o punho erguido em triunfo, rodeado por um estrondo de gritos e aplausos; e Yasmine, ainda em pé sobre o banco, parecendo mais do que nunca a rainha que Laurel não tinha dúvida de que ela um dia seria.

Sorrindo, ela entrelaçou os dedos aos de Tamani e, juntos, eles saíram rumo à luz brilhante das estrelas da Califórnia. Laurel pensou nas palavras que Tamani acabara de dizer. Eram tecnicamente verdadeiras; logo eles estariam no carro de David, dirigindo-se para a casa onde ela morava. Mas, agora, ela sabia a verdade. Com Tamani a seu lado, de mãos dadas com ela, ela já estava em casa.

Nota da Autora

APESAR DE ESTA SER UMA SÉRIE SOBRE FADAS, NO FUNDO A QUESTÃO QUE sempre impeliu a história é: *Como um humano comum reagiria ao descobrir a presença de magia no mundo?* E mais até do que Chelsea, essa questão esteve representada pelo personagem de David. Em certos aspectos, a história toda da série *Asas* é sobre ele. E no final de uma aventura tão épica, o que realmente resta para o membro rejeitado de um triângulo amoroso sobrenatural? Principalmente um humano?

O capítulo a seguir é a versão real e final do livro — é como eu decidi concluir a série antes mesmo que o primeiro livro fosse escrito. Contudo, por ser muito realista, também é inevitavelmente triste. Portanto, se você preferir finais felizes e sem máculas, ou se simplesmente amar David tanto quanto eu, talvez deva parar de ler por aqui.

Depois, não diga que eu não avisei.

A Palavra Final

QUERIDA CHELSEA:

Parabéns! Estou superfeliz por você e Jason. Não posso acreditar que você já seja mãe; parece que seu casamento foi na semana passada. E, embora você os deteste, espero que a pequena Sophie tenha os seus cachos. Sempre os achei lindos. Incluí um presentinho para ela. Mas provavelmente seja preciso dar uma explicação.

Um belo dia, uma fada roubou meu coração.

O que eu não sabia, na época, era que ela não o havia roubado de mim. Você já o tinha a crédito há anos. Mas antes que você pudesse fazer o pagamento final, ela o levou. E uma coisa que nunca entendi foi como você pôde perdoá-la tão facilmente por isso.

Mas, é claro, havia um monte de coisas que eu não entendia a respeito de vocês, naquela época. Guardo com carinho o tempo que passamos juntos em Harvard — você foi incrível, todos os dias, afastando meus pensamentos daquela ilha longínqua e me fazendo lembrar de simplesmente respirar. Eu precisava ser lembrado. Ainda preciso. Acho que você nem imagina quantas vezes salvou a minha vida, principalmente naquelas noites difíceis em que eu tinha medo de adormecer, medo de encarar os pesadelos, e você simplesmente se deitava ali comigo, conversando até as primeiras horas da manhã.

Destinos 274

Quando você foi embora — talvez seja mais correto dizer: quando eu fiz você ir embora — eu não sabia como iria me manter são. Tentei me manter ocupado, me enterrar nos estudos... a faculdade de medicina foi ótima para isso! Mas acabei entendendo por que você partiu e, no fim, tive que encarar as coisas que estavam me impedindo de avançar. Eu sei como você se preocupava com o meu apego a Laurel, mas, no fim, não era Laurel que eu não conseguia esquecer.

Era Avalon.

Quando eu acordava gritando no meio da noite, você nunca me perguntava o porquê. Eu a amei por isso. É claro, você podia provavelmente adivinhar que os trolls tinham uma participação marcante naqueles sonhos. Mas os pesadelos em que eu revivia aquele dia em Avalon não foram os piores que sofri. Às vezes, eu sonhava que trazia aquela maldita espada para casa e, com ela, chegava a governar o mundo. Às vezes, sonhava que conquistava Avalon também, e, com os segredos do povo das fadas, erradicava as doenças, a fome e o sofrimento. Nesses sonhos, sou exatamente o tirano que Klea queria ser e, o que é pior, quase todos me amam por isso.

Esses são os sonhos dos quais é pior acordar. Quando estou trabalhando no hospital e alguém traz uma criança que está doente ou ferida e posso ver claramente que suas chances são pequenas, tudo o que mais quero é levá-los de helicóptero até Orick, bater na porta de Laurel e implorar que ela me dê aquele frasquinho azul milagroso. Mas sei que não é assim que funciona. Você pode imaginar as guerras que ocorreriam pelo controle de Avalon, se os segredos fossem de conhecimento geral?

Estou tentando resistir à vontade de recomeçar esta carta pela centésima vez. Não quero ser lúgubre. Me desculpe. Mas, Chelsea... as coisas que nós sabemos! Fadas, trolls, magia! Coisas que a maioria das pessoas considera fantasias de criança. Mas nós sabemos a verdade..., sabemos que eles são reais. Que o mundo que vemos é apenas uma sombra do que realmente existe. Não sei como você consegue se controlar para não revelar, às vezes, a verdade aos gritos. Mas ambos sabemos aonde isso nos levaria e você nunca ficaria bem numa camisa de força. Nem eu.

Enfim, conheci alguém e estou animado para apresentá-la para a turma lá de Crescent City. Acho que você vai gostar dela. Nós já estamos juntos, separando e voltando, há mais de um ano, e decidi pedi-la em casamento. Sinceramente, acho que ela já demonstrou muita paciência esperando todo esse tempo até eu me restabelecer.

Contudo, depois de estar com você, decidi que, se o amor voltasse um dia à minha vida, eu teria que fazer direito. Eu precisava encontrar uma maneira de esquecer Avalon — de parar de viver no passado e me permitir olhar para o futuro. E havia uma resposta óbvia. Uma resposta que eu nunca, nunca achei que fosse considerar. E desconfio de que, enquanto lê estas palavras, você já saiba do que estou falando.

É em parte por isso que estou escrevendo em vez de usar o telefone. Não tenho certeza se suportaria um dos seus famosos sermões. Quando você receber esta carta, a coisa já estará feita e espero que você me perdoe.

Fui visitar Laurel e Tam. Perdoe também a ela por concordar em manter isso em segredo de você. Se serve de consolo, foi preciso argumentar muito para convencê-la.

Laurel passou meses aperfeiçoando um elixir de memória que apagará Avalon da minha mente. Vai deixar um monte de lacunas nas minhas lembranças do colégio... Ela não acha que vai mudar as minhas lembranças de você de maneira significativa, mas duvida que ao me lembrar muito dela eu conserve qualquer lembrança de Tamani. Ela acha que restará o suficiente dela para que, quando a minha mãe a mencione — como faz, às vezes —, eu possa assentir e dizer: "Ah, sim, minha namorada do colégio." Mas não será ela.

Foi difícil me despedir deles. Já faz anos que eu a superei, romanticamente falando — quando você e eu ficamos juntos. Você era a dona do meu coração. Mas aquilo que compartilhamos, nós quatro, irá inevitavelmente nos manter unidos. E por mais que eu nunca tenha pensado que fosse dizer isto, Tam tem sido um amigo maravilhoso para mim nestes últimos anos. No fim, foi ele quem convenceu Laurel a fazer o elixir. Foi ele quem a convenceu de que eu tinha o direito de escolher.

Destinos 276

Fico espantado com a sua força, Chelsea, e espero que você perdoe a minha fraqueza. Mas, antes que eu dê esse passo final: o presente de Sophie. (Embora você talvez curta tanto quanto ela!). Apagar uma memória parece algo tão definitivo, e não quero que tudo seja perdido. É uma história boa demais, não é? Portanto, venho escrevendo tudo e perguntando a Laurel sobre suas lembranças e sobre os detalhes que eu nunca soube. Você vai ver que ela não escondeu nada. Ela me contou tudo e tentei retransmitir da forma mais fiel possível. É longa demais para fazer um livro de verdade, mas, se uma certa garotinha crescer e for parecida, ainda que levemente, à sua mãe, ela não vai se importar. Vai adorar porque contém fadas.

Assim, estou enviando anexo a única cópia existente da nossa história. Já a apaguei do meu computador. Estou entregando-a a você para que faça o que quiser. Guarde-a, compartilhe-a, que diabo... publique-a, se quiser. Mas, por favor, aceite-a no espírito com que a estou dando e não tente me fazer lembrar de tudo. Não posso mais suportar; por favor, por favor, não me obrigue. Não posso me casar carregando nas costas o tipo de segredo que teria que ocultar da minha mulher.

E quero dar a Rose o tipo de futuro — o tipo de marido — que sei que ela merece. O tipo de homem que sei que posso ser. O tipo de homem que eu costumava ser. O homem que você amava.

É difícil de acreditar que somos amigos há quase quinze anos. Estamos ficando velhos! Mas, se Deus quiser, teremos mais cinquenta anos pela frente.

Com amor,
David

P.S.: Me apresente a Tam qualquer dia, se você tiver oportunidade. Já sinto saudade dele.

Agradecimentos

Os elogios vão sempre primeiro às minhas brilhantes editoras, Tara Weikum e Erica Sussman, que me fazem parecer tão boa, e para Jodi Reamer, minha maravilhosa agente que, bem, também me faz parecer boa! Obrigada por serem uma constante na minha carreira. Há tantas pessoas na Harper cujo nome eu nem sei e que trabalharam incansavelmente neste livro — obrigada a cada um de vocês! E minha equipe de direitos estrangeiros, Maja, Cecilia e Chelsey, nem dá para descrever como vocês são o máximo! Alec Shane, o confiável assistente da minha agente, sua caligrafia no meu correio sempre significa coisa boa.

Sarah, Sarah, Sarah, Carrie, Saundra (agora também conhecida como Sarah) — eu enlouqueceria sem vocês. Obrigada por tudo! Principalmente os ninjas. Quero dizer... que ninjas?

Só um nome novo a ser creditado neste livro: Silve, meu fã do Facebook; como eu disse, adoro o seu nome. Bem-vindo ao universo de *Asas*.

Para o Treinador Gleichman, embora seu nome esteja também no início deste livro, confesso aqui atrás que desde o primeiro da série, sempre quis dedicar este aqui a você. Você me ensinou tantas coisas que formaram a pessoa que sou hoje: a importância de terminar bem, como "acionar o interruptor" e como pronunciar *fartlek* sem rir.

Mas, principalmente, você me ensinou a obrigar a mim mesma a fazer coisas difíceis. E, vai por mim, essa série foi difícil! Eu não teria tido disciplina para terminá-la se você não tivesse me ensinado a me forçar mais do que eu acreditava possível. Obrigada, Treinador.

Kenny — as palavras não são suficientes para descrever. Nunca. Você é minha rocha e, mais do que isso, você move meu mundo! Audrey, Brennan, Gideon e Gwendolyn, vocês são minhas maiores realizações. Minha família e a família do meu marido: eu não poderia pedir uma torcida melhor.

Obrigada!

Impresso no Brasil pelo
Sistema Cameron da Divisão Gráfica da
DISTRIBUIDORA RECORD DE SERVIÇOS DE IMPRENSA S.A.
Rua Argentina 171 – Rio de Janeiro, RJ – 20921-380 – Tel.: 2585-2000